Größtenteils harmlos

Arbeitstitel: Das fröhliche Gesellschaftshasserbuch

Oder: Von Selbsterkenntnis bis rumstänkern

Oder: Das fröhliche Buch über den Tod

Oder: Todesarten einer fröhlichen Person

Inhaltsverzeichnis

Kapitelübersicht

Größtenteils harmlos

Prolog

Ein Buch von einem Menschen, der dieses Buch schrieb um zu sich selbst zu finden und beim Schreiben anfing sein Dasein in dieser Gesellschaft zu erahnen. Ein Nebel der sich mit dem Schreiben dieses Buches lichtete eröffnete seinem Schreiber neue Horizonte. Ob er sich dabei selbst fand, ist nicht ganz klar zu erkennen.

Zunächst muss sich der Leser darauf einstellen, sofern er dieses Buch lesen will, eine ihm unbekannte Weltanschauung zu erlauben. PJB hat nicht die ihm aufoktroyierte Weltanschauung von seinen Erziehern übernommen. Auf diesem Planeten gibt es eine Menge von unterschiedlichen Weltanschauungen. Mit den vorhandenen Erdreligionen sind über die letzten 1.000 Jahre die verschiedensten Ansichten über das Leben und den Rest in den unterschiedlichsten Gesellschaften gewachsen. Es gibt Gruppen von Menschen, die an ein Leben nach dem Tod glauben oder meinen zu wissen das es einen Gott gibt, der alles sieht und lenkt. Es gibt Sekten und andere Glaubensrichtungen, die an den Grundbesitz der Gläubigen glauben, oder die es ablehnen sich ärztlich behandeln zu lassen, denn so würde der Wille des Herrn verfälscht. Manche feiern nicht ihren Geburtstag, weil sie meinen es gäbe nur einen wichtigen Geburtstag. Die Menschen haben sich echt eine Fülle von Ideen zusammengesucht und machen echt die unterschiedlichsten Verrenkungen um eine Art von Zufriedenheit zu erlangen. Egal welcher Ideen oder welchen Glauben sie meinen zu haben oder welcher Erdreligion sie angehören, am Ende steht immer die Frage ob man glaubt. Man möchte glauben. Es erleichtert einen. Es gibt Kraft und spendet Sicherheit.

Der kleine PJB wusste darüber nicht viel, eigentlich Garnichts. Da er aber bereits frühzeitig Fragen hatte, die ihm keiner erklärte, erklärte er sich viel in seiner Art. Er hatte nach Aussagen seiner Eltern erst spät angefangen zu reden. Es mag damit zusammen hängen das es vielleicht so war, dass er Fragen hatte bevor er anfing zu reden. Mittlerweile wird dem PJB nachgesagt er rede Zuviel, aber das ist nicht das Thema. PJB hatte eine eigene Art die Dinge, die ihm umgaben, zu beurteilen. Die in seinen Breitengraden übliche Weltanschauung hat PJB nicht übernommen, sondern hatte sich ein kleines Refugium erschaffen, weil er wohl in jungen Jahren merkte, dass die ihm erklärte Sichtweise nicht zu dem passte, wie er die Dinge betrachtete.

Dem Leser an dieser Stelle klar zu machen, dass PJB der Verfasser dieser Zeilen ist und dennoch von sich in der dritten Person spricht, ist etwas abstrus, aber der PJB von vor 45 Jahren hat mit dem PJB des Jahres 2019 nichts gemein. Es ist zwar der gleiche Mensch, aber innerhalb dieser 45 Jahre ist eine Menge passiert und die Folgen daraus, sind an den Lebensweisheiten des PJB nicht spurlos vorbeigegangen.

Jedenfalls ist es für den Leser einfacher diese, etwas verirrt wirkenden, Gedankengänge zu verstehen, wenn man sich mal kurz in ein Kind hinein versetzt um diesem Kind mal zu erklären, was eine Seele ist.

Alleine die Frage eines Kindes, was eine Seele ist, beschäftigt die Menschheit seit Anbeginn ihrer erinnerungsfähigen Existenz. Bisher ist es niemanden gelungen, die Existenz einer Seele zu beweisen, ihre Existenz zu belegen, oder gar zu erklären wozu eine solche Seele wichtig sein könnte.

Ein Kind glaubt nur das, was es versteht und was erklärbar ist. Da PJB aber niemand erklären konnte, warum er eine Seele besitzen sollte und wofür die da sein sollte, hat PJB nur akzeptiert, eine Seele zu besitzen. Weder wusste er wofür die gut ist, noch wusste er wo die überhaupt ist.

Da PJB darüber hinaus aber niemand erklärte was PJB wissen wollte und PJB ein ziemlich ungeduldiger Zeitgenosse war und ist, hatte sich PJB kurzerhand eine eigene Erklärung zurechtgebastelt.

Größtenteils harmlos

Während es in der normalen Denkweise doch so ist, dass die Seele einem gehört und mit deinen Gedanken lebt, so ist es für klein PJB eine zentrale Tatsache, dass seine Seele keinen inhaltlichen oder verändernden Kontakt zu ihm hat. Es ist ein quasi Parasit, dessen Aufgabe es ist, den Blick für das Große und Ganze nicht zu verlieren. Es ist eine Symbiose zwischen PJB und dessen Seele. Die Seele spricht in Träumen oder Phantasien zu PJB, einer generellen Sprache die jedes Lebewesen versteht, vielmehr verstehen sollte.

Damit soll die Seele PJB beeinflussen, fördern und gewiss auch mal fordern. Das birgt für beide Seiten Vorteile, wie auch Nachteile.

Am Verhalten von PJB lernt die Seele. Dieses Erlernte bringt die Seele mit ein, in ein zentrales Wissen über das Leben und den Rest. Wenn man so will, soll PJB seiner Seele zeigen wie sich sein Verhalten oder seine Entscheidungen, ob bewusst oder unbewusst auf das Leben und den Rest der Anderen auswirkt.

PJB's Seele kommuniziert nicht mit ihm, sondern beseelt ihn und verlässt ihn nach seinem Ableben. Dieses Grundwissen, dass PJB sich vor seiner christlichen Erziehung da selbst ausgedacht hatte, führte unweigerlich zu einem Konflikt, als er die christliche Erziehung genoss.

PJB wurde dann christlich erzogen und fügte zu seinem kindlichen Grundwissen immer wieder christliche Sichtweisen hinzu. Ob er dadurch ein gläubiger Christ wurde ist für PJB bis heute noch unklar. Auch alt PJB vermischt oftmals die christliche Lehre mit seinem kindlichen Grundwissen.

Schreibt ein Atheist, ein Muslim, ein Buddhist oder Christ etwas zum Thema „Dasein" ein Buch, ist unweigerlich ein gesellschaftlicher / spiritueller Standpunkt vorausgesetzt, den die jeweilige Glaubensrichtung vorgibt.

Grundsätzlich ist das logischer weise auch bei PJB so. Geht es allerdings um das Verständnis zwischen Seele und

Verstand, kann sich alt PJB im christlichen Glauben nicht wiederfinden. Dort, wie in allen anderen Erdreligionen geht es bei der Seele um einen eigenen Bestandteil, den auch alt PJB nicht besitzt. Daher kann sich PJB hier nur ohne diese gesellschaftliche Vorgabe um einen unverfälschten Blick bemühen. Das Leben und den Rest in seiner logischen Dimension beurteilen und nicht aus der Gewissheit heraus, dass ihm seine Seele die Dinge zwischen Himmel und Erde erträglicher werden lässt. Seiner Ansicht nach, ist der christliche Glaube, an dieser Stelle, eine verklärte, gesellschaftliche Vorstellung. Damit erklärt der christliche Glaube Zwänge und Vorurteile die PJB nicht bedienen will.

Ziemlich theoretisch, aber um sich als Leser dieses Buches mit PJB auseinanderzusetzen, eine notwendige Erklärung. Damit man seine Gedankenbeschreibungen im Grundsatz versteht.

Sie kennen das bestimmt. Sie waren lange nicht mehr spazieren und kommen nun endlich mal dazu einen Sparziergang in der abendlichen Natur zu unternehmen. Sie nehmen die frische Luft, die Natur und dessen Klänge sowie das Licht und die Farben wahr. Aber da spüren Sie noch etwas Anderes. Es ist nicht nur die Natur, die sie wahrnehmen. Es ist diese Direktheit, die Frische und Klarheit, die Sie umgibt. Es ist alles an seinem Platz und ganz klar.

Es ist ein Gefühl der Aufrichtigkeit und Konsequenz die PJB für sich einfangen und konservieren will. Er möchte nicht mehr mit Verschleierungen, Spielchen, Ablenkungen, Versprechen und anderen gesellschaftlichen Manipulationen zubringen. Er will wieder wie ein Mensch sein wie er es als Kind einmal war.

Dieses Buch ist sein Versuch mit seinem heutigen Wissen wieder an die Unbekümmertheit seiner Kindheit anzuknüpfen.

Dazu muss er erst sich selbst erblicken und kann sich dann durch die Wirrungen und Untiefen des politischen

Größtenteils harmlos

Erdgeschehens kämpfen. Dinge die ihn stören und die unterschiedlichen Ziele von Menschheit und Universum zeichnen ein düsteres Bild für die Zukunft der Menschheit. Dennoch möchte PJB eher Mut als Unmut verbreiten.

Verzweifeln sie nicht beim Lesen! Dieses Buch hat ein Ende und soll versuchen Fragen zu klären, sofern Sie welche haben. Für diejenigen, die sämtliche Fragen für sich geklärt haben, ist das Gedankengebäude des PJB eine neue Sichtweise auf die Dinge zwischen Himmel und Erde.

Größtenteils harmlos

Vorwort

Im Volksmund hört man häufig „der Tod gehört zum Leben dazu". Ich weiß nicht genau wer das sagte, aber wenn es um das Leben und den Tod geht, hört man diese Weisheit bei jeder Diskussion.

Wer ist denn auf diese absurde Idee gekommen? Wie soll das gehen?

Die Pubertät gehört zum Leben, der Krieg, der Frieden, das atmen, das essen und schlafen sowie tausende andere Adjektive und Verben sind Dinge, die zum Leben gehören.

Der Tod ist das Ende vom Leben und gehört nicht zum Leben dazu. Die Geburt ist der Beginn und der Tod das Ende vom Leben. So einfach ist das. Sämtliche Lebewesen auf diesem blauen Planeten sterben irgendwann. Nicht dramatisch, nicht spektakulär aber unumstößlich.

Das wird sich, in egal welchen Zeitrechnungen oder Universen, nicht ändern!

Wenn ich vom Leben spreche, spreche ich nicht vom Tod, sondern vom Dasein, von mir selbst und nicht vom Wegsein. Der Tod eines anderen, der gehört zwar auch zu meinem Leben, aber ich spreche hier nicht von einem anderen, sondern von mir. Mein Dasein soll der Inhalt dieses Buches sein. Dasein, was macht mein Dasein aus? Was ändert mein Dasein? Habe ich etwas Mehrwert, wenn ich mein Dasein kenne? Kann ich von meinem Dasein erfüllt sein? Fragen über Fragen und es hört nicht auf.

Menschliche Forscher haben lebende Amöben oder Algen gefunden, die tatsächlich einige tausend Jahre alt sein sollen. Was ist mit denen? Haben die mehr von ihrem Dasein, weil sie länger leben? Was machen die mit ihren Seelen? Haben die welche?

Oder Fische, was ist mit denen? Egal, welches andere Lebewesen ich hier jetzt anführe, ich kann hier nur über uns Menschen sinnieren, denn bisher haben wir es noch nicht geschafft mit etwas anderem zu kommunizieren als mit uns selbst.

Dazu kommt, dass ich es bin, der dieses Buch schreibt und daher jeder Satz und jedes Wort ein subjektives Verständnis und ein subjektiver Gedanke ist, also nicht den Anspruch erhebt, irgendwie der Bestandteil irgendeiner Wahrheit zu sein. Mit diesem Buch versuche ich die Relationen zwischen mir und dem Universum neu auszurichten, zumindest zu überprüfen.

Wir Menschen haben es aus unseren, von der Evolution vorgegebenen, zu erwartenden Lebensjahren von irgendwann mal 30-40 Jahren auf so ca. 70-80 Jahren geschafft und diese Entwicklung hat ihren Zenit noch nicht erreicht, bis dieser Planet keinen Lebensraum für
uns Sauerstoff atmende Säugetiere mehr bietet, werden wir Menschen unsere Lebensjahre verlängern. Mittels Gen-Schere oder anderen Verbesserungen würde es bald dazu kommen, dass wir Menschen, sowas wie „unkaputtbar" diesen Planeten überbevölkern. So, berichtet es uns die Presse, entgegen der Verlautbarungen der Bevölkerungsstatistiker, die uns mitteilen, dass nachdem die Erdbevölkerung 11 Milliarden überstiegen hat, die Bevölkerungszahlen sinken werden. Das imaginäre Ergebnis wird sein, dass sich dieser Planet, das auf Dauer nicht gefallen lassen wird und eine, wie auch immer geartete, Putzkolone organisieren wird. Diese würde dann die Menschheit von diesem Planeten tilgen. Ob das gegebenenfalls der fehlende Sauerstoff oder das fehlende Wasser sein würde, keine Ahnung.

Vielleicht hat es bis dahin unsere Spezies ja geschafft einen anderen Planeten zu finden, den sie in den Ruin treiben könnte. Aber, genau das könnte ja auch sowas wie unsere Aufgabe im Universum sein, alle die Planeten, die wir bewohnen, auszusaugen, sämtliche halbwegs brauchbaren Ressourcen zu verbrauchen, die Planeten zu verwüsten und dann zum nächsten zu wechseln. Der Mars, den haben wir wohl schon hinbekommen und jetzt ist halt die Erde dran. So betrachtet, könnte man sagen, „es läuft". Die Menschen machen ihre Arbeit sehr effizient. Ok, anfangs brauchen sie ein bisschen, aber mit Erreichen der Pubertät (Industriezeitalter) geht's schneller. Mit nicht einmal 400 Umrundungen ihres Sterns schaffen die Menschen es problemlos einen Planeten von stattlicher Größe zunächst ins Ungleichgewicht und später in eine monotone Wüste zu verwandeln. So, oder so ähnlich ist mein Empfinden als ich dieses Buch begann.

Das gute an der Menschheit wäre, niemand müsse sie vernichten oder entsorgen. Die Menschheit vernichte sich quasi in eigener Regie. Ohne Rückstände. Einmal mit dem Finger der Evolution geschnipst und los geht's. Das war eine meiner sichersten Erkenntnisse. Mir persönlich gingen Gedanken zum Ende der Menschheit nicht primär durch den Kopf. Vielmehr habe ich dieses Ende der Menschheit so für mich verinnerlicht. Ausgehend von einem Menschen der sich wegen neuer Ideen zum Thema Nächstenliebe an ein Kreuz nageln lies, bin ich ca. 1.968 Umrundungen dieses Planeten um seinen Stern, nach diesem Menschen geboren. Ich gebe zu, dass was unsere Menschheit irgendwann mal schafft oder nicht, ob dieser Planet dann als Wüstenplanet so weitertrudelt oder alles bleibt wie es ist, ist für mein Dasein irrelevant. Auch meine Kinder werden nicht viel vom imaginären Ende dieser Menschheit mitbekommen. Ich dachte, wenn es eintreten sollte, dann wird das so im 24. Jahrhundert soweit sein. Also ca. fünf bis sechs Generationen nach meinem Ableben.

Das ist es auch, was mich vielmehr beschäftigte, mein Ableben. Wie wird es passieren? Wann und vor allem, wie schmerzhaft wird es sein? Merke ich überhaupt was davon? Habe ich kurz davor diesen Moment der Rückschau auf mein Leben? Meine Gedanken zum Tod sind, wie soll ich sagen, ziemlich wüst und für Leute die mich nicht kennen eher wunderlich. Bisher vermied ich es immer über dieses Thema etwas zu sagen, geschweige denn darüber zu schreiben. Ich bin halt eines von 8 Milliarden menschlichen

Individuen auf diesen Planeten und das Ende meiner Existenz ist für die verbleibenden 8 Milliarden minus mir selbst, kein wirklicher Verlust. Also, ist meine Existenz doch, außer für die ca. 200–300 Individuen, die mich im Laufe meines Lebens kennengelernt haben, außer Belang. Es geht daher nur um mich und meine Gedanken. Nicht um irgendetwas, was auf diesem Planeten wirklich eine Rolle spielt.

Aufgrund eines Todesfalles innerhalb unserer Familie haben sich meine Gedanken, naturgemäß, zum Thema „Eigenes Ableben" verändert. Es ist jetzt alles ein bisschen näher dran. Ich habe sehr oft in meinem erinnerungsfähigen Leben Todesphantasien gehabt, allerdings denke ich später nochmal über die eine oder andere Variante nach und muss leider feststellen, dass mir tatsächlich Varianten verloren gegangen sind. Ich kann sie beileibe nicht wiederherstellen. Nun ist man in irgendeiner Situation, zum Beispiel joggt man, um sich fit zu halten und plötzlich hat man eine aus dem Nichts kommende, Todesphantasie. Ok, man joggt derweil einfach weiter. Man kommt zuhause an, geht duschen und macht sich fertig für den Tag und dann..., ja dann ist auf einmal diese Phantasie wieder weg. Nichts mehr da. So ein Scheiß. Wie war das nochmal? Hm... Dieses Gefühl ist einer der Gründe für dieses Buch. Ich weiß nicht wie man Bücher schreibt. Ich bin kein Schriftsteller oder Germanist, der sich mit Satzbildung und Formulierungen auskennt, aber ich hatte mir vorgenommen ein Erinnerungsbuch zu meinen Phantasien zu schreiben. Während ich also so vor mich hinschrieb und dadurch diese Phantasien analysierte, kam mein Interesse zur Herkunft dieser Phantasien wieder hoch. Ich hatte vergessen, dass, zu Beginn der ersten Phantasien, ich damals genau wissen wollte ob solche Phantasien jeder hat, oder ob ich irgendwie anders sei. Nun, als ein acht Milliardstel dieser Menschheit gehe ich nicht davon aus, dass die hier im Buch beschriebenen Vorgänge und Schilderungen außergewöhnlich sind oder für irgendein anderes acht Milliardstel total relevant oder Bewusstseinsverändernd sein wird, ich hoffe aber, durch dieses Buch können einige hundert Milliardstel mal Denkanstöße bekommen, die uns als Menschen wieder auf den Boden der Tatsachen führen, sofern wir den Bodenkontakt mal verloren haben.

Denn, das ist derzeit, aus meiner Sicht, der Fall. Wir Menschen verlieren zunehmend den Kontakt zur „Mutter Erde". Das gilt natürlich nicht für alle Menschen. Diejenigen, die es betrifft, merken in der Regel nichts davon. Vermissen auch nichts. Aber mir scheint es wichtig, dass auch denjenigen, die am weiteren Werdegang des menschlichen Abgesangs auf diesem Planeten, zumindest mal gesagt wird, dass es ein Abgesang ist.

Viel Spaß beim Lesen und ein langes und erfülltes Leben.

Alt PJB

Vorgeschichte, oder was man wissen sollte

Wer bereits schon einmal so etwas wie ein Nahtoderlebnis hatte, für denjenigen ist dieser Text wohl eher zu theoretisch, denn ich hatte noch nie ein Nahtoderlebnis, auch wenn ich es zu dem Zeitpunkt meines vermeintlichen Todes meistens dachte, aber letztendlich konnte ich nie erinnerungsfähig nachvollziehen das ich irgendwie in Gefahr war oder ob ich in Gefahr geraten könnte.

Angefangen über solche Varianten nachzugrübeln habe ich als kleines Kind. Ich war gerade bei den Versteckspielen mit meinen Brüdern. Ich bin der Jüngste und versteckte mich auf einem Gummiwagen, da hörte ich wie sich meine Brüder verabredeten schnell zu verschwinden um diesen kleinsten Bruder „los zu werden". Sie vergewisserten sich, dass ich schön lange versteckt bliebe und trafen Vorbereitungen sich mit ihren Freunden auf den Weg an die Leine, einen nahen gelegenen Fluss, zu machen, zumal ihnen von meiner Mutter verboten wurde den kleinen PJB von fünf Jahren mit an den gefährlichen Fluss mitzunehmen.

Klein PJB, nicht ganz dumm, hatte nun mitbekommen, dass die Spieltruppe verschwinden wollte und versuchte leise und ohne Tamtam vom Gummiwagen runter zu kommen und rutschte so geschmeidig und elegant wie er konnte vom Gummiwagen. Blöd war nur, dass neben diesem Gummiwagen ein anderer Gummiwagen stand. Sein Vater war dafür bekannt seine Gerätschaften auf seinem Hof immer so platzsparend wie möglich zu positionieren. Klein PJB war das noch nicht bewusst. Also stand der andere Gummiwagen sehr dicht. Aber er dachte, er sei schlank, geschmeidig wie eine Katze, listig wie ein Fuchs und flutscht da einfach mal durch. Diese Gummiwagen sind oben an den Flachten schmaler und erst etwa in der Mitte, wo die Flachten gelagert einhängen wird so ein Gummiwagen etwas dicker. Ergebnis war, dass die geschmeidige Katze in Personalunion mit dem listigen Fuchs zwar seinen Körper durch die Engstelle bugsieren konnte, nur leider den Kopf nicht durchbekam. PJB's Körperlänge war auch nicht so, dass seine Füße den Boden komplett erreichten. So hing klein PJB mit seinem Kinn auf den, gottseidank, gerundeten Lagern von zwei Gummiwagen und zappelte wie eine aufgeregte Qualle mit seinen Gliedmaßen, um doch irgendwie frei zu kommen. Rufen, oder klopfen, niemals. Niemals würde sich PJB gegenüber seinen Brüdern öffnen und um Rettung flehen. Nein, klein PJB machte keinen Mucks. Niemand der auf dem Hof befindlichen Kinder bekam mit was sich der listige Fuchs da hatte einfallen lassen.

Ich glaube die waren zu viert oder zu fünft, aber ca. nach zwei Minuten waren die jedenfalls auf dem Weg an die Leine, zu ihrem Versteck, dass der kleinste Bruder nicht mitbekommen sollte.

Klein PJB hatte sich, wieder seinem Erwarten, noch nicht aus seiner misslichen Lage befreit und überlegte nun wie er jetzt hinter diesem Trupp von hinterhältigen Lügnern herkommen könne. Erst nach einiger Zeit bemerkte klein PJB dass er sich nicht befreien konnte. Er versuchte sich wieder hoch zu ziehen, oder den Kopf anzuwinkeln, immer wieder, nichts funktionierte. Er hing dort und fertig. Er hing und hing und Zeitgefühl ist etwas was sich in der Erinnerung irgendwie verflüchtigt. Jedenfalls schreibe ich ja dieses Buch, also muss sich klein PJB ja irgendwie in den letzten 45 Jahren befreit haben.

In der Tat entzieht sich der Tatbestand meiner Befreiung komplett aus meiner Erinnerung.

Erinnern kann ich mich an die Angst und die Wut, die in mich hineinfloss. Irgendwie erinnere ich mich daran, dass ich irgendwann schluchzend unter den Gummiwagen kauerte und mich eine erwachsene Person fragte was ich denn habe. Ich lief nur noch ins Haus und sprach fortan nicht mehr darüber. Zu groß war die Scham davor, wie sehr ich gescheitert war. Der listige Fuchs und die geschmeidige Katze waren Vergangenheit.

Größtenteils harmlos

Ich begann seither mir mehrmals täglich vorzustellen, dass der heutige Tag mein letzter sei. Solche Todesphantasien erlebe ich wie einen Tagtraum, ein kurzer Blick zum Dachfirst des Hauses, dass ich gerade sah und schon male ich mir aus, dass jetzt gerade der Schornstein bricht und mich unter sich begräbt, oder die Dachrinne abbricht und mich mit einem Schlag ins Koma versetzt. Es ist dabei egal ob ich gut oder schlecht gelaunt bin, ob ich nüchtern oder angesäuselt bin. Nur im Schlaf, da verschonen mich solche Phantasien. Träume in denen ich ein erdachtes Ende finde habe ich erinnerungsfähig, so gut wie nie. Aber manchmal ertappe ich mich auch dabei, dass ich heute noch nicht meinen Tod "durchgespielt" habe. Dann fällt mir auch tatsächlich keine Todesart ein und bewusst eine Phantasie zu erzwingen ist mir bisher noch nicht gelungen. Ich kann mich zwar zwingen jetzt einen schrecklichen Tod zu erleiden, aber eine solche tatsächlich erdachte Geschichte birgt keinerlei Überraschung, denn ich denke mir dann den Hergang und somit auch mein Ende. Zudem ist das erdenken von Todeshergängen ziemlich ermattend und macht nicht wirklich Spaß. Tatsächliche Phantasien sind einfach da. Man sitzt auf dem Sofa und hat auf einmal das Gefühl als wenn das Sofa Hunger hätte und einen verschlucken wollte. Manchmal reagiere ich auch äußerlich auf einen solchen „Traum" und bewege mich von der Gefahrenstelle weg. Meistens lasse ich mir aber nichts anmerken und ignoriere meine Gedanken. Daher vergesse ich auch sehr viele dieser Phantasien. Die unzähligen Male, die mein Ableben bereits stattgefunden haben könnte und ich heute nicht mehr weiß, sind für immer weg und nicht wieder herstellbar.

Das immer wiederkehrende vorstellen von tödlichen Situationen kann zuweilen nervig und unangenehm sein. Es ist oftmals lähmend und beklemmend gewesen und hat in so manchen Situationen dazu geführt, dass man unerwartet Dinge tut, die derjenige ohne Todesvorstellungen nicht tun würde. Ich meine, er würde noch nicht mal im Entferntesten auf die Idee kommen sich so zu verhalten wie ich es gerade tat.

Zum Beispiel bin ich tatsächlich im Rahmen eines Fußballspieles vor einem Gegenspieler auf die Knie gegangen und habe um Gnade gewinselt, weil ich mir gerade vorstellen musste das dieser Spieler mir den Kopf abnahm und diesen als Fußball verwendete.

Da war ich kein Kind mehr und doch hatte ich danach das Gefühl, dass mich einige als ein Kind betrachteten.

Um diese Verhaltensmuster dauerhaft zu ertragen habe ich mir allerdings bereits als Kind eine Theorie über das Leben und den Rest zurechtgelegt. Ob diese Theorie letztendlich hilft oder vielleicht weitere Probleme verursacht wird hier von mir versucht zu analysieren. Nicht um ein Buch zu schreiben, sondern um zu verstehen was in mir passiert war, passiert ist und passieren wird, um vielleicht mal sowas ähnliches wie erwachsen zu werden und im Idealfall so etwas wie Erleuchtung zu finden.

Wer dieses Buch tatsächlich liest könnte eventuell zu der Vermutung gelangen, dass ich keine Theorie, sondern eine Therapie benötige. Ich versichere Ihnen, ich bin ein ganz normaler durchschnittlich Verrückter aber angepasster Mitbürger der Bundesrepublik Deutschland und im Besitz aller durchschnittlichen geistigen Fähigkeiten.

Was beim Schreiben dieses Buches aber passierte, war eine Art Verwandlung, von einem, der noch wenig aus seinem Leben aus der Vogelperspektive wusste, zu einem, der aus der Vogelperspektive nicht nur sich selbst erkannt hatte, sondern auch die Dinge, die ihn umgaben. Ich sage immer wieder gerne, es war eine Offenbarung.

Ich verstehe nun die Zusammenhänge besser und das ich tatsächlich nur ein acht milliardstel dieser Menschheit bin bestätigte sich zwar, aber ich fühle mich nicht mehr klein und unbedeutend, sondern empfinde mich als Mensch unter

Größtenteils harmlos

Menschen und verstecke mein Dasein nicht mehr vor mir selbst, sondern nur noch vor denen, die es nichts angeht, oder von denen ich denke, dass es sie nichts angehen sollte. Es ist nicht das Buch geworden, von dem ich dachte, dass ich es schreiben werde, sondern eine Zusammenstellung von Themen, die mich, nach 2.019 Sonnenumrundungen unseres Planeten, nachdem ein Mensch geboren ist, den viele heute noch zu kennen glauben, total nerven.

Es ist ein Buch über den Blödsinn in dieser Gesellschaft. Dazu gibt es eine Fülle von Kommentaren oder Literatur. Ja ganze Studienkreise bilden Gesellschaftswissenschaftler aus, riesige Heerscharen von Berufsgruppen reparieren oder manipulieren am Gesellschaftsbild herum. Ein Musiker wurde letztens gefragt, ob er dem Staatenlenker dieser Republik oder der oppositionellen Seite sein Vertrauen aussprechen würde. Er hielt inne und sagte, dass er lieber an die Kraft und Heilungskräfte der Gesellschaft glaube. Das beeindruckte mich doch stark, denn es gibt doch echt eine Menge von Menschen, die tatsächlich von einer, so sage ich mal, „unbefleckten" Gesellschaft ausgehen. Das soll heißen, diese Gesellschaft besteht aus der Mehrheit von politisch verantwortlichen Menschen, die sich tatsächlich und in Summe das Glück der Gesellschaft über ihr eigenes Glück stellen. Auch wenn ich die Worte dieses genialen Musikers sehr beeindruckend fand, so muss ich entschieden dagegenhalten. Es gibt einen relativ bekannten Menschen in dieser Republik, der mir aus dem spricht, was im Volksmund; „meine Seele" genannt wird. Dieser Mensch nennt sich „Dieter Nuhr". Ob er tatsächlich mit diesem Namen geboren wurde, ist mir unbekannt, aber mit diesem Nachnamen sind seine Kommentare und Programme ein zusätzlicher Hinweis auf, dass was ich gerne vermitteln möchte. Eine Verdummung der Gesellschaft, eine Desinformation der Allgemeinheit ist mittlerweile kein Skandal oder ein Aufreger mehr. Die Allgemeinheit registriert nur noch. Vernunftbetontes und logisches

Handeln sind meist eigenwirtschaftliche Vorgehensweisen. Es reicht allenthalben. Zur Klarstellung: Ich möchte in diesem Buch nicht diese Heerscharen von Wissenschaftler und oder Gelehrten Lügen strafen oder Verunglimpfen. Es ist doch so, dass ich als ganz normaler Mensch, der in dieser Gesellschaft ganz normal so vor mich hinlebe, was nebenbei bemerkt, schon eine echte Verbesserung gegenüber anderen Generationen ist.

Dennoch bemerke ich offensichtliche Unwahrheiten, die in dieser Gesellschaft kaum diskutiert werden. In der gleichen Fernsehsendung in der der erwähnte Musiker über seinen Glauben an die Gesellschaft berichtete, wurde zuvor ein Politiker einer kleinen politischen Gruppierung über sich selbst befragt, ob er ein Egomane sei. Daraufhin erklärte er, dass in der Bibel, dem zentralen Dokument des christlichen Glaubens, geschrieben stünde, dass man seinen nächsten Lieben solle, wie sich selbst. Wenn man sich selbst aber nächsten lieben können? Eine solche Betrachtung, ist genau das, was ich meine. Eine klare Sichtweise auf die Wahrheiten dieser Gesellschaft ist etwas, was komplett verloren gegangen ist.

Wenn vor einigen Jahren ein Jugendlicher einen anderen Jugendlichen beleidigte oder ärgerte, dann musste sich der beleidigte oder geärgerte Jugendliche wehren, oder zumindest einen Weg finden so etwas auszuhalten. In der heutigen Zeit werden solche Streitereien oder Übergriffe verwendet um diesen armen beleidigten und geärgerten Jugendlichen seine komplette Selbstorganisation abzunehmen. Im schlimmsten Fall werden solche Vorgänge vor ganzen Schulklassen diskutiert und analysiert.

Das eklatanteste daran ist, dass dem Jugendlichen erklärt wird, dass das alles zu seinem Besten sei und das ist auch tatsächlich so gemeint ist. In Wahrheit bemerken die sozial Verantwortlichen nicht, dass es dem Jugendlichen schadet und auch den Blick seiner Mitschüler auf ihn als Person ändert.

Größtenteils harmlos

Zu diesem Thema kann ich aus eigener Erfahrung berichten, dass auch wenn man als Jugendlicher auf die Fresse bekommt und niemand einem hilft, dass dies die Entwicklung eher beschleunigt und verbessert als das man daran verzweifelt oder zerbricht.

Nun bin ich zwar nicht der Nabel der Welt und sicherlich gibt es zartere und empfindlichere Menschen als mich, aber in meiner Erfahrung haben die Angreifer und Neudeutsch „Mobber" genannt, nicht das Ziel jemanden zu zerstören, sondern sich aufzuspielen. Uns suggeriert die Gesellschaft aber immer den schlimmsten anzunehmenden Fall. Es werden Beispiele von tätlichen Angriffen gezeigt in denen volldegenerierte Schwachmaten auf andere Menschen eintreten obwohl diese bereits am Boden liegen und erklären uns, dass dies mittlerweile normal sei. Nein, es ist nicht vollkommen normal. Die Menschen an sich haben sich kaum geändert. Bei Konflikten oder Übergriffen überwiegt es, dass Angreifer lediglich gewinnen wollen. Das ist im Kleinen wie im Großen. Niemand, der in dieser Gesellschaft groß geworden ist und gesund ist, möchte seinen Gegner zerstören. Selbst das Ego des Angreifers begnügt sich mit der Demütigung seines Opfers. Das es da Menschen gibt, die diese „Regeln" missachten, ist auch eine Tatsache, ist aber nicht die Regel.

Nun behauptete ich, dass der Blick auf die Wahrheit komplett verloren gegangen sei. Das ist so sicherlich nicht richtig, denn schließlich bin ich auch ein Kind dieser Gesellschaft und mein Blick auf die Wahrheiten dieser Gesellschaft wurden anscheinend nicht so getrübt.

Auch sehe ich immer wieder Satiriker, Komiker und andere Sozialwissenschaftler, die an derselben Grenze stehen. Sie erzählen im Allgemeinen genau das, was ich meine.

Solche Wahrheiten will aber das Groh dieser Gesellschaft nicht hören. Die meisten unter uns wollen unterhalten und weniger informiert werden. Auch gibt es mittlerweile Kollegen von mir, die absichtlich die Nachrichtensendungen nicht mehr sehen wollen, weil sie keine Lust mehr haben sich mit den Untiefen aus Politik und Wirtschaft herumzuschlagen. Sendungen im Fernsehen, in den es darum geht, den Leuten mal zu erzählen, was tatsächlich eine Rolle spielt, werden an Sendeplätzen ausgestrahlt, dass man Glück haben muss, diese nicht zu verpassen. Ein hoch auf das Internet, dort ist man gottseidank in der Lage solche Sendungen zu streamen.

Während an den Hauptsendeplätzen die Verdummungssendungen und Einheitsbrei-Casting Shows in Köpfe gehämmert werden und irgendwelche Verkupplungssendungen das Volk unterhalten, werden in den Nachbarstudios Diskussionsrunden für die Nacht aufgezeichnet, die über Wahrheiten dieser Gesellschaft und die Verdummung ganzer Generationen aufklärt. Wenn man sich am nächsten Morgen mit seinen Kollegen über den Vorabend unterhält, ist der Haupttenor die Frage warum sich Enrico nicht mit Chantal, sondern mit V ins Séparée begeben hat und warum hat Frank sich mit Peter gezofft, war doch klar das sich Esther eher mit Frank als mit Peter treffen möchte. Kaum jemand hat sich damit auseinandergesetzt, dass Brasilien gerade seine Regenwälder abholzt, oder dass die Rechtspopulisten mal wieder behaupten sie seien nicht rechts, sondern einfach besorgt.

Ob das die Verarschung der Allgemeinheit, die Blödheit der Politik oder der Wahnsinn einiger Staatenlenker auf diesem Planeten ist. All dies sind Themen, die mich seit Jahren nerven. Nerven ist da der falsche Begriff. Wenn ich den Mut und die Charakterstärke dazu hätte, würde ich mich vor der Öffentlichkeit selbst hinrichten, um denen zu zeigen, wie sehr die an dem was ich mir für die Menschheit wünsche, vorbeileben.

Es gab in allen Zeiten in der Entwicklung der Menschheit Vollidioten, die was zu sagen hatten. Aber zu anderen Zeiten, wusste man es nicht besser. Heute wissen wir es besser und könnten eine Abkehr vom altbewerten

Größtenteils harmlos

Ausbeutertum vornehmen. Wir könnten im Einklang mit diesem Planeten und im Einklang mit einer Staatengemeinschaft, friedlich unser Dasein auf diesem Planeten bewältigen und ein Zufriedenheit- und Sicherheitsgebender Anker für alle geplagten Lebewesen auf diesem Planeten sein.

Aber das sind wir nicht. Wir sind gefangen in einer Blase aus diversen Einschränkungen und Vorgaben, die wir uns selbst auferlegen.

Darum geht es dann später in diesem Buch. Erstmal, bin ich selbst dran…..

Ich bin ja selbst nicht besser, wie könnte ich hier klugscheisserisch Rumblöcken, wenn ich nicht an mir selbst versuche ein besserer Bestandteil der Gesellschaft zu sein? Zu Beginn dieses Buches stehe ich aber am Anfang und habe noch nicht einmal erkannt wer oder was ich in dieser Gesellschaft bin. Daher muss ich mich zuvor erst einmal auseinandernehmen und dann versuchen mich wieder zusammenzusetzen um hoffentlich mich selbst zu erkennen. So startet dieses Buch eigentlich mit meiner eigenen Existenz, führt mich über eigene Gedanken zu meinem Umfeld und von meinem Umfeld zur derzeitigen Situation der Gesellschaft hin zur Frage, was ich mir wünschen würde oder was mir fehlt. Es folgt der Versuch zu subsummieren, zu erkennen was ist besser. Wie ist der ideale Mensch? Wie ist die ideale Gesellschaft? Was muss passieren um diese Idealbilder zu erreichen? Hoffentlich mit einem Ergebnis, einer Lösung für das, in dem wir stecken.

Ich weiß ja nicht ob es nur mir so geht. Aber stecken wir nicht gerade in irgendetwas drin?

Größtenteils harmlos

Kapitel 1
Meine Theorie oder etwas was ich mir denke

Wir Menschen besitzen Verstand, jedenfalls die meisten von uns. Genauso haben wir eine Seele. Verstanden habe ich diesen Unterschied nie so recht. Was ist nun unser Verstand und was die Seele? Wo sitzen der Verstand und wo die Seele? Ich denke nur Schlauschellen und andere Wissenschaftler, vielleicht auch Philosophen, haben eine ungefähre Ahnung davon, was ist nun was und wo ist was, wissen kann das aber mit Bestimmtheit keiner.

Ich weiß es definitiv nicht und habe mir daher eine eigene Theorie für diese Frage zurechtgelegt.

Mein Verstand ist einfach alles und hat seinen Sitz im Gehirn.

Meine Seele ist der Grund warum es mich gibt und hat keinen festen Punkt in meinem Körper.

Abgesehen davon, dass rein biologisch betrachtet, der Grund meiner Existenz am Liebesleben meiner Eltern hängt, so sehe ich meine Seele als etwas ohne Substanz an. Sie umgibt mich mehr als dass sie in mir drinsteckt. Sie ist etwas Unsterbliches, zeitloses und Unnahbares. Man kann sie nicht messen oder testen, sie ist einfach überall. Diese Seele gibt es nicht nur bei uns Menschen, sondern in jedem lebendigen Objekt auf dieser Erde. Eine Hummel hat genau so eine Seele wie ich, die Spinne oder das Schwein. Bedenkt man das der Besitz einer Seele doch eher höhere Lebewesen „beseelen" sollen, widerspreche ich an dieser Stelle meinen Erziehern und Ausbildern, denn die brachten mir seit meinem erinnerungsfähigen Leben bei, dass wir Menschen doch der Gipfel der Evolution seien. Zum Zeitpunkt des Entstehens dieser für mich passenden Theorie war ich ein Kind, dass dachte, dass es den Weihnachtsmann wirklich gab und dass mein erster verlorener Zahn von der Zahnfee geholt werden würde. Seit dieser Zeit hat sich zwar mein Wissen zum Weihnachtsmann und der Zahnfee leicht verändert, aber diese Theorie wurde

Größtenteils harmlos

in ihren Grundzügen nie umgeworfen. Es konnte mir niemand die Existenz einer Seele belegen. Niemand hatte eine wirklich glaubhafte Erklärung warum ständig von Seelen die Rede war oder warum selbst in der deutschen Sprache der Begriff der Seele als fester Bestandteil meines Körpers definiert ist. Auch geht man im Sprachjargon in Todesfällen immer davon aus, dass die Seele mit dem Menschen gestorben wäre.

Liest man sich die Erklärungen im Internet zum Thema Seele genauer durch, kommen solche Sätze wie:

Zitatbeginn

Die Seele ist der letzte unverwechselbare und unverfügbare Kern eines Menschen. Die Wissenschaft versucht die Seele als biochemischen Vorgang in Gehirn und Körper (weg-) zu definieren.

Zitatende

Abgesehen von den Werken Platons oder dessen Schülers Aristoteles wird in den meisten Stellungnahmen der heutigen Zeit fast immer eine religiöse Verbindung zur Seele hergestellt. Das zieht sich durch alle Religionen der Menschheit. Der kleine PJB wusste von dem Allem nichts. Generationen von Gelehrten aus allen Zeitepochen der Menschheit haben sich mit dieser Frage beschäftigt, aber der kleine PJB, der nichts vom Leben kannte, nichts von dem wusste was auf ihn zukommen sollte, dieser kleine Wutz, der hatte für sich erkannt, dass er ein körperloses Lebewesen in sich trug. Es hatte ihn beseelt als er geboren wurde und dieses Wesen hat keinerlei Einfluss auf sein Denken oder Handeln. Es ist einfach nur da und für den Fall, dass er mal das gleiche Schicksal erleiden müsse wie die Schweine im Stall, so werde sich dieses Wesen entweder einen neuen zu beseelenden Körper suchen, oder sich in andere Gefilde aufmachen und eine wie auch immer geartete Aufgabe im Universum übernehmen. Die Seele des kleinen PJB ist unkaputtbar und wird das Leben der beseelten Lebewesen immer mit sich tragen. Dem kleinen PJB war auch bewusst, dass die Seele, die er nun gerade trug, eine Seele war, die bereits viele andere Lebewesen beseelt hatte. Es gibt daher in meiner Theorie etwas in uns, dass uns eine Ahnung von bereits gelebten Leben gibt. Da meine Seele bereits Insekten oder Wale beseelt haben könnte, ist eine direkte Kommunikation zwischen mir und meiner Seele logischerweise unmöglich. Mein Verstand ist nur sich selbst verpflichtet und arbeitet komplett eigenständig. Es gibt nur kleine „unterbewusste" Meldungen oder Hinweise, die mit meinem Verstand etwas bewirken, aber weder weiß klein PJB warum, noch weiß er welche Beeinflussungen eine Seele vornehmen kann. Klar ist nur, dass meine Seele alles von mir weiß und sieht. Jede dunkele Ecke, jedes Versteck, alles was ich vergesse oder mir selbst ausrede. Die Seele ist eine Instanz ohne Macht.

Ziemlich schräg, aber der kleine PJB konnte sich so vieles erklären, was ihm die Erwachsenen niemals erklären konnten. Das mittlerweile der alte PJB diese Theorie nicht verworfen hat liegt wohl in erster Linie daran, dass, wie bereits erwähnt, niemand auf diesem Planeten in der Lage ist, diese Theorie zu widerlegen. Hingegen konnte die Theorie zum Weihnachtsmann und der Zahnfee relativ schnell aus der Welt geschaffen werden. Dazu reichte ein einziger Spruch meines Bruders, der den anwesenden Weihnachtsmann kurzerhand als Nachbarn identifizierte. Vielmehr fragte er laut, warum der Weihnachtsmann denn die gleichen Schuhe tragen würde wie der Nachbar. Nun kann man leider eine körperlose Kreatur nicht beim Tragen der falschen Schuhe erkennen, aber seit dieser Zeit versuche ich immer mal wieder diese Theorie, für mich selbst, zu zerstören. Es ist mir seither nie geglückt, was zum einen ein Segen für mein „Seelenheil" bedeutet und zum anderen mich schier verzweifeln lässt, denn außer mir kenne ich niemanden, der mit mir diese Theorie teilt.

Es ist ja auch nur meine Theorie, die ich weder belegen noch beweisen kann, noch möchte ich das.

Größtenteils harmlos

Um aber zu verstehen warum ein Mensch ständig an seinen Tod denkt und trotzdem fröhlich vor sich hinlebt, sollte man offen dafür sein, dass es Bestandteile an oder in jedem gibt, die meiner Theorie nach, nicht sterben können. Viele tun das indem sie an etwas glauben, an einen oder mehrere Götter. Oder sie glauben an sich selbst, eine Institution oder es ist ihnen egal und sie sind dennoch mit sich im Reinen. Jeder der so etwas wie einen Glauben oder ein Verständnis für sich und das Universum hat, ist potenziell ausgeglichener und zufriedener, denn er weiß das seine Existenz, nur für ihn selbst eine Rolle spielt. Für das Leben der Anderen und vielleicht auch der Gesellschaft hat seine Existenz keine Bedeutung. Daher können Menschen, die einem Glauben folgen, sich auch für diesen Glauben opfern. Darin unterscheidet sich meine Theorie zu anderen Gedankenmodellen. Zwar genieße ich den Vorteil eines unbekümmerten Lebens, weil ich meine Unwichtigkeit auf diesem Planeten sekündlich durchlebe, muss aber dafür keinerlei Opfer oder Rituale über mich ergehen lassen, ich bin einfach, dass was ich sein will ohne auf irgendetwas zu achten. Zwar allein aber selbstbestimmend.

Das erleichtert meinem Verstand vieles. Genau dieses Wissen macht meinen Verstand frei. Nun ist vermutlich das beseelen von Kreaturen, die dieses Wissen aus ihrem Verstand nicht haben für mich unerklärlich. Da meine Seele aber bereits Kreaturen beseelt hatte, die dieses Wissen nie hatten, spielt es aller Voraussicht nach für die Seele auch keine Rolle, ob die beseelte Kreatur dieses Wissen besitzt oder nicht. Für meinen Verstand ist nur eines Wichtig. Es kann zu egal welchem Zeitpunkt alles passieren. Ein Blitz kann dich erschlagen, ein unbekanntes Flugobjekt strahlt dich zu Tode, du verschluckst dich an einer Kirsche oder, wie bei den Dinosauriern, es kommt ein Meteor und verdampft die Atmosphäre. Egal was immer auch passiert, deine Seele wird es überleben und zieht dann ohne Dich los und übernimmt Aufgaben im Universum, die es mit dir als

Anhängsel eh nie hätte ausführen können. Wir sind nach meiner Theorie nur da um eine Seele zu formen und ihr über die ersten Entscheidungen zu zeigen was für dieses Dasein wichtig ist und was eher weniger.

Wir sind also sowas wie die Erzieher unserer Seelen und mit jeder unserer Entscheidungen, ob falsch oder richtig, ob gut oder böse zeigen wir unserer Seele was diese Entscheidung auslöste oder vermied.

Mit dieser Theorie ließ sich in meinem Leben bisher jeder meiner Entscheidungen rechtfertigen und ich hoffe, dass das noch einige Zeit so anhalten wird. Zudem sorgt dieses Verständnis für die Freiheit sich über den eigenen Tellerrand hinaus mal das Leben und das Leben der anderen anzuschauen. Einfach mal wertfrei in einer Situation verharren und verstehen was der Antrieb der einen oder anderen Entscheidung ist. Dabei musste ich nicht auf innere Zwänge oder verbotene Zonen achten, denn dieses Korsett aus Ängsten und Pflichten gab und gibt es für mich nicht.

Daher habe ich mir aus diesem wertfreien Blickwinkel Abläufe und Geschehnisse in meinem Umfeld oder dieser Gesellschaft angesehen und nicht das offensichtliche und gewollte Bild gesehen, sondern vielmehr die Hintergründe versucht zu analysieren. Dinge, die ich dabei nicht verstand oder verstehe hatte und habe ich dabei recht großzügig ignoriert, denn in Dinge die man nicht versteht oder in Abläufe die einfach keinen logischen Grund erkennen ließen kann man nicht einfach so uminterpretieren, dass man sie versteht oder dass sie logisch werden. Besser ist sie komplett zu streichen und sich an die Dinge zu halten, die man versteht und die einen logischen Sinn ergeben. Da ich nun, nach meinen Erfahrungen, nicht unbedingt das hellste Licht auf der Torte bin und eben so manches nicht verstand, ist meine Sicht doch immer sehr schlicht und einfach geblieben. Komplizierte Sachverhalte waren mir immer ein Dorn im Auge und so behielt ich meine Theorie auch immer schlicht und einfach.

Größtenteils harmlos

Da sind ein Verstand und eine Seele. Die Seele hört und sieht was der Verstand tut. Der Verstand hört und sieht nichts von der Seele. Wenn der Verstand verschwindet, dann ist die Seele auf dem Weg zur nächsten Aufgabe. Mehr gibt meine Theorie nicht her und braucht sie auch nicht.

Eine Theorie kann daher nur eine Unterstützung mit dem Umgang von Problemen sein und nicht, so wie es einige Erdreligionen vorgeben, eine Komplettlösung für alles.

Aber wem erzähle ich das? Sie haben schließlich zu diesem Buch gegriffen und haben aus irgendeinem Grund gedacht, dass dieses Buch Ihnen irgendetwas sagt. Bei der Entscheidung ein Buch zu lesen, oder es zurück ins Regal zu stellen, nehme ich an, dass diese oder dieser Jemand, den Buchrücken, beziehungsweise das Vorwort gelesen hat. Demnach sind Sie kein Anhänger einer Erdreligion und wenn, kein Überzeugter gläubiger Mensch, der glaubt, dass es eine imaginäre Macht gibt, die ihn schützt und vor Schaden bewahrt. Sollten Sie dennoch ein überzeugter gläubiger Mensch einer der Erdreligionen sein, so sind Sie aufgeschlossen und offen für andere Gedanken und nicht am Wortlaut ihres Glaubens verhaftet. Denn sonst hätten sie nach dem Lesen des Vorworts bereits entschieden, dass dieses Buch nichts für sie sein kann. Vielleicht zweifeln Sie daran, dass es vor einigen Jahrhunderten einen Menschen gab, der im Sinne dieser imaginären Macht entweder in Indien oder im Orient vielleicht auch in Israel Menschen heilte und Nächstenliebe predigte. Aber bevor sie nun als gläubiger Mensch dieses Buch zur Seite legen, sollte ich ihnen noch mitteilen, dass einer der Probeleser dieses Buches mir zu meiner Verwunderung mitteilte, ich sei auch ein gläubiger Christ und hätte den innerlichen spirituellen Glauben an ein höheres Wesen, dass man ebenso als den einzigen und wahren Gott bezeichnen könne. So sehr ich mich aber bemühe diesen Gedanken zuzulassen, so sehr bin ich davon überzeugt, dass ich nichts von der heutigen Interpretation des christlichen Glaubens halte.

Zu diesem doch Bibliotheken füllenden Thema stehe ich wohl nicht ganz im Hauptdenken dieser Gesellschaft, die zumeist gläubig erscheint, aber doch eher scheinheilig atheistische Züge beweist. Es tut mir leid, dass ich das hier jetzt mal so feststellen muss. Die meisten der auf diesem Erdball vorhandenen Gesellschaften sind verlogen bis ins Mark. Einerseits werden spirituelle Gedankenmodelle und Gleichberechtigung sämtlicher Menschen als wichtigstes Gut schon fast verherrlicht, aber andererseits lässt sich die jeweilige Staatsmacht an sämtlichen Ecken und Enden verbiegen, zurückdrehen oder vorwärts spulen, solange die Staatsmacht dabei Vorteile für sich erkennt. Meistens wird dann eine scheinheilige Erklärung für die Öffentlichkeit verbreitet um zumindest nach außen so ein Bild von Heiligkeit und Rechtschaffenheit zu vermitteln, natürlich immer im Sinne der Gesellschaft.

Aber ich möchte nicht voreilig auf die Gesellschaft schauen, sondern erstmal bei mir bleiben, die Gesellschaften kommen später dran.

In meiner Theorie gibt es tatsächlich auch eine imaginäre Macht, denn sonst wüssten unsere Seelen ja nicht was sie nach unserem Ableben machen müssten. Allerdings sind bereits die Seelen an sich bereits körperlos und unnahbar. Wie sollte ich mir erklären können, woher die Instruktionen für die Seelen herkommen? Ob die Seelen nun fremdbestimmt handeln, vielleicht aus religiösen Gründen, oder aus wirtschaftlichen Gesichtspunkten heraus ist mir vollkommen unbekannt und hat in meiner Theorie auch bisher noch keine Rolle gespielt. An dieser Stelle wird es für meine Theorie kompliziert und unerklärlich und wie ich bereits erwähnte, liegen mir komplizierte und schwierige Erklärungen nicht wirklich, daher fehlt mir in meiner Theorie an dieser Stelle eine plausible Erklärung. Allerdings gibt es in meiner Theorie keinen Menschen der vor einigen Jahrhunderten in egal welchem Erdteil irgendwelche Wundertaten verrichtete. Auch ist kein Mensch der Sohn von irgendeiner Oberseele, oder so. Vielmehr kommuniziert unsere Seele mit dem was unsere Wissenschaftler „Unterbewusstsein" nennen und manchmal bekommen wir eine ungefähre Vorstellung von Ereignissen oder Wiederholungen eigener Entscheidungen, die wir aus irgendeinem Grund dann anders entscheiden, oder wir vermuten, dass wir sie anders entscheiden müssten. Daher erklärt mir meine Theorie auch diese Fehlinterpretation der meisten Erdreligionen. Dort gehen die Gelehrten dieser Religionen davon aus, dass deren Propheten oder Heilige aus ihrem Verstand heraus die Menschen überzeugten und mit ihren Schiften und Darstellungen dazu brachten sich nicht mehr gegenseitig umzubringen, oder sich vor dem Besuch einer Glaubenseinrichtung die Füße zu waschen, sich in der Öffentlichkeit besondere Kleidung anzulegen oder zu leichteren Erkennung die Haare in gewisser Weise zu schneiden. Möglicherweise sind vor einigen hundert Jahren mehrere Menschen in verschiedenen Erdteilen auf die Idee gekommen auf unbewusste Wahrnehmungen und Hinweise ihrer Seele zu reagieren. Die Seelen dieser besagten Menschen waren mit dem Handeln und dem Leid in der jeweiligen Zeit einfach nicht einverstanden und übermittelten ihren Menschen, dass der eingeschlagene Weg der Menschheit nicht so richtig funktioniert. Man solle sich nicht weiter bekämpfen, sondern mehr miteinander nach Lösungen im Zusammenleben zwischen Menschen suchen.

Die Menschen, dieser Seelen, haben sich geäußert und für das gekämpft was sie in ihren Hinweisen aus ihrer Seele verstanden hatten. Sie opferten sogar ihre Leben um ihre Überzeugungen weiterzugeben. Was dann seitdem mit diesen Lebensläufen passiert ist, dass sich Teile der Gläubige später anfingen sich nicht mehr wahllos zu kleiden, oder dass sie anfingen ihre Haare in besonderer Form zu tragen, sich ihre Füße vor einer Glaubenseinrichtung zu waschen, sind Ideen von Nachfolgern des jeweiligen

Glaubens und hat mit der Lehre an sich, sich um ein besseres Verständnis der Menschen untereinander zu bemühen, nichts mehr zu tun. Es ist Vielfach eine einfache Geldmacherei und Okkultismus um Menschen manipulativ Dinge tun zu lassen die sie sonst nie tun würden. Das hat mit dem ursprünglichen Sinn desjenigen, der von seiner Seele diese Hinweise bekam nur noch im weitesten Sinn etwas zu tun, aber mit dem inneren Kern nichts mehr gemein.

Beispiele dafür, dass Menschen für ihren Glauben Dinge tun, die sie ohne ihren Glauben nie täten, kann sich jeder gut vorstellen. Was man aber bei den Glaubensrichtungen auch bedenken muss, dass viele der Taten, die aufgrund einer Religion getätigt wurden, uns an diesen Punkt der Menschheit gebracht haben. Ohne diese manipulativen Veränderungen der menschlichen Eigenschaften hätte die Menschheit es nie so weit gebracht, wie es derzeit der Fall ist. Trotz dieser mittlerweile komplett fehlinterpretierten und bis in die irrwitzigsten verdrehten Religionen hat es die Menschheit geschafft sich nicht gegenseitig auszurotten. Auch wenn die Erdreligionen einen derartigen positiven Einfluss auf die Gesellschaft hatten, so hat keine der vorhandenen Erdreligionen irgendeine substanzielle und nachhaltige Antwort auf irgendeine meiner Fragen, die ich stellen würde um an sie zu glauben.

Auch meine Theorie ist beileibe keine Religion und schon gar nicht erhebe ich oder die Theorie selbst den Wunsch oder Anspruch, dass irgendwer irgendetwas tun muss, oder dass irgendwer an sie glaubt. Es gibt kein zentrales Dokument, das rituelle Handlungen oder Sichtweisen predigt.

Selbst wenn Millionen von Menschen diese Theorie für sich selbst als gute Lösung für die Sicht der Dinge betrachten würde, gäbe es niemals eine Gemeinschaft oder ein Oberhaupt, keine Gelehrten oder irgendwelche Experten. Niemand müsste für irgendetwas bezahlen, sondern wir

Größtenteils harmlos

würden uns alle ein bisschen wie die Dänen oder Norweger verhalten, deren wichtigstes Ziel im Leben es ist, ihre Mitmenschen glücklich zu machen. Die ihr eigenes Glück eher für unwichtig halten. Auch wenn Norweger und Dänen zumeist einer dieser Erdreligionen angehören, so haben dort die Menschen über Jahrhunderte begriffen, dass die Zufriedenheit des anderen die Zufriedenheit aller steigert. Dass das auch im Namen einer der Erdreligionen passieren kann liegt wohlmöglich an den dort vorherrschenden klimatischen Bedingungen, die es erforderlich machten, dass man einander hilft und daher die Gemeinschaft als etwas Höheres als sich selbst betrachtet.

Jedenfalls ist eins der Ergebnisse meiner Theorie, dass die Handlungen der Gemeinschaft höher und wichtiger sind als das eigene Handeln. Was mittlerweile in unserer Gesellschaft durch die Einrichtung von Demokratien, in einer solchen bin ich ja auch geboren, erreicht wurde. Somit ist meine Theorie schon etwas politisch, oder? Nein, meine Theorie ist kein politisches Konstrukt, sondern nur eine Betrachtungsweise, die als Ergebnis grundsätzlich, dein eigenes Ich herabstuft und nicht als etwas Allumfassendes betrachtet. Ich selbst bin mir meiner Position zwischen Himmel und Erde bewusst und habe kein Recht über einen anderen Menschen zu richten oder zu entscheiden. Egal ob ich in einer Demokratie lebe, oder in einer anderen Staatsform der Gesellschaft, ich bin kein Chef von Irgendjemanden.

Natürlich kann man mit einer solchen Theorie, auch mal böse sein und die Ellenbogen ausfahren, man darf sich ja schließlich wehren, aber außer über mein eigenes Glück habe ich keine Macht über das Handeln anderer. Niemals könnte ich wirtschaftlich erfolgreich, wie zum Beispiel ein Vorstandschef oder Geschäftsführer sein, denn um wirtschaftlich erfolgreich zu sein, müsste ich mit meinem Verstand Menschen hintergehen, mich besser darstellen als ich bin und ich müsste Konkurrenten vom Markt verdrängen oder vernichten. Daher hinkt auch in meiner Theorie die letztendliche Konsequenz. Denn mein Verstand möchte von Haus aus niemanden hintergehen, verdrängen oder vernichten. Was meine Seele vielleicht aber gerne täte. Nun versucht meine Seele mir doch auf anderem Weg mitzuteilen, dass ich mich anders verhalte. Was tut meine Seele dafür? Sendet sie mir Träume und Sehnsüchte, oder hat die Seele doch keinen Zugang. Wie oft haben sie an sich selbst schon festgestellt, oder haben es ihnen andere berichtet, dass sie zwei Stimmen im Kopf hatten? Die eine Stimme, die ihnen sagt, sei entspannt, hilf deinem Gegenüber und die andere Stimme, die da sagt: „Scheiß doch drauf, was interessiert uns das Geschwätz der anderen". Nun sind die Entscheidungen von uns Menschen nicht immer zwingend mit wirtschaftlichem Erfolg verbunden, aber so oder so ähnlich stoße ich nicht unerheblich oft an die Grenzen meiner Theorie. Ist es vielleicht doch möglich, dass meine Seele zu meinem Verstand sprechen kann? Sind die Widrigkeiten, wie Todesphantasien, nur ein Aufschrei der Seele, die versucht dem Verstand zu manipulieren? Egal, zunächst kann ich für meine Theorie feststellen, dass eine komplett auf Gewinnmaximierung ausgerichtete Sichtweise, nicht in meiner Theorie existiert und daher kann ich als Mensch auch nicht komplett wirtschaftlich ausgerichtet handeln, egal was meine Seele will oder nicht. Meine Sehnsüchte und Träume, die meinen wirtschaftlichen Wohlstand beinhalten, gehen immer davon aus, dass niemand unter meinem wirtschaftlichen Erfolg leiden muss. Mein Verstand sagt mir aber, dass das Quatsch ist. Sobald ein Individuum auf diesem Planeten einen Vorteil erlangt, dann ist dieser Vorteil für ein anderes Individuum weg. Das Bedeutet in der Wirtschaft, habe ich einen Auftrag erhalten, erhält ihn ein anderer nicht, ergo, meine Theorie ist an dieser Stelle eine Luftnummer. In meiner doch ziemlich gefestigten Theorie hat meine Seele keinerlei Einfluss auf die Lösung eines

Größtenteils harmlos

alltäglichen Problems, damit muss sich mein Verstand rumärgern und wenn das Problem manches mal so übergroß ist, dass er es nicht bewältigen kann, dann kann sich mein Verstand nicht anders helfen als sich den schlimmsten anzunehmenden Fall vorzustellen um dann zu bemerken, dass das vorliegende Problem doch eigentlich nicht so dramatisch ist wie gedacht. Meine Theorie zielt insgesamt auf Situation zum Tod und spielt in meinem Leben nur eine untergeordnete Rolle. Betrachte ich aber meinen Tod, so ist meine Theorie fast alles und ein zentraler Grundsatz, der so im Alltag keine erhebliche Rolle spielt. Da mein Tod für meinen Alltag nicht so erheblich ist. Was aber passiert, wenn der Tod tagtäglich in meinem Alltag eine Rolle spielt, kann ich erst dann beurteilen.

Allerdings muss ich mich mit dieser Theorie von anderen, ähnlichen Vorstellungen, distanzieren. Bei Probelesungen einiger Menschen aus meinem Umfeld, wurde mir berichtet, dass meine Theorie, nicht neu, oder etwas anders als das Freimaurertum sei.

Davon muss ich mich hier und an dieser Stelle klar und eindeutig distanzieren. Diese Theorie über Seelen, die den Körper eines Menschen in irgendeiner Form ändern oder beeinflussen könnten, sind nicht mit der Theorie vergleichbar.

Sobald sich eine Theorie über das Leben und den Rest dazu hinreißen ließe Gemeinschaften zu gründen, Jünger dieser Theorie zu fördern, oder das irgendwelchen Gegenständen dafür gehuldigt werden müsste, ist eine solche Theorie, keine Theorie mehr, sondern ein besitzergreifendes Monster, dass nun zum Überleben dringend so etwas wie Unterstützer oder Gläubiger braucht. Die wiederum, brauchen was zum Essen, Trinken, Schlafen und Wohnen. Dazu gehören Bedingungen, Regeln und in einigen Ländern nicht unüblich, Gesetze. Natürlich kostet das auch was.

Nein, ganz und gar nicht meine Theorie! Dass was ich denke ist kostenlos und bedingungsfrei.

Ich wiederhole mich, aber die Theorie, die mir mein Leben und den Rest erträglich erscheinen lässt, ist weder mit irgendeiner Art von Verpflichtung, sondern nur mit meinen eigenen Gedanken beschäftigt. Das hat nichts mit gesellschaftlichen Regeln zu tun, sondern soll lediglich das eigene Dasein im Kontext zum Universum darstellen.

Das da vor rund 2000 Sonnenumrundungen dieser Erde, da einer auf die Idee kam, einen ähnlichen Glauben als gesellschaftliches Grundprinzip zu betrachten lag einzig und allein daran, dass zu der Zeit kein so wirklicher gesellschaftlicher Grundkonsens vorlag. Es war so Etwas wie ein Vakuum, eine moralische Leere, die es galt zu füllen. Damit stieß dieser Glaube von Nächstenliebe und Selbstaufopferung über die Jahrhunderte in die Gesellschaften immer tiefer vor, sodass nun dieser Glaube in meinem und in vielen anderen Staaten als Grundprinzip der Gesetze betrachtet wird.

Ohne dieses Grundprinzip, hätte sich die Menschheit noch viel viel länger gegenseitig ausgerottet. Nun existiert, aber dieses Grundgerüst aus moralischen Gesetzen, die die Ethik festlegen. Somit hat die Menschheit dieses Problem eliminiert und hat sich etabliert, diesen Planeten zu dominieren.

Wir benötigen keine Glaubenshäuser oder Orden, keine Klöster und Prediger mehr. Wir haben gesellschaftliche Regeln, die höher und stärker sind.

Daher wenden sich auch immer mehr Menschen von solchen Theorien oder Religionen ab. Das ist für mich selbst, logischer Weise, vollkommen irrelevant, da meine eigene Sichtweise und Theorie mir den Rücken freihält.

Kapitel 2
Kategorien und Umstände

Diese Theorie über das Leben und den Rest legte ich mir schon relativ früh zurecht. Da es ja meine Theorie ist, änderte ich sie zuweilen, wenn mir gerade danach war.

Erst als über 30 Jahre alter Mensch manifestierte sich dieser Grundkonsens mit dem Universum, ich brauchte ja eine Theorie, die diesen Planeten Erde nicht als Welt, sondern nur als das ansah was er ist. Ein Planet, auf dem es Organismen geschafft haben, sich über die Summe ihrer Fähigkeiten hinaus zu entwickeln.

Weil sich diese Organismen so ziemlich alle Feinde vom Leib halten können, gibt es eigentlich nur noch Todesfälle, wenn sich die Organismen selbst gegenseitig umbringen, oder wenn diese Organismen alt oder krank sind. In meiner Theorie über das Leben und den Rest werden die Seelen durch den Tod eines Individuums befreit und was sie dann über das einzelne Lebewesen denken oder empfinden kann nur spekuliert werden. Aber jede Seele hat genauso wie jedes andere Lebewesen auch, einen Charakter. Um diesen zu formen, müssen die Seelen ein Leben in einem anderen Körper mitempfinden, miterleben. Nur so kann das Universum sicherstellen, dass diese Seelen ihren späteren Auftrag richtig erfüllen können. Daher hat das Universum diesen Planeten als Brutstätte für Seelen so angelegt. Nun passiert aber etwas mit dem das Universum nicht rechnete. Diese Organismen verstehen Dinge im größeren Zusammenhang und schicken sich an, nicht nur diesen Planeten zu bewohnen, sondern beginnen sich andere Planeten zu suchen. Zwar ist es ihnen bisher noch nicht gelungen, diesen Planeten auf längere Zeit zu verlassen, aber mit der Entwicklung aus einigen Hundert Jahren lässt sich ablesen, zu was diese Organismen nach Weiteren einigen hundert Jahren im Stande sind.

Mit diesen Überlegungen, in einer Theorie, die mit der Zukunft wächst oder schwindet, sich verändert, je nach Situation, war ich überfordert.

Was heißt das jetzt für die Seelen? Dürfen die nur auf der Erde entstehen? Ist das der Plan des Universums? Wenn nicht, wird uns das Universum stoppen?

Dazwischen immer mal so ein paar Phantasien, die mir zeigten, dass ich als Nichts geboren wurde und als Nichts sterben werde. Ok, aber was ist dazwischen? Das Leben, ist das Leben nicht etwas Großes?

Zu viele Fragen und was noch schlimmer war, zu viele mögliche Antworten.

Ich brauchte einen Schlüssel für meine Theorie und ein Barometer für die darin stadtfindenden Phantasien. Wann ist eine Phantasie möglicherweise auch eine Veränderung der Theorie?

Dabei sollten Kategorien und gewisse Umstände als Maßstab für die Intensivität einer Phantasie bekannt sein.

Ich unterschied meine imaginären Todesfälle in drei Hauptkategorien. In „Oh Gott", oder „Ach Du jäh" und „Achso". Jede Hauptkategorie unter teilt sich in die Stufen 1, 2 und 3. Wobei 3 am intensivsten und 1 so zum Einschlafen ist. Während man bei einer Vorstellung von „Oh Gott" der Stufe 3 manchmal einige Tage wie besessen ist, so ist es bei „Achso" der Stufe 1, vielleicht wie ein Toilettengang, man spült es einfach herunter.

Bei der Kategorie „Oh Gott" auf der Stufe 1 bis 3 nahm ich mir vor, meine Theorie zu überprüfen und überlegte mir ob die Theorie noch passt. Bei einer Phantasie der Kategorie „Achso" konnte ich getrost meinen Alltag weiter verrichten. In der mittleren Kategorie, „Ach Du jäh", versuchte ich zu filtern, ob es jetzt eher eine Phantasie aus Ärger zu einer bestimmten Person war, oder ob ich tatsächlich so etwas wie eine innere Stimme gehört hatte, die mir etwas mitteilen wollte.

Größtenteils harmlos

Um leichter den Hergang eines Todesfalles und die Häufigkeit zu verstehen könnte es hilfreich sein die Umstände der allgemeinen Situation zu kennen. In einer aktiven Umgebung mit vielen Menschen, vielleicht dabei im Stress und hochkonzentriert werden Todesfälle, egal welcher Kategorie einfach mal zur Nebensache. Es wird einfach zur Kenntnis genommen und weiter im Text. Ereilt mich eine Phantasie auf der Gartenliege in völliger Entspannung so kann selbst eine im Nachhinein eher weniger intensive Todesursache zum Zeitpunkt ihres Beginns mich völlig aus der Bahn bringen und das war es dann mit der Entspannung.

In Bezug auf meine Theorie sollten die Phantasien mir Mithilfe dieses Schlüssels anzeigen können, ob meine Theorie über das Leben und den Rest immer noch für mich funktioniert.

Es gab Jahre in denen ich mich fragte wie diese Phantasien ausgelöst werden und ich machte dafür natürlich andere verantwortlich. Später, aber auch einige Jahre andauernd, ging ich davon aus einer Reihe von Déjà-vus aus bereits gelebten Leben zu erhalten, einer Art Fehler in der Matrix zu unterliegen, vielleicht ein medizinisches Wunder? Als ich erkannte das sich selten mal Todesarten der Vergangenheit auf einem Raumschiff oder einem anderen Planeten abgespielt haben konnten, redete ich mir ein, dass es völlig normale Träume sind, Ängste meines Unterbewusstseins die in einer Art Hilferuf an mein Bewusstsein gesendet wurden, damit ich ein besserer Mensch oder so werde. Schließlich kam die Verbindung zu meiner Theorie wieder hoch. Sendet mir meine Seele diese Phantasien? Oder will mein Verstand versuchen meine Seele zu manipulieren? Ok, nehme ich an, dass es mein Verstand ist. Ich selbst bestimme über meine Phantasien. Ich leite sie ein, ich steuere sie und ich könnte mich zwingen, keine Phantasien mehr zu haben. An dieser Stelle angekommen, möchte ich mich entspannen. Wenn ich demnach so verhängnisvolle

Phantasien entstehen lasse, dann bräuchte ich nichts Anderes tun als an weiße Pferde auf weißen Grund zu denken und schon würden sich meine Gedanken in eine wohltuende Wolke aus Sinnlichkeit und Wohlbehagen verwandeln. Die Entspannung wäre perfekt. Meine neue Gewalt über die Phantasien lässt mich vor Glück auf einer weichen Wolke dahinschweben und mich durchdringt eine entscheidende Frage, wie lange schwebe ich noch sorgenfrei hier rum? Plötzlich schießt eine Horde von weißen Pferden aus einer weißen Wolke auf mich zu und zertrampelt mich und mein Dasein. Damit war wieder klar, dass mein Verstand, diese Phantasie nie erstellte. Vermutlich besitzt meine Seele einen Hauch von Ironie und Witz. Sehr witzig, wollte meine Seele mich nur verarschen, oder wollte sie wissen wie mein Verstand reagiert? Ich weiß es nicht.

Also was nun? Ist es meine Seele, oder mein Verstand, der mich da schwitzen lässt. Vermutlich wird es eine Mischung aus beidem sein. Mein Verstand bildet eine Phantasie und wenn es meiner Seele zu blöd wird, dann verändert sie diese Phantasie um sie in irgendeiner Form zu verbessern, was aber aus Sicht meines Verstandes vielleicht keine Verbesserung ist. Weil jetzt mein Verstand aber nicht mehr versteht, woher diese Änderung kommen mag, versucht der Verstand sich diese Änderungen der Phantasie logisch und rational zu erklären. Ich, zum Beispiel musste nun anfangen ein Buch darüber zu schreiben, um dieses Wirrwarr aus Blut und Schweiß zu verstehen. Es ist ja nicht so, als dass ich unter diesen Gedanken leide. Es ist ein bisschen so wie in der Sendung „UPPS die Pannenshow", man sieht den Beginn einer Panne, man überlegt sich was passiert, am Ende passiert etwas zu Erwartendes und doch überrascht es einen. Es ist ja meistens auch nicht schmerzhaft, oder es behindert mich ja auch nicht in der Ausübung meines Berufes oder zerstört mein Sozialleben. Es ist einfach da und weder weiß ich die Ursache, den Grund oder wie ich es einstellen und beenden kann.

Wenn man so will, einfach Datenmüll. Aber auch beim Entsorgen scheint mein linksgepolter Kopf nicht so zu funktionieren, dass sich dieser Datenmüll einfach vergessen ließe.

Nun schreibe ich drüber und verarbeite nun mit meinem Verstand was mein Verstand zwar sinnlos produziert und aus welchem Grund auch immer wie so eine Art nettes kleines Gespenst um mich herumwabert. Alles was ich heute weiß ist, dass die Umstände die zu einem Gedankenspiel gehören auch die Kategorie bestimmen. Somit gibt mir dieser aufwendige Trick, die Möglichkeit, eine Phantasie einzustufen und nicht gleich in Panik zu verfallen. Sind die Umstände eher Fremdbestimmt oder Selbstinjiziert, kommen die Überlegungen aus der Vergangenheit, Gegenwart oder aus der Zukunft. Bei der Fremdbestimmung ist es wichtig ob es Begegnungen mit Menschen aus meinem Umfeld sind, zu denen ich eine Meinung habe, oder sind es Menschen die ich nicht kenne und oder die mich nicht kennen. Es ist klar, dass diese ganzen unsinnigen Gedanken von niemanden impliziert sind, sondern nur mein eigenes verqueres Selbst sind. Dennoch geschehen im Alltag Dinge, die eine Phantasie auslösen. Beispiel: Ich fahre durch einen langgezogenen Ort und auf meinem Weg zur Arbeit stehen dreizehn Ampeln. Auf die Umgehungsstraße auszuweichen lohnt sich nicht, dafür wäre der Umweg zu groß. Ich bin demnach gezwungen diesen etwa 6 Kilometer langen Ort mit einem Tempo von 50 Km/h zu durchfahren. Meistens ist es auf meinem Heimweg so, dass zu dieser Zeit viele ihre Kinder aus der Schule abholen, oder Rentner zwischen Mittag und Café noch einige Besorgungen vornehmen müssen. Ich steige also total entspannt in mein Auto und es dauert keine zwei Minuten, da überholen mich in meinem Kopf schon Riesendinosaurier oder kleinere Kampfraumschiffe der

Zylonen, die mich von der Straße fegen, oder mich zerfetzen. Nur weil so ein total verblödeter Vollhirni, mit seinem Super SUV es nicht schafft aus der Verkehrsberuhigung auf die Hauptstraße zu kommen, oder weil so ein verkappter Rennfahrer meint noch 10 Meter vor mir schnell mal auf die Fahrbahn zu schliddern um dann cool zu crusen, natürlich nicht schneller als 35 Km/H.

Dieses Beispiel ist die Kategorie „Achso" und je nachdem wie ich von der Straße entfernt werde, so hoch oder tief ist die Stufe. Bei einer solchen Phantasie, oder ähnlich gibt es keinerlei Unstimmigkeiten. So was kommt aus meinem Verstand, der es einfach zum kotzen findet, dass ein sehr erheblicher Teil meiner Mitmenschen es vollkommen normal findet, sich nur um seine eigenen Belange zu kümmern. Da ich aber nicht dazu übergehen will solche Leute zu beschimpfen oder gar im Auto auszurasten, mogelt mir mein Verstand eine Beschäftigung vor, sodass ich einem solchen Mitmenschen nicht wirklich etwas Böses will. Anders ist es bei nicht im Alltag entstehenden Phantasien, bei denen Niemand mich oder meinen Verstand besudelt, sondern wo ich ganz für mich bin. Plötzlich reißt der Boden unter mir auf ich falle und falle und lande in einem überdimensionalen Kochtopf in dem bereits einige Hundert Menschen gekocht werden. In solchen Phantasien erwische ich mich dann, wie ich schnell den Platz verlasse auf dem ich gerade stehe und mir einfach mal einen vermeidlich sicheren Ort erwähle. Was für ein Quatsch! Wie sollte sich die Erde unter mir öffnen? Wer sollte das tun? Welches Ziel verfolgt derjenige? Definitiv die Kategorie „Oh Gott" auf der Stufe 2. So einen Gedanken verlierst Du nicht einfach, auch wenn rational der größte Schwachsinn dahintersteht, muss ich mich fragen, „Warum denke ich so ein scheiß?" Es geht auch mit anderen Dingen. Zum Beispiel in einem Stadion. Ich sitze mit meiner Familie und warte entspannt und zum Teil auch gespannt auf den gebuchten Auftritt. Es sind noch 25 Minuten bis zur Vorband. Da plötzlich, die am Stadion befestigten Lautsprechertürme fallen genau in meine Richtung. Auch vollkommener Blödsinn, dennoch musste ich relativ zügig erstmal aufstehen und irgendetwas holen. Mir die Beine vertreten. Es ist dann so ein Gefühl, als wenn Du als kleines Kind in das große Becken gehst und anfängst durchzuschwimmen und du immer schneller werden musst, weil du denkst das hinter dir irgendein Raubtier im Wasser hinter dir herschwimmt. Das kleine Kind kommt am Ende der Bahn an und setzt sich schnell und hastig auf den Beckenrand. Als das Kind dann bemerkt, dass niemand, der im Wasser ist, in Panik ist, muss wohl alles in Ordnung sein. Für das Kind ist das dann erledigt, aber ich, wie soll ich denn damit umgehen, ohne mein eigenes Selbstbild in Frage zu stellen. Soll ich einen professionellen Psychiater zurate ziehen? Der mir vollkommen verständnisvoll und einfühlend beibringt mit diesen Gedanken umzugehen. Der aber überhaupt nicht nachvollziehen kann, was diese Gedanken bedeuten, der streng nach seinen Lehrbüchern geht und mir nichts inhaltlich entgegen zu setzen hat. Außer er fängt an mich davon zu überzeugen, dass ich das alles nur erfunden hätte. Nein, für mich ist es besser die Gedanken zu kanalisieren, sie zu untersuchen, sie zu kategorisieren und genau zu studieren.

Der Kern dieser, nennen wir es mal, zeitweiligen Verirrung, ist sicherlich eine Art Minderwertigkeitskomplex. Der daraus resultiert, dass immer ein kleiner PJB in mir schlummert, der darauf wartet verletzt zu werden. Bleibt diese Verletzung aus, ist es an der Zeit sich irgendwie selbst zu verletzen. Durch diese Selbst Kleindenkerei habe ich mir einen Panzer zugelegt, der nur dann durchdrungen werden kann, wenn ich gerade mal nicht der kleine PJB bin.

Daher bin ich die meiste Zeit meines Lebens, der kleine PJB. Den kann man zwar angreifen, verletzen, böses unterstellen, beleidigen und noch vieles mehr, aber der kleine PJB ist unkaputtbar. Ähnlich wie ein Schwamm oder wie eine Wolke kann ihn nichts verletzten. Er hat sich selbst noch kleiner gemacht, als der, der ihn gerade versucht zu verletzen. Er ist, wenn es nötig ist, der Dreck unter deinen Schuhen. Du kannst drauf rumtrampeln so viel wie du willst, wenn du wieder aufhörst zu trampeln macht er sich wieder groß und setzt sein Vorhaben weiter fort. Wenn du glück hast, passt er sein Handeln an deine Wünsche an, aber nur, wenn er will.

Ich schreibe nun seit einigen Wochen und ich gewinne den Eindruck, dass meine Phantasie vermehrt damit beschäftigt ist, sich an sich selbst zu erinnern und keine Kapazitäten mehr frei hat, um weitere Tode zu produzieren. Sollte das bedeuten, dass ich seit 45 Jahren unterfordert war?

Erst mal abwarten. Bei den Phantasien weiß ich durch die Kategorisierung ungefähr inwieweit sich meine Seele in meinen Verstand einmischt.

Meine Theorie funktioniert, oder sollte meine Theorie angepasst werden, wenn die Phantasien weniger werden?

Kapitel 3
Warum lüftest Du nicht?

Eine meiner ersten Phantasien aus meiner Schulzeit in der Grundschule löste ein sehr umsichtiger Busfahrer aus, der geistesgegenwärtig seinen Bus über die Bahnschienen drückte obwohl Autos vor ihm standen. Die Schranken senkten sich während er auf den Schienen stand. Er gab Gas und schob die Autos vor ihm zusammen. Er rettete so einigen Dutzend von Kindern das Leben, auch wenn böse Zungen damals behaupteten, dass er sich selbst in diese Situation brachte. Es wäre demnach nicht passiert, wenn er zuvor umsichtiger gewesen wäre.

Meine Phantasie ereilte mich etwa 2-3 Tage nach diesem Ereignis. Ich stellte mir vor, dass urplötzlich aus den Fahrzeugen vor meinem Schulbus die Fahrzeugführer ausstiegen und den Bus enterten um jedes einzelne Kind mit einem Kopfschuss zu erschießen. In einer Phantasie entschuldigten sich die Fahrzeugführer vor jeder Erschießung bei dem jeweiligen Kind und gaben zur Erklärung dem Busfahrer die Schuld, dieser hätte schließlich mit dem Stress angefangen, aber ohne Kinder würde es in Zukunft auch keinen Schulbus und auch keinen Busfahrer mehr geben, der ihnen das Leben so schwergemacht hätte. Es war zwar nur eine Phantasie, aber oftmals, wenn ich den Busfahrer sah stieg in mir eine seltsame Schuld auf, die mir das Gefühl gab irgendetwas falsch zu machen.

In den daraufhin folgenden Phantasien waren es die imaginär erschossenen Kinder, die auf mich zukamen, mich als Spitzel und Betrüger beschimpften und mir entweder meinen Kopf wegschlugen oder mir wahlweise entweder ein Messer oder eine Pistolenkugel ins Auge rammten bzw. schossen.

Es fiel mir schwer mit einigen meiner Schulfreunde längeren Kontakt auszuhalten, zumal sie mich in meinem Kopf bereits mehrfach hingerichtet hatten. Ausnahme war meine Nachbarin, Sie war bei den Hinrichtungen fast immer zugegen und hielt mir entweder die Hand oder versuchte mir zu helfen. Trotzdem konnte ich nicht wirklich mit ihr sprechen, ich war wohl zu befangen. Es war auch in dieser Zeit dass ich begann diese Phantasien gut zu finden, weil ich immer der Mittelpunkt war und sich alle in irgendeiner Form um mich kümmern mussten, trotzdem suchte ich nach Schuldigen und gab meistens einem Kind aus unserem Dorf die Schuld, da dieses Kind aus einer Familie kam in dem nicht nur einmal ein Hund gewaltsam zu Tode gekommen war. Zudem war dieses Kind gewaltbereit und hat mir nicht nur einmal blaue Flecken und Schürfwunden zugefügt. So allmählich wandelten sich die Phantasien in Bestandteile die mit dem Schweinestall meiner Eltern im Zusammenhang standen. Angefangen vom Absturz am Hang mit Genickbruch, bis hin zum Überfall der Schweine in unser Haus war nun immer mehr möglich geworden. Mein Zimmer war noch über dem Eingang meines Elternhauses und Erstickungstod war eine von mir erdachte Spezialität. Unsere Zimmer waren hintereinander angeordnet. Aus der Küche meiner Großeltern kommend war mein Zimmer das erste, dann kam das Zimmer des mittleren Bruders und dann das Zimmer des ältesten. Es mussten beide Brüder immer an meinem Zimmer vorbei und der eingebaute Unterboden war damals genagelt und nicht geschraubt, was zu Folge hatte, dass jeder einzelne Schritt auf dem Flur ein knacken oder ächzten verursachte. Wenn der älteste sein Zimmer verließ gewann das Knarren mit dem öffnen seiner Zimmertür und endete mit dem Betreten der großelterlichen Küche.

Oftmals wenn ich vernahm das einer der beiden den Flur betrat, stellte ich mir vor wie Saugglocken an meiner Tür angebracht wurden und solange Luft aus meinem Zimmer abgesaugt wurde bis ich erstickte. Nicht selten wunderte ich mich nach einer solchen Phantasie, dass das Zimmerfenster offen war, was seinerseits wiederum dazu führte, dass ich mich zwang dieses Fenster nicht zu öffnen. Daher gewann meine Mutter auch den Eindruck, ich würde niemals lüften. Es ist daher fast immer das Gegenteil von dem Eingetreten, dass hätte eintreten müssen, wenn ich die Antwort auf meine Phantasie so ausgelegt hätte wie die Phantasie es vorgab. Ich versuchte mich grundsätzlich antizyklisch zu verhalten. Sagte mir eine Phantasie, dass ich links sicherer stehe als rechts, habe ich mich nach rechts begeben. Sagte mir eine Phantasie jetzt lieber mal still zu sein, fing ich an laut zu werden. Es ist jetzt müßig sämtliche Gegenteilentscheidungen aufzuführen, aber ich denke es ist verständlich. So entwickelte ich mich als ein relativ renitentes und widersprechendes Wesen.

Ich unterschied oftmals nicht ob mein Handeln durch ein Elternteil, einen Lehrer, oder eine Phantasie manipuliert werden sollte und so war ich ein schwieriges Kind, das ständig Widerworte hatte. Nie hatte ich gelernt einfach mal die Fresse zu halten und das zu tun, was mir gesagt wurde, sondern der Widerstand manifestierte sich dauerhaft in mir. Ob es Instinkt oder einfach angeboren war, kann ich heute nicht mehr sagen, aber obwohl ich der jüngste Spross in unserer Familie war, gewann ich den Eindruck, dass meine Brüder schnell lernten sich nicht so wie ich es tat, zu verhalten, sondern lieber erstmal mit den Wölfen heulten um dann später das zu tun was meine Eltern eh nicht mehr ändern konnten. Allerdings verstand ich damals die Verhältnisse noch nicht und dachte einfach, meine Brüder seien einfach einverstanden mit dem was meine Eltern von ihnen wollten. Heute weiß ich, dass denen die Meinung der Eltern ziemlich am Arsch vorbeiging und sie am Ende immer das taten wozu sie Lust hatten.

Dieses Glück war mir leider nicht vergönnt. Durch meine dauerhafte Renitenz hatte ich strikte Anweisungen und genaue Uhrzeiten, zu denen ich genau das machen musste was der Plan vorsah. Wenn ich dann mal dachte, ich könnte das eine oder andere Mal auslassen war sofort meine Mutter parat und erinnerte mich an meine Pflicht. So bestand mein Alltag in meiner Kindheit neben der Schule, zu großen Teilen aus einem guten Teil Pflichtprogramm und dem Rest, meistens aus Phantasien, die sich um mein Ableben drehten.

Ich erinnere mich daran, dass es mir immer ein großes Vergnügen war, wenn mein Vater entschieden hatte das wir vier Jungs mal ins Feld müssen um die Zuckerrüben vom Unkraut zu befreien. Meine Brüder erhielten dazu Anreize wie Versprechungen oder Zusagen, denn sie hatten eigentlich keinen Bock. Ihnen war diese Arbeit zu blöd, aber sie fügten sich und wir säuberten gemeinsam so manchen Hektar. An einem solchen Tag musste das Pflichtprogramm meiner Mutter weichen. Klein PJB, der unter einer leichten Legasthenie litt, Linkshänder war und einen Tag mal nicht damit beschäftigt wurde zu lernen. Schade, so konnte er nicht am blöden rumsitzen am Schreibtisch teilnehmen. So ein scheiß. Schade. HeHe! Solche Tage liebte ich, es fand endlich mal etwas Gemeinschaftliches statt. Am besten fand ich es, weil meine Brüder das total scheiße fanden.

Meine Renitenz war an einem solchen Tag genauso verschwunden wie meine Phantasien. Aber auch ein solcher Tag endet. Am nächsten Tag hatte ich das nachzuholen was ich am Vortag nicht geschafft hatte und meine Renitenz kehrte mit meinen Phantasien wieder zurück.

Meine schulischen Ergebnisse steigerten sich nicht wie erwartet und meine Eltern entschieden sich, mich nicht gewaltsam auf die Schule meiner Brüder zu bringen, sondern überließen mich ab dem 7. oder 8. Schuljahr meinem eigenen Geschick, denn sie hatten mittlerweile verstanden und resigniert. Es bewahrheitete sich bis zu meinem nicht sonderlich rühmlichen Schulabschluss nach der 10. Schulklasse, wobei ich die 8. Schulklasse einmal wiederholte und meinen mittleren Bildungsabschluss auf einer gewöhnlichen Hauptschule absolvierte.

Damit bestätigte ich meinen Eltern, die an dieses ausgewogene Schulsystem unserer Republik tatsächlich glaubten, dass ihr dritter Sohn ein nicht ganz so wertvolles Geschöpf ist. Übel kann man meinen Eltern diese Wahrnehmung nicht nehmen, denn sie selbst waren Kinder des Krieges. Beide waren mit 10 oder 15 Jahren aus den Kriegswirren in eine ungewisse Zukunft und ohne Unterstützung gestartet. Wenn mein Vater nicht mit List und Tücke es verstanden hätte den verbliebenen Resthof im Calenberger Land zu erben, dann hätte sein Lebensweg niemals zu einem solch glücklichen, meist harmlosen, aber arbeitsamen Leben geführt und er hätte nie eine derart aufopferungsfähige Ehefrau gefunden, die wie meine Mutter, einer Löwin gleich für ihre Brut kämpfte. Was für ein Glück für meine Brüder. Auch wenn ich meine Mutter liebe, so ist es doch so, dass diese Kampfes Lust und Unnachgiebigkeit es war, die meinen mittleren Kindheitsalltag in eine Art Schreibtischkampf ausufern ließ. Mit dem Ergebnis, das meine Mutter, die mittlerweile 90 Jahre alt wird, mich immer noch gelegentlich fragt: „Und Junge, lüftest Du auch immer? Wenn nicht, Stoßlüften, mein Junge, stoßlüften!"

Größtenteils harmlos

Kapitel 4
Todesarten

Wenn man mal überschlägt das die unterschiedlichen Tode fast täglich stattfanden und bei mir ca. im 5. Lebensjahr begannen sind über den Daumen etwa 16.000 Tage vergangen, zieht man nun ca. die Hälfte der Tage ab so sprechen wir von maximal 8.000 Todesphantasien. Diese haben sich oftmals wiederholt oder sind nur mit kleinen Unterschieden erneut aufgetreten. Schätzungsweise verbleiben wir bei 500 tatsächlich unterschiedlichen Gedankengängen. Von dieser Schätzung ausgehend sind mindestens 80% in meiner Erinnerung verlorengegangen. Also kann ich hier über 100 mögliche Todesvarianten berichten die ich, vor mir selbst ablaufen sah.

Ich denke tatsächlich, dass ihnen auffallen wird selbst die eine oder andere Variante zu kennen, vielmehr selbst befürchtet oder als Beinahe Unfall vielleicht sogar erlebt zu haben.

1. Hinrichtung im Deutschen Bundestag wegen Verkündung der Wahrheit
2. Vom Nazigruß aufgespießt worden
3. Von zwei Spät68'ern zu Tode diskutiert
4. Riesige Flugsaurier die mich mit meinem Auto an ihre Jungen verfüttert
5. Toilettenangriff einer Schlange
6. Im Schwimmbad durch andere Schwimmer ertränkt worden
7. Im Schwimmbad durch einen Hai zerfetzt
8. Im Bett liegend einen Blitzschlag erhalten
9. Auf dem Feldweg von hunderten von Tieren attackiert worden
10. Mit dem Fahrrad ohne Fremdeinwirkung hingefallen und von einem folgenden Auto überrollt worden
11. Auf der Brücke von einer Flutwelle erfasst worden

12. Unter einer zerreißenden Hochspannungsleitung den Rest einer gerissenen Leitung abbekommen und vom Stromschlag gebraten worden

13. Beim Tischtennis, den TT-Ball in den Mund bekommen und erstickt

14. Ein Windstoß erfasste mich, schleuderte mich nach oben und ließ mich aus hoher Höhe fallen

15. Ein banaler Stromschlag bei der Reparatur einer Steckdose ließ mein Herz aussetzen

16. In einer Bank, wegen schlechter Nachricht, tot umgefallen

17. Beim Essen einer Kohlroulade mit einem Holzstäbchen die Speiseröhre und Luftröhre verschlossen anschließend erstickt

18. In der Arbeit von einem Kunden mit der eigenen Tastatur erschlagen worden

19. Erstickungstod im eigenen Zimmer, wie berichtet

20. Auf einem Familienfest von einem Tonkrug, was mein Geschenk war, den Schädel eingeschlagen bekommen

21. Beim Fußball einen Ball gegen den Kopf bekommen, der anschließende Hirnschlag führte zum Tode

22. Ein Nachbar erschlug mich unabsichtlich mit seiner Leiter, als er sie mir ausleihen wollte

23. Aus einer Wolke donnerte ein Raumschiff auf mich zu und verstrahlte mich

24. Ein Rieseninsekt saugte mich aus

25. Eine Spinne schlängelt sich unter meiner Haut durch mich durch

26. Ein Vogel pikt mir die Augen aus

27. Eine Schar von Katzen fällt mich an

28. Aufgrund von Inaktivität und Langerweile eingeschlafen und nicht wiedererwacht

29. Eine unerklärliche Krankheit raffte mich innerhalb von Stunden dahin

30. Eine sehr schöne und farbenfrohe Blume biss mir in die Hand und das Gift löste mich auf

31. Ein Kunde hob mich hoch und warf mich aus dem Fenster

32. Ein Pferd drückte mich an ein Gatter und zerquetschte meine Lunge

33. Ein freundlicher Riese zerquetschte mich als ich ihm versuchte einen Splitter aus der Hand zu ziehen

34. Ein Flächenpilz auf dem Waldboden löste mich auf

35. In einem Panzer sitzend schlug mir der Rückstoß der Bordkanone meinen Kopf gegen die Innenwand

36. Während des Trinkens eines eiskalten Getränks wurde meine Speiseröhre gefroren

37. Beim Herunterspringen von einem Anhänger landete ich mit meinem Hintern direkt auf einer Kurbel dessen Griff sich in meine Eingeweide bohrte.

38. Bei dem Rettungsversuch den Sohn meines Chefs aus der Güllegrube zu ziehen brach die Leiter und ich ertrank darauf hin selbst in der Gülle

39. Bei der Aufnahme eines Gruppenfotos stellte sich der Photograph als Attentäter heraus und erschoss alle Anwesenden

40. Bei einem Winterspaziergang erfror ich da ich mich nicht winterlich gekleidet hatte

41. In einer Kiste eingesperrt, wahnsinnig geworden und bei der Befreiung im dehydrierten Zustand einen Hirnschlag bekommen

42. Der Bundestag entschied, dass sämtliche dritten Kinder sofort vergaßt werden müssten

43. Durch einen Terrorangriff auf unser Dorf wurden sämtliche Männer aus den Häusern geholt und auf der Straße erschossen

44. Durch zu laute Musik sind einige Adern zu meinem Gehirn geplatzt

45. Bei einem Besuch von Verwandten, griff bei mir das Baby so hart zu, dass ich erstickte

46. Durch ein vergiftetes Getränk, das mir ein guter Freund gab

Größtenteils harmlos

47. Der Computer vor mir fing an nach mir zu schnappen bis er es schaffte mir tatsächlich in den Hals zu beißen

48. Der Computer, der mich packte und in sich hineinzog

49. Ich trank an einem Tag so viel Wasser, das ich quasi ertrank

50. Die Tanzfläche auf der ich gerade tanzte fraß mich auf

51. Meine Füße froren am Boden fest und ich musste verhungern

52. Eine Art Kellerassel fraß sich durch mein Gehirn

53. Das Sofa auf dem ich lag klappte sich auf und verspeiste mich

54. Die Erde wurde mit einem Happs von einem Weltraumhund verschluckt

55. Das Licht in einem Raum wurde so hell gedreht das ich vom Licht verdampft wurde

56. Beim Treckerfahren von einem Meteor verdampft worden

57. Beim Autofahren endete die Autobahn über einer Schlucht und alle Autos fielen und zerschellten

58. Bei diversen Folterarten im Krieg

59. Diverse Hinrichtungen durch zum Teil befreundete Mitschüler

60. Diverse Hinrichtungen durch verhasste Lehrer

61. Diverse Hinrichtungen durch Fußballspieler des gegnerischen Teams

62. Diverse Hinrichtungen durch holländische Fernfahrer

63. In einem riesigen Topf mit den anderen Fernsehzuschauern gekocht und püriert worden

64. Durch Liebesentzug, vertrocknete mein Gehirn

65. Beim Sex fraß mich ein riesiger Plapperkäfer

66. Ein Hagelschauer erschlug mich im Auto

67. Der Stuhl auf dem ich saß öffnete sich unter mir und verschluckte mich

68. Im Sonnenschein entzogen mir die Sonnenstrahlen meine Lebenskraft

69. Beim Schwimmen im Teich vom einem Killerwal verspeist worden

70. Das mehrstöckige Gebäude in dem ich mich gerade aufhielt, fiel in sich zusammen

71. Das mehrstöckige Gebäude in dem ich mich gerade aufhielt, flog in den Weltraum

72. Das mehrstöckige Gebäude in dem ich mich gerade aufhielt, versank im Meer

73. Mit einem Fallschirm in einen Jetstream gekommen und nie wieder gelandet

74. Eine Wolke über mir wurde zu Stein und erschlug mich

75. Eine Wolke aus Mücken stach mich zu Tode

76. Eine klitzekleine Spinne biss mir in den Finger und mein Körper löste sich auf

77. Auf dem Heimweg aus einer Vereinssitzung durch die Straßenlaternen erdrosselt worden

78. Beim Joggen wickelte sich die Straße auf und zerquetschte mich

79. Autofahrer, die in dem Auto vor mir waren und mich erschossen

80. Autofahrer, die den Bus in dem ich saß enterten und alle erschossen

81. Mitschüler, die mich auf die Knie zwangen und mich erstickten

82. Mitschüler, die mich auf die Knie zwangen und mich erschossen

83. Mitschüler, die mich auf die Knie zwangen und mich erstachen

84. Sämtliche Zäune eines Zoos lösten sich auf...

85. Der Panzer, in dem ich saß, flog auf einmal in den Weltraum

86. Der Zug, in dem ich saß, wurde von einer riesigen Presse zerquetscht

87. Beim Unterschreiben für ein Paket, erschlug mich der Paketbote

88. Ich fand den Ausgang aus meinem Haus nicht mehr

89. Mein Auto verwandelte sich urplötzlich in eine Motte und die Motte saugte mir mein Gehirn aus

90. Die Bäume des Waldes hielten mich fest und drückten mir meine Zigaretten durch den Brustkorb

91. Die Kamera meines Laptops beamte mich ins Weltall

92. Aus dem Nichts tauchte ich selbst vor mir auf und erschlug mich mit einer Machete

93. Beim Lachen explodierte mein Kopf

94. Der Staubsauger saugte mir meine Augen aus dem Kopf

95. Eine Gruppe von Greenkeepern enthauptete mich und benutzen meinen Kopf als Golfball

96. Eine Gruppe von nackten Schönheiten zertrampelten mich

97. Die Schranke eines Bahnübergangs stieß mich aus dem Auto und setzte mich auf die Gleise vor den herannahenden Zug

98. Der Telefonhörer meines Telefons erstickte mich

99. Mein Mageninhalt formte sich zu einer Kreatur, die mich zerriss

Es fallen mir an dieser Stelle immer mal wieder vereinzelt Phantasien ein, die mich entweder Tage beschäftigten, oder die keine Bedeutung für mich hatten. Meistens sind es andere aber ähnliche Umstände von den hier erwähnten 99 Todesvarianten.

Der geneigte Leser mag hier einige Todesarten vermissen, die er sich so vorstellte. Allerdings habe ich versucht nur Todesfälle aufzulisten, die Bestandteil einer Phantasie waren und Todesfälle die ich mal träumte oder mir vorstellen konnte habe ich ausgelassen. Es kann daher sein, das Ihnen persönlich noch weitere Varianten bekannt sind, die hier nicht aufgeführt sind.

Zum Beispiel teilte mir ein Probeleser mit, dass ihm aufgefallen sei, dass die Todesart „Fallen" so gut wie nie vorkäme. Ja, tatsächlich. In meinen Phantasien falle ich so gut wie nie.

Diese Liste war der anfängliche Kern und ursprüngliche Anlass dieses Buch zu schreiben und darf daher hier nicht fehlen. Das dieses Buch dann einen anderen Kontext erhielt, stellte sich erst später heraus.

Größtenteils harmlos

Kapitel 5
Gemeinsamkeiten

Alles was diese Todesfälle umgibt ist eine Unsicherheit über, dass was passiert und dass was ich mir vorstelle was passieren müsste. Ich erkenne in vielen Situationen und Mitteilungen aus der Gesellschaft, dass Dinge nicht richtig laufen.

Soll ich meiner Seele nun beibringen sich lieber umbringen zu lassen als sich gegen Dämlichkeit, Sturheit, Ignoranz, Geldgeilheit und Verwaltungskacke zu wehren.

Menschen im Mittelalter hatten richtige Probleme und konnten sich auf das wesentliche konzentrieren. In der nun seit weiteren 800 Sonnenumrundungen unseres Planeten um einen unbedeutenden Stern in unserer Galaxie entstandenen Zivilisation muss man leider zugeben, das gerade in den vermeidlich höher entwickelten Bereichen der Menschheit Probleme auftreten, weil wir unserer Hülle, dem menschlichen Körper und Geist, eine Fülle von Fähigkeiten abverlangen, die zumeist jede Kreatur überfordern. Nicht sofort für jeden erkennbar, müssen wir uns stark spezialisieren, schneller und besser werden. Unsere Effizienz bis zum äußersten Maximum ausreizen.

Ergebnis dieses Lebens am Limit ist, dass in unserer Gesellschaft, auch dank besserer Diagnostik, immer öfter geistige Verwirrtheit festgestellt wird. Wenn ich es richtig sehe, kommt es ja auf gewisse Normen an, die als fester Bestandteil unseres Denkens für Alle gelten.

Setzen wie zum Beispiel den Begriff des Wortes „krank" in all seinen Sprachen wirklich alle auf den gleichen Nenner? Oder, ist es so, dass der eine sich „krank" nennt, weil er gerade erkältet ist und der nächste nennt sich erst „krank" wenn er außerstande ist sich zu bewegen. Also was ist „krank"?

Krank nenne ich Regeln der Gesellschaft, die ungerecht sind.

Sind meine Phantasien eine Krankheit?

Laut der Definition einer Krankheit wird unter der Ärzteschaft der Begriff „Leid" als Maßstab genommen. Da ich ja unter meinen Phantasien nicht leide, bin ich demzufolge auch nicht „krank".

Gottseidank, die erste aller Gemeinsamkeiten ist also bei allen meinen Phantasien, dass ich nicht unter ihnen leide. Ja, das ist mal eine Erkenntnis.

Also was haben wir? Alle Phantasien stammen von mir und ich leide nicht, was noch? Alle meine Phantasien enden mit meinem Tod und der Befreiung meiner Seele?

Ja, neben der Kategorisierung und Festlegung der Umstände, die sich in den beschriebenen Vorgängen immer unterscheiden, ist doch das Ende immer gleich.

Ok, meine Seele möchte mir also was sagen, oder?

Damit wäre ich bei der Frage, bekommt meine Seele von diesen Phantasien etwas mit? Vielleicht steuert die Seele auch diese Phantasien, wo ich doch dachte, dass die Theorie über das Leben und den Rest wäre meine Theorie um diese Phantasien zu akzeptieren und um mit diesen Phantasien leben zu können.

Wie heißt es im deutschsprachigen Raum so schön? „Da beißt sich die Katze in den Schwanz", oder „Was war zuerst da? Das Ei oder das Huhn?"

Da hat ein Junge eine Theorie für sich entwickelt um sich zu schützen und aus dieser Theorie heraus erklärt sich der Grund für diese Theorie. ???? Geht es nur mir so? Als wenn da irgendetwas nicht stimmt.

Was war denn nun zuerst da? Die Phantasien, ausgelöst durch ein traumatisches Ereignis in der frühen Kindheit, oder die Theorie, die zugegebenen Maßen etwas hinkt, aber dennoch der Frage nach dem Sinn des Lebens etwas Substanz verleiht.

Ist das Alles so, wie ich es empfinde, oder spielt da noch etwas eine Rolle, was ich noch nicht wahrgenommen habe, oder übersehen habe? Gehen wir der Angelegenheit mal auf den Grund.

Größtenteils harmlos

Ein junges Kind, gerade eingeschult, oder kurz davor, hat eine unangenehme und ein verstörendes Erlebnis überlebt und daraus eine Wut und eine Art Minderwertigkeit für sich entdeckt. Den Horizont zum Begreifen von Fragen der Religion oder dem Sinn des Lebens, kann man nicht vermuten. Ok, das Kind lebt auf einem Bauernhof, auf dem jeden Montag etwa 25 Mastschweine ihr Mastgewicht erreicht hatten und ihre letzte Reise zum Schlachthof antraten. Das Kind hatte wohlmöglich frühzeitig erfahren, dass das Leben endlich ist. Aber aus eigener Erinnerung will ich ausschließen das ich etwas über Religion oder andere Lebensmodele wusste oder wissen wollte. Von dem Vorhandensein einer Theorie über das Leben und den Rest kann man demnach ausschließen.

So kann man davon ausgehen, dass die Phantasien zuerst da waren.

Da mir anfänglich diese Phantasien gefielen, will ich mal meinen, dass es einige Jahre und vielleicht sogar ein Jahrzehnt dauerte bis mir bewusstwurde, dass diese Gedanken nicht wirklich normal waren.

Zu diesem Zeitpunkt ist man als evangelischer Jugendlicher im Konfirmatenunterricht mit dem Ziel zum Zeitpunkt der Konfirmation als gläubiger Christ und vollwertiges Mitglied der Gemeinde anerkannt zu werden.

Im Konfirmatenunterricht geht es der Kirche naturgemäß darum, den zukünftigen Mitgliedern der Gemeinde eine gewisse Frömmigkeit und einen großen Batzen von Gottesgläubigkeit mit auf den Weg zu geben. Ich denke dort wurden die ersten ernsthaften Zweifel gesät, denn einige meiner Mitkonfirmaten waren so überhaupt nicht gottesfürchtig und gläubig und dennoch wurden sie als vollwertige Mitglieder in ihrer Gemeinde anerkannt und aufgenommen, sogar teilweise ziemlich reich beschenkt. Was in mir meinen Unmut über eine zu glaubende Geschichte von vor 2000 Jahren doch sehr stark ins Wanken brachte, an die ich bis dahin gern glauben wollte. Der

Gerechtigkeitssinn von Jugendlichen sollte nicht unterschätzt werden, denn mit dem dann späteren Wissen über das Bestehen einer Galaxie in einem Universum, bestehend aus zig Milliarden Galaxien, vielleicht dem Bestehen von Multiversen, gab es endlich eine Antwort auf die Frage, was meine Seele antreibt und eine Theorie erhob sich, in meinem Denken, um Fragen zu beantworten, die aus dem christlichen Glauben heraus nicht beantwortet werden konnten.

Anfänglich beantworteten sich also alle Fragen und meine Phantasien, die mittlerweile beklemmende Züge annahmen, wurden von düsteren Todesüberlegungen zu kleineren Todesmitteilungen ohne weitere Konsequenzen. Alles war nun im Gleichgewicht und dieser Mehraufwand meines Gehirns, so dachte ich, sei nicht weiter tragisch, denn mit 15 bist Du alleine der oder das Beste in deinem Universum und auch wenn die Dinge nicht so liefen wie gedacht, war das immer die Schuld eines anderen, aber auf jeden Fall niemals meine Schuld. Ich war besser als der Rest der Erde und wenn man mich nicht verstand oder fehlinterpretierte so war das, dass Problem der restlichen Erde und nicht meins.

So schaffte ich gerade mal die mittlere Reife und begann meine landwirtschaftliche Ausbildung in einem anderen Bundesland, da in meinem Bundesland ein einjähriges Berufsschuljahr zur Pflicht wurde. Ein weiteres Jahr in der Schule, so waren sich meine Eltern und ich einig, konnte nicht die Lösung meiner beruflichen Zukunft sein.

Auch wenn sich nun meine Lebensumstände änderten, an den Phantasien änderte das nur wenig. Es waren oft Parasiten und Schweine, die mich meistens zurecht, töteten. Es kamen nun noch landwirtschaftliche Geräte und landwirtschaftliche Umstände hinzu.

Die Theorie kam ganz klar nach den Todesmöglichkeiten in mein Leben und Bücher wie „Die Schöpfung ist noch nicht zu Ende", als wissenschaftliches Buch, oder „Per Anhalter durch die Galaxis", als Roman, vertieften viele

Größtenteils harmlos

Überzeugungen, obwohl allein der Titel eines Wissenschaftlers, der schreibt, die Schöpfung sei noch nicht zu Ende, mich nachdenklich stimmte, denn auf die Frage ob er nun an die Schöpfung glaube oder an die wissenschaftlichen Erkenntnisse konnte ich auch nach eigenen Beteuerungen im Buch nicht so wirklich erkennen.

Naja und wer den „Anhalter" gelesen hat, der weiß, dass es sich bei diesem englischen Humor nicht nur um humoristisches Geschick handelt, sondern um eine Weltanschauung.

Dennoch blieb die Frage offen ob meine Seele nun tatsächlich diese Phantasien auslöste oder ob es nur mein Verstand war, der mich wieder und wieder tötete. Die Gemeinsamkeiten der Phantasien waren auch immer, dass diese Phantasien immer mich als unschuldig und unverhofftes Opfer zeigten.

Niemals war ich der Täter. Egal welche meiner Phantasien ich jetzt nehme. Ich war und bin immer fehlerfrei. Die tatsächliche Erde zeigt mir aber, dass sämtliche Probleme, die ich habe, meistens immer auf ein Fehlverhalten meinerseits zurückzuführen waren und sind.

Wenn diese Phantasien von meiner Seele kämen, dann, so behaupte ich mal, müsste ich öfter der schuldige an meinem Tod sein. Oder sagt meine Seele: „Du machst keine Fehler". Nein, meine Seele kennt meinen Verstand besser als ich mich selbst und weiß daher meine Schwächen besser zu interpretieren.

Ich lege mich mal fest und behaupte, mein Verstand sei Erfinder und Auslöser für diese Todesspielchen. Aber auch das ist nicht möglich, denn mein Verstand, das bin ja ich und ich weiß über meinen Verstand alles, jeden Winkel, egal ob hell oder dunkel, da gibt es keine Verstecke. Daher kann ich mit Bestimmtheit behaupten, dieses Ich macht sich eher über sich lustig als irgendwelche Todesspielchen zu spielen.

Ja, gibt es vielleicht noch eine dritte Stimme in mir? Einen Übersetzer quasi. Wäre ja möglich, dass als sich meine Seele mich aussuchte, feststellte, „Mit dem kann ich nicht umgehen, der versteht mich nicht". Was macht eine Seele dann? Harrt sie aus? Oder versucht sie irgendetwas?

Ok, dass muss ich mal so stehen lassen, denn wie meine Seele funktioniert, oder mit welchen Hilfsmitteln sie agieren kann, weiß wohl keiner. Bei diesen unzähligen Trilliarden von Seelen auf diesem Planeten, die jedes einzelne Geschöpf besiedeln, sind alle Seelen, ohne Ausnahme nicht in der Lage ihrem Geschöpf Befehle oder Informationen zu erteilen. Warum sollte das bei mir funktionieren? Nein, weder mein Verstand noch meine Seele produzieren solche Phantasien.

Auch die Überlegung das mein Unterbewusstsein, dass im Rahmen von Erinnerungen, Ableben verschiedener anderer Leben verarbeitet, schließe ich aus, denn in den Phantasien kommen Todesarten aus der Zukunft vor, was bedeuten würde, ich würde Todesarten verarbeiten von Kreaturen, die bisher noch nicht einmal geboren wären. Zu weit weg.

Nein, hier und jetzt behaupte ich, dass wir denkenden Wesen zusätzlich noch mit etwas Drittem ausgestattet sind. Im Allgemeinen nennen wir es unser Ego.

Das mein Ego diese Phantasien auslöst, ist für mich die erste sinnvolle Erklärung und lässt meinen Verstand auch verstehen, dass die vorhandenen Gemeinsamkeiten logisch sind.

Zum ersten ist mein Ego weder humorvoll noch verständnisvoll oder einfühlend. Zum zweiten ist mein Ego Zentrum seines eigenen Universums und daher auch der wichtigste Bestandteil der ihm bekannten Welt.

Als Resümee der Gemeinsamkeiten kann ich also festhalten, „Ich bin der König der Welt". Auch wenn mein Verstand und meine Seele überhaupt nicht dieser Meinung sein können, ist alles was diese Phantasien eint, ich selbst bin.

Größtenteils harmlos

Man könnte also sagen: „Ich bin diese Phantasien und die Phantasien bin ich".

Größtenteils harmlos

Kapitel 6
Der dritte Spieler

Wenn ich früher davon überzeugt war, dass nur mein Verstand meine Geschicke lenkt, muss ich jetzt den zweiten Lenker meines Handelns begrüßen. Mit der Erkenntnis, dass das Ego nach eigenen Regeln spielt und sich vom Verstand nicht wirklich etwas sagen lässt ereilte mich einige Jahre nach meiner landwirtschaftlichen Ausbildung. Ich war mittlerweile in einer Ausbildung zum Sozialversicherungsfachangestellten. Meine Eltern und ich hatten festgestellt, dass mit dem Versprechen meiner Eltern an ihren ältesten Sohn, den Hof an ihn zu übergeben, meine Chancen in der Landwirtschaft auf jeden Fall nicht auf unserem Hof stattfinden konnten. So ging ich mit Unterstützung meiner damaligen Freundin ins Büro, in die Verwaltung, in den öffentlichen Dienst und damit wurde ich zum Sesselpuper.

Dabei fing ich an, meine Phantasien stärker zu hinterfragen und innerhalb der Phantasien wurden aus Parasiten und Schweinen, Heftklammern und Kollegen, die mich regelmäßig überfielen, misshandelten und für meinen Tod sorgten. Nun hatte ich auch verstanden, dass mein Verstand mitverantwortlich ist, denn mein Ego konnte ja nur eine Instanz des Verstandes sein, oder?

Die Ergebnisse meiner Überlegungen endeten immer noch mit einer Frage und diesmal lautete die Frage: „Ist mein Ego Bestandteil meines Verstandes". Zu diesem Zeitpunkt etwa, fing ich an mehr zu lesen, mehr zu kommunizieren. Natürlich auch mehr zu lernen und somit lernte ich, dass Zellen im menschlichen Körper regelmäßig ausgetauscht werden. Das wiederum die Frage nach dem Sitz meines Verstandes und dem meiner Seele wieder neu entflammte. Zudem kam die Frage mit meinem Ego, was die Situation nicht wirklich vereinfachte.

Wenn nun das Gehirn der Sitz des Verstandes ist und sich dort jede Zelle innerhalb von Monaten austauscht, ist dann diese Behauptung noch haltbar? Angenommen unser Verstand sitzt tatsächlich im Gehirn und die Zellen tauschen sich aus, woher weiß die neue Zelle was in der alten Zelle passierte?

Dazu kamen Fragen wie: "Sollte ich da mal Jemanden zu Rate ziehen?", oder „Vielleicht mal eine Diskussion mit Freunden beginnen?". Nein, zu keinem Zeitpunkt vor diesem Buch habe ich mit irgendeiner Person auf diesem Planeten über meine Fragen gesprochen, geschweige denn angedeutet, dass ich irgendwelche Fragen hätte. Die Betonung liegt dabei auf dem Begriff „Person". Denn in der Tat habe ich mit mehreren Kreaturen auf diesem Planeten versucht Kontakt aufzunehmen. Aber das waren in der Regel Hunde oder Schweine, auch mal Pferde. Zu meiner Verwunderung haben, die aber nicht geantwortet, was ich persönlich als Antwort nahm um festzuhalten, dass dieses Thema auch zu komplex ist, als dass Hunde oder so, das beantworten könnten.

Durch Erlebnisse und Beobachtungen konnte ich aber dennoch die meisten Fragen klären. Mein Verstand ist tatsächlich im Gehirn und das Ego ist ein Bestandteil des Verstandes. Abgesehen von den Ausfällen die ich bei einem Kleinhirninfarkt erlitt versuchte ich mich strukturiert durch die sich überholenden Fragen zu kämpfen. Abgesehen davon, dass die Phantasien unvermindert weitergingen, war mein Selbstverständnis, vom 5. Lebensjahr an als Inhaber der einzigen Wahrheit, mittlerweile hin zum dauerhaften Problemfall, nun nicht mehr zu ignorieren.

Ich war überzeugt von meiner Theorie und ich musste meiner Seele doch beweisen, dass ich und mein Verstand, ohne Störfeuer durch mein Ego, den Überblick behielten. Ich hatte es geschafft die Zeit der Bundeswehr damit zu verbringen, mir immer bessere Szenarien für mein Ableben auszudenken, dass ich gelernt hatte diese Phantasien zu lenken. Nun fingen die Phantasien wieder an, mich zu lenken. Was war passiert. Mein ziemlich verblödetes und männliches Ego fing nach meiner Bundeswehrzeit an mir irgendwelche streiche zu spielen, ohne dass mein Verstand etwas dagegen tun konnte. Ein Indiz dafür, dass sich das Ego nicht im Gehirn befindet.

Während der Bundeswehrzeit fühlte sich mein Ego wohl gut und hatte keine Probleme mit seinem Dasein in einem Panzersoldaten, der tagtäglich als Gefahr für andere gepredigt bekam, „Du bist stark", „Du bist gut", „Du wirst gewinnen", „Keiner kann dich stoppen", usw. usw. Es ist demnach auch eine Bestätigung und Gewissheit für mich gewesen, zu erkennen warum meine Phantasien bei der Bundeswehrzeit weniger stattfanden, fast gar nicht, während sie davor und danach intensiver waren.

Diese Erkenntnis, darüber das das Ego in meinem Verstand, dass sich aber von meinem Verstand nichts sagen lässt, kam bei mir leider erst einige Zeit nach der Bundeswehr und durch die Tatsache, dass man seien „Gegner" kennt, konnte ich bei Beginn der Ausbildung zum Sozialversicherungsfachangestellten diese Ausbrüche meines Egos, naja , sowas wie kontrollieren wäre zu viel gesagt. Aber ich war nicht mehr nur Mitfahrer und verständnisloser Zuschauer dieser Phantasien, sondern ich wurde zum Begleiter und Kritiker und konnte immer öfter in die Phantasien einsteigen und Veränderungen vornehmen.

In dieser Erkenntnis, dass der Verstand mein Ego beherbergt und ich in der Lage war mit meinem Verstand die Phantasien zu verändern, war ich mir sicher würde ich über kurz oder lang diese Phantasien besiegen können und letztendlich auch nur noch Phantasien haben, die ein nettes Ende haben würden. Mit meiner damaligen Freundin bezog ich eine erste gemeinsame Wohnung und die Ausbildung verlief angemessen. Was so viel heißen soll, es war alles wie bei einem älteren Ehepaar. Jeder von uns beiden fuhr morgens zur Arbeit, nach der Arbeit kümmerte sie sich um den Haushalt und ich um mich. Bei Bedarf halfen wir uns gegenseitig. Ich ihr bei ihrer Ausbildung, sie mir bei meiner.

Größtenteils harmlos

Die Wohnung war tragbar und wir waren im Großen und Ganzen unabhängig. Sie machte ihre Fortbildungen, ich meine. Wir richteten uns ein. Alles extrem entspannt und so etwas wie Spannung gab es auch innerhalb dieser Beziehung nicht wirklich. Bevor ich mich über sie aufregen musste, erkannte sie was mich hätte aufregen können und wenn ich merkte, dass ich da über das Ziel hinausschießen konnte, bremste ich mich sofort ein. Wir waren, so glaube ich, ein Traum von Harmonie und Ausgeglichenheit. Wir dachten echt, dass wir beide dasselbe Ziel hatten. In unseren stundenlangen Diskussionen und Erörterungen und trotz unserer politischen Differenzen, waren wir egal ob wir allein waren oder zu zweit, immer beieinander. Ich hatte mich derart in sie hineingefühlt, so wie sie vermutlich in mich. Wir verstanden uns derartig wie selbstverständlich, dass es mir im Nachhinein Angst macht, dieser Frau im Leben noch einmal zu begegnen. Auch wenn ich mit meiner Frau seit fast 30 Jahren zusammen bin, so weiß ich, dass meine Frau niemals so tief und verwurzelt in mir stecken wird, wie diese Frau. Zusammengenommen kann ich mit Fug und Recht behaupten, dass es mir in dieser Zeit so richtig gut ging, auch wenn ich es damals nicht wusste, aber eine derartige unbeschwerte Art in all meinen Lebensbereichen werde ich wohl nie wieder erleben. Andererseits möchte ich diese Zeit auch nicht wiederherstellen, denn die Rechnung folgte. Ich hatte mich eingerichtet, der Kurs war gesetzt, der Wind kam aus der richtigen Richtung und bei mir an Bord war Aufbruchsstimmung. Das Ziel war klar. Keines meiner Sinnesorgane konnte etwas behinderndes oder Negatives feststellen. Also, die Segel wurden gesetzt und die Fahrt begann. Es vergingen ca. 3- 3,5 Jahre auf diesem Kurs. Die Ausbildung wurde abgeschlossen, die zweite in meinem Leben und die nächste Etappe im gemeinsamen Leben stand an. Da, plötzlich.

Plötzlich fing dieser Kram wieder von vorne an. Ich verstand es nicht. Was war nun los? Phantasien und Sehnsüchte, soweit mein Verstand blicken konnte. Kaum noch ein normaler Gedankengang. In der Arbeit wurde mir eine junge Auszubildende aus dem Osten dieser Republik unterstellt. Wilde Phantasien überschlugen sich in mir und im Nachhinein betrachtet, fing mein Ego an, mein Leben nicht mehr gut zu finden und sendete mir Signale über mein Ende. Drei Jahre hatte mein Ego geschwiegen, alles war harmonisch und ich dachte tatsächlich im Einklang zwischen Verstand, Ego und Seele. Alle wären zu ihrem Recht gekommen.

Ich war 24 Jahre alt und es war mein Ego, dass mich gegen meinen Verstand hin dazu brachte diese Lebenssituation, in Harmonie und Eintracht, zu beenden. Ich beendete, viel zu schroff, die Beziehung mit meinem Jang und mit dem Auszug aus der gemeinsamen Wohnung erhoffte ich mir ein Stück weit Kontrolle über mich selbst zu erlangen. Die junge Auszubildende war vermutlich so etwas wie ein Auslöser für eine Art Ausbruch meines Egos, dass über Jahre hinweg die Situation meines Lebens akzeptiert hatte und einfach mal die Fresse hielt. Bis es eine Gelegenheit sah, mein Dasein in eine von ihm gewünschte Richtung zu lenken. Jetzt wo ich dem Ruf des Egos folgte müssten die Phantasien sich doch anpassen, oder? Nein, mein Ego änderte nichts an seinen Phantasien und ich benötigte etwa ein Jahr um mit meinem Verstand die Phantasien wieder einigermaßen unter Kontrolle zu bringen. Es folgten Jahre und Erlebnisse in Berlin und auf der Loveparade 1994 oder 1995 die hier ohne Beschreibung auskommen müssen, die mich zur Umkehr in ein geregelteres Leben führten, ich war Angestellter im öffentlichen Dienst und Sozial-versicherungsfachangestellter mit unstetem Wohnsitz. Ich wollte wieder ruhiger werden, auch wenn mein Ego die unsteten Zeiten wohl ganz gut fand, denn die Phantasien wurden dann doch noch kontrollierter.

Mein stetes Leben sollte in meinem Kinderzimmer wieder starten. Es war dann auch der Wechsel des Dienstherrn und die gewohnte Umgebung, die mir half mein Ego zu zähmen. Ich hatte es geschafft. Mein Ego, der dritte Spieler, war unter Kontrolle gebracht, auch wenn mir beginnend in dieser Zeit wieder Bilder meines Ablebens gesendet wurden.

Es folgten einige Tage der Besinnung und Ruhe, aber es dauerte nicht lange und schon fand ich mich wieder in einer Beziehung. Gerade hatte mein Ego durch meinen Verstand einen riesigen Dämpfer erfahren und unter Qualen meines Egos hatte ich die junge Auszubildende verlassen. In erster Linie wegen meines Egos, aber tatsächlich konnte ich mir nach drei Wochen gemeinsamen Sommerurlaub nicht sicher sein, dass ich der einzige gewesen war, der Intimitäten mit ihr ausgetauscht hatte. So schlug ich eigentlich zwei Fliegen mit einer Klappe. Zum einen bewies ich meinem Ego, dem es im Übrigen überhaupt nicht gestört hätte, wenn man gleichzeitig mit mehreren Intim gewesen wäre und zum anderen konnte ich dieser Auszubildenden mal eine Lektion für das Leben erteilen. Wenn sie denn ein sehr intensives Interesse an mir gehabt hätte, dass nicht nur körperlich gewesen wäre, so hätte sie sicherlich versucht mich zurückzubekommen, aber neben den üblichen Beteuerungen von Liebe und Hingabe kam nichts Substantielles, dass in irgendeiner Form meinen Verstand forderte.

Auch dabei lernte ich, dass es anscheinend Menschen gibt, die meinen Verstand wahrnehmen und Menschen, die mein Ego wahrnehmen. Während meine langjährige Lebenspartnerin meinen Verstand liebte und es genoss, ihren Verstand mit meinem zu rivalisieren, so genoss die Auszubildende doch eher mein Ego und mein rigoroses Auftreten als älterer junger Mann aus dem Westen, der der jungen Auszubildenden aus dem Osten mal so richtig zeigen konnte wo es langgeht.

Jedenfalls hatte ich Berlin hinter mir gelassen und befand mich wieder im Calenberger Land auf dem Hof meiner Eltern, im Kinderzimmer. Ich war so ca. 27-28 Jahre alt und wieder am Anfang angekommen. Normale Menschen, brauchen dann vielleicht eine gewisse Zeit. Nicht so bei mir. Auf der Suche nach einer Tanzpartnerin für die Hochzeit meines Bruders fand ich meine Frau. Da war noch nicht einmal eine Woche vergangen.

Nachdem wir zusammengekommen waren, musste es für meine Verhältnisse schnell gehen. Mein Ego sollte nicht wieder Gelegenheit haben um unruhige Gewässer anzusteuern. Wir heirateten ca. ein Jahr nachdem wir zusammengekommen waren. Wir bauten ein Haus, hatten schließlich zwei Kinder um die sich dann alles drehte. Die sind nun groß und zum größten Teil selbständig.

Der dritte Spieler ist bisher ruhig geblieben und trotz ausreichender Angebote eine wilde Rafting Tour zu unternehmen, konnte ich bisher den dritten Spieler vom Platz meines Denkens fernhalten. Es scheint fast gerade so, als hätte ich keinen dritten Spieler mehr. Zunächst war ich davon überzeugt, dass dieser dritte Spieler sich fluchtartig aus mir verdrückt hatte, als er merkte, dass er nichts gegen den liebenden Verstand eines Vaters ausrichten kann. Es war tatsächlich so, dass man nach ihm rufen konnte. Ihn aufforderte, „Nun komm schon, helfe mir!", aber er rührte sich nicht, über Jahre.

Alles nur Taktik, wie ich heute weiß. Es schlummert in dir und macht keinen Mucks. Du forderst ihn heraus, du lockst ihn mit Angeboten. Nichts. Er bleibt in Deckung. Ok. Sagst dir halt, dann muss es ohne ihn gehen. Du merkst, es klappt auch ohne ihn, alles gut.

Da, bähm! Da ist er auf einmal schießt er aus seiner Deckung. Wer weiß wo der vorher war? Wie eine wilde Bestie brüllt er dich an. „PARTY, jetzt geht's los, jetzt geht's los". Hä?, was?, womit geht's los? Was denn jetzt? Ist doch alles gechillt und entspannt, leg dich erstmal hin, das wird schon. „Ach, du alter Sack, mach dich mal auf und häng hier nicht so ab, da geht noch was".

Größtenteils harmlos

Der Erste Schreck lässt nach und man sagt sich, Jaja bleib locker. Man ist keine 20 mehr und Hast und Eile haben bisher noch niemanden gutgetan.

Er ist noch da und ich denke, dass er viele Fassetten an sich hat, die ich alle noch nicht wahrgenommen habe. Glaub man den offiziellen Kanälen zum Thema Ego, so brauchen wir unser Ego zum Atmen, zum Trinken und Essen. Demnach haben wir mindestens zwei Egos in uns vereint, denn das Ego von dem ich hier berichte, dass findet Essen und Trinken so langweilig. Das offizielle Ego kenne ich auch.

Um jetzt alle Egos, die in mir stecken zu analysieren, dazu müsste ich Hilfe benötigen. Aber mit welchem Ziel? Wo ist der Mehrwert, wenn ich am Ende weiß welches meiner Egos nun die Verantwortung für diese Rumschreierei hat? Keinen. Ganz ehrlich, es ist mir auch egal. Ich weiß, da ist in mir diese Stimme des Umbruchs und der Veränderung, die ständig versucht alles Althergebrachte und Traditionelle zu zerstören und grundsätzlich nur mit sich selbst zufrieden sein kann. Alle anderen sind entweder doof und langweilig, wahlweise auch gemein und hässlich oder auch dämlich und eingebildet. Eigentlich alles Attribute die ich meinem Ego ohne zu zögern erteilen kann.

Das ist dann auch die Lösung. Man kann bestimmen. Ich selbst kann all meinen Egos sagen, was sie mich mal können und die können nichts dagegen tun. Super Lösung. Alles im Griff.

Größtenteils harmlos

Kapitel 7
Schiedsrichter und andere Warmduscher

Ich hatte es mir also ausgesucht und bin bewusst mit dem Ziel einer Lebensveränderung aus dem unsteten Leben, hin zu meinem Elternhaus, um unter andern, diese innerlichen Kämpfe, endlich Lügen zu strafen. Denn es konnte ja nicht sein, dass mein Ego derartige Macht über meinen Verstand besitzt. Der Verstand hat Vernunft, Einfühlungsvermögen, Gefühl, ein Gewissen und logisches Denken. Kurz und gut kann ich behaupten, mein Ego hat nichts davon. An dieser Stelle muss ich mich bei allen Menschen und anderen Kreaturen, die ich in dieser Zeit traf entschuldigen. Äußerlich war ich sicherlich genau der, der ich zu sein schien, aber innerlich nur ein egomanisches Wesen, getrieben davon noch mehr von sich selbst zu sein.

Das war nun zu ende. Ergebnis meiner Rückfahrt ins stete Leben war und ist seitdem, dass ich ein ruhiger, besonnener, einfühlender Bewohner dieses Planeten bin, der wie in Blatt im Wind, dem größten Widerständen ausweicht, mal links antäuscht um rechts vorbei zu kommen, der dabei aber immer nett und freundlich ist. Das dauert nun schon so 25 Jahre an. In dieser Zeit gab es immer mal wieder Angriffe meines Egos das versuchte meinen Verstand vom getroffenen Kurs abzubringen. Es ist ein bisschen so, wie in einem Fußballspiel. Es gibt Spieler auf dem Platz und einen Schiedsrichter. Der Schiedsrichter ist der Wächter des Spiels und sorgt im Allgemeinen für einen geordneten Spielablauf. Er greift ins Spiel ein, indem er das Spiel, mit einem Pfiff, anhalten kann und dann das Spiel so weiterlaufen lassen kann wie er es für richtig hält. In diesem Vergleich sollte man sich allerdings nicht wie ein tatsächlicher Fußballspieler verhalten. Der Fußballspieler erhält vom Schiedsrichter einen Pfiff und das Spiel wird unterbrochen. Der Schiedsrichter geht auf den Spieler zu und entscheidet gegen den Spieler. An dieser Stelle akzeptiert der Spieler diese Entscheidung, aber in fast jeder

Größtenteils harmlos

Entscheidung empfindet sich der Spieler als Opfer und nicht als Täter. Insgeheim denkt sich der Spieler wie falsch die Entscheidung des Schiedsrichters doch war, handelt aber so wie der Schiedsrichter es anordnete. Genau da ist der Unterschied. In dieser Metapher ist der Schiedsrichter das Ego und der Spieler der Verstand. Der Verstand sollte niemals so handeln wie das Ego dies anordnet. Der Verstand sieht, dass das Ego Entscheidungen nur aus Eigeninteresse trifft und möchte so überhaupt nicht dafür sorgen, dass es geordnet und gesittet weitergeht, sondern will Chaos und Verwirrung.

Daher muss ich gegen mein eigenes Ego aufbegehren. Es will mich vom Platz stellen. Mein Verstand, soll gefälligst ruhe geben und dem Ego jetzt freien Lauf lassen. Nein, mein Ego kann da reden und quatschen wie es will. Ich bleibe auf dem Weg, den ich eingeschlagen habe.

In den letzten 25 Jahren lief, soweit ich sehen kann, alles ganz gut, nur hatte ich in dieser ganzen Zeit immer wieder Phantasien meines Egos die ich zwar einzuordnen wusste und die mein Leben nicht weiter tangierten, aber sie waren da. Wie eine immer wiederkehrende Schleife aus der Vergangenheit, erinnerten sie mich doch ständig daran, dass mein Leben hätte viel unsteter und ganz anders hätte aussehen können. Ich bin mittlerweile seit über 20 Jahren verheiratet und habe mit meiner wundervollen Frau zwei bereits erwachsene Kinder, die ich in meinem Haus großgezogen habe, die wie ich betonen will, nicht meine seltsam anmutenden Phantasien geerbt haben und die nicht als Sonderlinge in der Schule oder ihrem Umfeld auffielen. Wir sind also eine ziemlich angepasste und integrierte Familie in dieser Gesellschaft und fallen nicht weiter auf. Meine Frau und ich gehen arbeiten, meine beiden Kinder haben nach ihrem Abitur angefangen zu studieren und trotz einiger Harmoniestörungen sind wir im Großen und Ganzen zufrieden mit dem wie es gerade läuft.

Nur vor einigen Monaten und Wochen, da passierten einige auslösende Ereignisse, die mich an meinem Ego packten und mir sagten, „Da ist noch mehr, hol es dir". Ich soll den letzten Saft aus meinem Leben ziehen. Ich soll jetzt wieder ein unstetes Leben starten. Es kam mir vor wie eine Art Torwächter, der nur darauf wartete, dass irgendein Ereignis meinen Verstand kurz ablenkte. Schon war er da, der Schiedsrichter und brüllte mich wütend an, er schnitt mir mit seiner roten Karte erst durch Gesicht und dann durch meinen Hals und lies mich mit den Worten: „Selbst schuld" auf dem Rasen verbluten. Mein Ego hatte sich offensichtlich soweit beschwert und in meinem Kopf alle möglichen Windungen unternommen, dass nun dieser Schiedsrichter auftauchte. Sicherlich ist mein derzeitiges stetes Leben keine aufregende Rafting Tour, sondern eher eine gemütliche Dampferfahrt und die Gewässer in denen ich mich gerade bewege sind auch keine Wildbäche, sondern eher ruhige Kanäle, daher kann ich mein Ego da schon verstehen. Nur die Art verblüffte mich doch.

Auch hier will ich anhand einer Metapher den Zustand etwas verdeutlichen. Die Rechnung erfolgt immer erst am Ende eines Menüs. Gegen Ende des Hauptgerichts den sicheren Tisch zu verlassen, den Nachtisch aufzugeben, um ein neues Menü zu beginnen? Nein, das kann es nicht sein. Es geht dabei nicht darum irgendwie loyal oder gehorsam zu sein. Auch Pflichtgefühl ist nicht die richtige Beschreibung zu dem was mein Verstand davon abhält dem Ego zu folgen. Es ist eine extrem starke Verbundenheit zu dem was in meinem Leben in den letzten 25 Jahren eine Rolle spielt. Mein Ego will ja nicht, dass ich mich verliebe und mit einem neuen Umfeld so etwas wie derzeit wiederhole. Nein mein Ego will einfach nur sinnlosen Spaß und kurzfristige Freuden ausleben.

Es gibt jede Menge von fünfzigjährigen Gestalten, die aus irgendwelchen Gründen auf diesen innerlichen Schiedsrichter hören und ihren aufgebauten

Lebensmittelpunkt nahezu fluchtartig verlassen um sich einen neuen, spannenderen und lebendigeren Lebensmittelpunkt zusammen zu bauen. Natürlich wollen sie dabei auf die Annehmlichkeiten ihres alten Hafens nicht verzichten, was zu komplizierten menschlichen Verwicklungen führt, allerdings steht am Ende immer die vermeidlich rote Karte des inneren Schiedsrichters.

Ich halte diese Vertreter, egal welchen Geschlechts, für Warmduscher und Bramnasen. Das Ego sorgte bei mir für einen Schiedsrichter, bei anderen vielleicht für einen Engel oder Schrankenwärter. Genial wäre auch irgendein Politiker, der oberbedenkenträgermäßig seinen Finger erhebt und verkündet, dass es nun an der Zeit wäre, etwas Spaß zu haben.

Ich stehe derzeit genau an diesem Scheideweg und mir ist vollkommen klar, dass es für mich keine andere Entscheidung geben kann, als genau da zu bleiben wo ich gerade bin. Wenn alles gut läuft, habe ich noch so 30 Jahre und in diesem Gewässer kenne ich mich aus. Überraschungen und seltsame Windungen hatte ich als junger Mensch genügend und alles was zu finden war, habe ich gefunden. Dennoch bleibt es spannend zu sehen, was da jetzt noch alles passiert und ich will dabei nichts verpassen. Jetzt den anderen Weg zu verwenden, wäre eine vollkommene blödsinnige und unlogische Handlung, die zwar mehr an Überraschungen und Spaß mit sich bringen könnte, aber von diesem Weg aus wäre das Einlegen eines Rückwärtsganges niemals möglich und meine Freiheit wäre stark eingeschränkt, obwohl mir mein Ego logischerweise mir da eine andere Geschichte erzählt.

Der Tod ist wie bereits von mir festgehalten, kein Bestandteil des Lebens, es ist das Ende vom Leben in dieser Hülle, mein Ego, der in meinem Verstand wohnt, merkt es vielleicht nicht. Aber mein Verstand merkt sehr wohl und weiß sehr wohl, dass das Älterwerden zum Leben gehört. Neueste Forschungen wollen herausgefunden haben, dass sich unser Gehirn bis zum 30. Lebensjahr ausbildet und nicht wie vorher vermutet bereits mit Ende der Geschlechtsreife ausgebildet ist.

Es gibt demnach ein zeitliches Gefälle in meinem Gehirn. Mein Verstand, der weiß was ihm beigebracht wurde und der sieht was sein Auge ihm tagtäglich im Spiegel zeigt, während das Ego innerhalb des Verstandes, nichts davon mitbekommt. Das Ego versteht nicht warum alles ruhiger, leiser wird und auf Entspannung aus ist. Das Ego möchte Vollgas, selbst wenn irgendwer sich da querstellt, egal es muss durchgepowert werden. Keine Rast.

Wenn es dem Ego dann zu langsam wird, dann sendet es einen wie auch immer gearteten Überbringer seines Wunsches nach Vollgas.

Es fällt bei 99,9% der älteren Menschen gar nicht sonderlich auf, oder die Menschen selbst merken davon nichts. Der Grund ist ganz einfach. Sie kennen ihr Ego und über die Jahre hat es nun keine Chance mehr dem Verstand irgendwelche Befehle zu erteilen. Der Verstand triumphiert, zumeist.

In meinem Fall war das allerdings seltsam. Die Nachricht des Egos ereilte mich nicht durch eine Nachricht, sondern in mehreren Etappen. Die Überschrift von Hollywood Produzenten wäre: „Es war ein Hirnschlag und ein Todesfall".

Den Hirnschlag erhielt ich, ausgelöst durch einen sehr harten Fußball, der mit hoher Geschwindigkeit in Richtung unseres Tores geschossen wurde und den ich geistesgegenwärtig mit meinem Kopf wegstieß, etwa vier bis fünf Stunden danach als ich bereits mit einer Gehirnerschütterung im Krankenhaus lag.

Es manifestierte sich zunehmend ein Schiedsrichter in meinem Kopf, der mir wahlweise mit Zigaretten oder mit Bierflaschen den Gar ausmachte. Über Monate erschien er mir leicht schwebend mit dem Ball unter dem Arm, was sich später als mein Kopf herausstellte.

Größtenteils harmlos

Der Todesfall war der tatsächliche Tod meiner Schwägerin, deren Willen und deren Kraft ich für unkaputtbar hielt, die nach Jahren der Karzinomdiagnosen ihren Kampf nie aufgab und mit den Worten: „Ich habe voll das Zeitgefühl verloren, ich mach nochmal die Augen zu" ihre Hülle verließ und ihrer Seele den Weg ins weitere Leben freigab.

Daraufhin trug dieser Schiedsrichter keinen Ball mehr unter dem Arm, sondern eine Uhr, mit der er mich wahlweise erschlug oder erdrückte. In dieser letztendlichen Nachricht des Egos geht es genau darum. Es möchte, dass ich mir erlaube das zu tun was es möchte und das ist gerade nicht, dass was ich gerade tue. Um meinem Ego etwas zu geben und weil ich sonst ständig dran denken müsste fing ich ca. 5 Monate nach dem Hirnschlag wieder an zu rauchen, nicht viel, aber so viel, dass mein Ego denkt es sei für ihn. Funktionierte auch, allerdings als dann ca. ein Jahr später der Todesfall eintrat, funktionierte auch das nicht mehr und ich hatte über Monate keine Idee, wie ich diese Phantasien bändigen kann.

Es kam mir dann vor einigen Wochen die Idee, mal alles aufzuschreiben, mal alles loswerden, nicht drüber nachdenken müssen, wie war was und was war wer. Es funktioniert, es hat seit dem Beginn meiner Schreibwut keine Schiedsrichter mehr gegeben. Sicherlich gab es in der Zwischenzeit, den einen oder anderen Todesfall, den mir mein Ego sandte, aber keine plötzlich auftretenden Gestalten, die mir mit wilden Taten böses wollten. Ich hoffe, dass mein Ego nun verstanden hat und sich damit abfindet, dass es der Weg ist und kein anderer. Es war vor dieser Schreibwut so, dass ich hin und her gerissen war zwischen dem was voraussichtlich noch kommt und dem, so wie mir mein Ego suggeriert, noch kommen könnte. Auch im beginnenden Schreiben war vieles unklar und unsicher. Erst nach einigen Tagen der Konzentration auf mein Inneres, hatte ich auch mein Ego im Griff. Es geht beim Schreiben dieses Buches um mich. Somit auch ganz eindeutig um mein

Ego. So wie ich das sehe, findet mein Ego es total super, wenn es um ihn geht. Mein Verstand empfindet das Schreiben als ein notwendiges Übel. Es verhindert, dass zu tun, dass der Verstand viel lieber täte. Mal sehen was passiert, wenn dieses Buch geschrieben ist.

Ich muss in meiner Verwirrtheit der letzten Tage auch tatsächlich in meinen Fähigkeiten eingeschränkt gewesen sein. Ich hoffe, dass nun wieder Ruhe in meinen ganz normalen Wahnsinn eintritt.

Sollte es im späteren Verlauf zu einer wie auch immer gearteten Veröffentlichung meines Inneren geben, so sollte für jeden Leser klar sein, dass das von mir hier beschriebene Phänomen in dieser Gesellschaft den englischen Namen „Midlife-Crisis" (englisch für „Lebensmittekrise") trägt, sich aber von den Umschreibungen aus Wikipedia stark unterscheidet. Wenn man den Ausführungen auf Wikipedia folgt, dann erfährt man ziemlich schnell, dass es sich bei einer Lebensmittelkrise um ein seit 1957 kreiertes seelisches Gesamtkonstrukt handelt um das sich bereits Heerscharen von Psychiatern und Psychoanalytikern hergemacht haben und irrwitzige Mengen an Beschreibungen und Erklärungen veröffentlichten. Zusammengefasst geht es um Selbstzweifel oder um religiöse sowie sexuelle Umorientierungen und ggf. auch um hypochondrische Besorgnis über Gesundheit und Körper sowie zwanghafte Versuche jung zu bleiben. Ich kann bei mir beileibe keine Selbstzweifel oder religiöse Umorientierung feststellen. Auch habe ich mich nicht sexuell umgestellt oder suche nach Befriedigung. Die hypochondrische Besorgnis über Gesundheit und Körper sowie zwanghafte Versuche jung zu bleiben hingegen will ich nicht ausschließen. Allerdings unterstelle ich quasi jedem Menschen, dass er sich wünscht jünger zu sein. Es gibt hin und wieder die Erkenntnis, dass älter zu sein ein echter Vorteil ist, allerdings hat dies mit der grundsätzlichen Einstellung, gerne jünger zu sein, nichts zu tun.

Größtenteils harmlos

Das ist unabhängig vom Ego. Jünger zu sein ist ein vollkommen logischer und nachvollziehbarer Wunsch eines jeden älteren Menschen. Hingegen ist die Angst etwas verpasst zu haben, eine komplette Angstmacherei des Egos. Jeder von uns hat sein Leben gelebt und dabei, in der Zeit in der er lebte, genau das getan was ihm in der Zeit möglich war. Das man da mal hier gezaudert hat oder dort etwas zu nachsichtig war oder auch nicht nachsichtig genug war, wird nun vom Ego verwendet um den Verstand zu verunsichern und nicht, weil dahinter logische oder nachvollziehbare Entscheidungsprozesse stehen.

Ein Wort noch an die Warmduscher und Verpisser, die auf diese innere Stimme gehört haben und sich jetzt in einer Lebenssituation wiederfinden, die etwas ungewohnt ist. Sagt euren Nächsten nichts davon, dass ihr dieses Buch gelesen habt. Sonst müsstet ihr ja zugeben, dass ihr erklärt bekommen habt, was bei euch so passiert sein könnte.

Es soll ja nicht heißen, dass ich davor gefeit bin nicht dieser Stimme nachzugeben, aber zumindest kann ich mit dieser Erkenntnis verstehen. Solange mir kein Individuum über den Weg läuft, dass mich aus meinem Umfeld rauszieht, solange bleibe ich auf meinem Weg.

Viele derjenigen, die dem Ruf folgten und die nach einigen Monaten oder gar Jahren feststellen mussten, dass sich im Grunde nichts an deren innerer Zufriedenheit getan hat, müssen ertragen, dass sich ihr ehemaliges Umfeld weiterentwickelt hat, ohne ihn dabei mitzunehmen. Ergebnis ist eine zerstörte und für die Lebenszeit nicht wieder herstellbare Lebensgemeinschaft. Es gibt wohl einige wenige unter ihnen, die tatsächlich eine dauerhafte Umkehr des altbekannten vorgenommen haben und auch in ihrem angestammten Umfeld weiterhin aktiv geblieben sind. Die, so will ich hier eingestehen, haben alles richtiggemacht. Aber im Grundsatz bleibe ich dabei, dem Ego die Entscheidungen über seine Entscheidungen zu übertragen ist echt bescheiden. Jeder muss für sich selbst entscheiden, ob er auf das Ego hören will, oder nicht. Ich für meinen Teil entscheide mich gegen mein Ego und für den Verstand.

Wichtig ist aber vor allem anderen, dass man die Spieler, im Rennen um die innere Entscheidungsgewalt, kennen muss. Sonst entscheidet man wie ein Wasserschlauch aus dem Wasser gepresst wird.

Die zwei ersten Spieler, die waren bekannt und haben auch mich lange beschäftigt. Aber mit dieser Erkenntnis kenne ich nun den dritten Spieler und handele nicht mehr wie ein Wasserschlauch, sondern kann eingreifen, besser abwägen und daher entscheide ich nicht einfach nur spießig, sondern entscheide mich bewusst meistens spießig, weil ich den Überblick habe. Die Alternativen sind bekannt.

Größtenteils harmlos

Kapitel 8
Was ist minderwertig?

Zeit meiner erinnerungsfähigen Existenz bin ich fest und unumstößlich von meiner Minderwertigkeit überzeugt. Nichts von dem was ich tat und von dem was ich tun werde kann mich irgendjemand überzeugen, dass es eine hochwertige und sinnvolle Tätigkeit war oder ist. Auch von meinem Denken oder meinen Vorstellungen bin ich nicht sonderlich überzeugt. Ja selbst von diesem Buch denke ich, dass ein anderer es sicherlich verständlicher formuliert hätte.

Es ist selbst in meinen Todesphantasien so, dass mein unterschwelliges Ich, diese Todesfälle als noch nicht schmerzhaft genug wahrnimmt. So ziemlich Jeder wird sicherlich schmerzhafter und dramatischer in seiner Phantasie sterben, so meine Wahrnehmung. Natürlich ist das Murks.

Mit der Selbstbefreiung durch die Kapitel 1 bis 7 habe ich es geschafft den unterschiedlichen Empfindungen und Gedanken zu einem Ziel der Ausgeglichenheit und Selbstverwirklichung zu führen. Allerdings muss ich feststellen, dass ich dieses Ziel nicht so erreicht habe wie ich es gerne hätte. Meine nun erreichte Sichtweise hat mich leider nicht zu einem zufriedenen Menschen geführt. Ich bin gerade ganz und gar nicht mit mir zufrieden. Den Nebel, den die Phantasien meines Egos um meinen Verstand erzeugt hatten sind nun weg und das erste Mal in den letzten 45 Jahren habe ich einen freien Blick auf mein Dasein. Dass was ich da so sehe, dass gefällt mir nicht mehr so, wie ich es zuvor mochte. Ich war vor meiner Erkenntnis mit mir zufriedener, warum ist ja egal. Ich empfinde meine Schwächen jetzt irgendwie schlimmer.

Es gibt eine Aussage meines „mittleren" Bruders, der mir irgendwann in meiner Jugend erklärte, dass es bei den amerikanischen Urvölkern wohl so war, dass wenn ein Mensch in deren Reihen, ein Mensch mit geistigen Einschränkungen war, dass sie über solche Menschen sagten: „Seelig sind die geistig armen". Solche Menschen hatte im Rahmen der damaligen Gesellschaft keine Pflichten. Sie wurden in der Regel in Ruhe gelassen. War ich so? War meine Ahnungslosigkeit sowas wie ein Schutz gegen Kleindenkerei. Ich habe ja schon immer viel über den Sinn und Unsinn in meinem Kopf nachgedacht und war eigentlich immer der Meinung, dass ich mich nicht verstecken bräuchte. Nun empfinde ich mich als klein und schutzlos. Ist das so? Klein und schutzlos? Wenn das so ist, wo war ich die letzten Jahrzehnte überhaupt?

Ich versuche einfach mal mich da durch zu denken.

Im Rahmen der gesellschaftlichen Werte und Normen bin ich im grünen Bereich, vielleicht nicht im supertollen grünen Bereich, aber mein Soll wurde und wird erfüllt. Was ist es, dass mich unzufrieden und unbefriedigt in meiner Gedankenwelt zurücklässt? Ist es der Irrsinn dieser sich selbst belügenden Gesellschaft, die sich mit seichter Unterhaltung in Sicherheit wiegen lässt, während die Lenker dieser menschlichen Zivilisation sich immer neue angstschürende Szenarien ausdenken um diese sich sicher fühlenden Menschen zu Taten bringen, die absolut nichts mit ihrer eigenen Zufriedenheit zu tun haben, sondern vielmehr bei den Lenkern dazu führen sollen, die Abgaben und Leistungen zu mehren. Wenn Alle nur noch das tun was unbedingt für ihr Glück ausreicht dann gäbe es kein Wachstum, keinen Geiz, keinen Konsumwunsch. Alle würden sich, so wie ich es gerade tue, nur mit sich selbst beschäftigen. Niemand würde sein primäres Ziel im gesellschaftlichen Wohlstand mehr suchen, sondern so wie ich, so vor sich hindümpeln.

Größtenteils harmlos

Da nun alle politisch Denkenden, den Zusammenbruch des Systems der Gleichheit im Kopf haben, denken nun Alle Staatenlenker, dass es unbedingt immer schneller, zu immer höheren Zielen gehen muss. Was für ein Quatsch. Dass es eine ideale Gesellschaft nicht gibt, ist auch mir klar, aber in einem Hamsterrad wie dieser Gesellschaft, ist der Exodus im Gesellschaftsplan enthalten. Bisher gingen diese unausweichlichen Blasen ziemlich glimpflich ab und werden als schwarze Tage oder Börsenabsturz bezeichnet. Die Scheren zwischen arm und reich werden immer größer und die Kluft zwischen Nord und Süd immer tiefer, aber niemanden scheint das ernsthaft zu interessieren.

Macht mich das wütend? Ist das der Grund meiner Unzufriedenheit?

Da ich sehr wohl über die Erkenntnisse eines schwedischen Bevölkerungswissenschaftlers (Hans Rossling) unterrichtet bin, ist mir schon klar, dass es über die Generationen eine Verbesserung der Lebenssituation für alle Menschen auf diesem Planeten gab. Ich muss daher hier einen kleinen Exkurs zum Thema vornehmen, denn es gibt immer wieder Publikationen, die zwar grundsätzlich richtig sind, aber in deren Argumentationen oftmals Äpfel mit Birnen verglichen werden.

Ich gebe zu, dass es keine offizielle Kluft zwischen arm und reich im Sinne der Erdbevölkerung mehr gibt oder zumindest sich diese Kluft langsam schließt.

Laut er von Herrn Rossling analysierten Daten waren 1950 noch über 50% der Erdbevölkerung in der untersten Einkommensgruppe während im Jahre 2015 dies nur noch rund 10% der Erdbevölkerung sind. Planetenweit haben sich die Einkommensverhältnisse nicht entfernt, sondern angenähert. Jetzt zu den Äpfeln und den Birnen. Diese Ungerechtigkeiten, von denen ich zuvor berichtete, beziehen sich ausschließlich auf die Höchste Einkommensstufe (Stufe 4) und nicht auf alle Einkommensstufen der gesamten Menschheit. Es geht nicht darum, dass die Bevölkerung hungert oder kein Gesundheitssystem hat. Es geht darum, dass es innerhalb der reichsten Bevölkerungsgruppe riesige Umverteilungen gibt. Es gibt daher innerhalb der von schwedischen Bevölkerungswissenschaftler geformten Einkommensgruppen 1 bis 4, innerhalb der höchsten Einkommensgruppe weitere Unterteilungen. Wenn ich also davon spreche, dass ich unzufrieden bin, dann bin ich sicherlich nicht unzufrieden, dass es in sämtlichen Einkommensgruppen der Menschheit riesige Annäherungen gab und geben wird, sondern ich bin unzufrieden, weil es in meiner Einkommensgruppe, die laut diesem schwedischen Model, die höchste aller Entwicklungsstufen ist, riesige Ungerechtigkeiten gab und gibt und uns unsere Medienwelt vorgaukelt Alles sei dem Grunde nach und Regelkonform in aller bester Ordnung. Soweit diese Exkursion.

Es werden zur Ruhigstellung der benachteiligten Staaten, Tagungen und Konferenzen mit minimalen Zugeständnissen und wilden Versprechungen abgehalten, aber an der Situation, dem sinnlosen Verhungern, dem wilden Kriegstreibereien und weiteren Schlechtigkeiten ändert das nichts. Ist das der Grund für meinen Frust?

Ja, ich bin wütend und frustriert aber nein, ich weiß, ein Mensch alleine kann das Handeln dieser Staatengemeinschaft nicht aufhalten und solange ich keine Superkräfte wie einer der Marvel Helden habe kann ich leider nichts ausrichten.

Ist es vielleicht die umwelttechnische Situation in der sich unser Planet befindet, wie bereits im Abschnitt I beschrieben? Nein, auch hier kann ich als Einzelperson nichts ausrichten. Vielleicht ist es meine eigene Situation in der ich wirtschaftlichen Zwängen ausgesetzt bin und Dinge tun muss, die vielleicht nicht ganz dem entsprechen, was ich mir für mich vorgestellt habe? Nein, diese Situation nennt man im Allgemeinen „Arbeit" oder „Beschäftigung", dies sind

Dinge, die notwendig sind um mich und meine Familie zu versorgen.

Die Erfahrung zeigt, dass egal welchen Wunsch ich für mich sah, ich müsste darin immer meine Arbeit verrichten. Dabei ist es vollkommen unwichtig ob ich meinen Traumjob erreicht habe oder nicht, selbst im Rahmen meines Traumjobs gäbe es Tage und Bereiche, die ich am liebsten vermeiden würde.

Liegt der Grund für meine düstere Stimmung vielleicht in meiner Vergangenheit? Seit meiner Geburt bis zu meinem Tod werde ich immer der dritte von drei Söhnen bleiben. Ist das mein Problem? Wohl eher nicht! Liegt es in meiner Erziehung, immer weniger wert zu sein? Ok, hört sich dramatisch an. Größtenteils bin ich durch meine Mutter erzogen worden, aber nach bekunden meines ältesten Bruders, empfand er mehr die Ungerechtigkeit, dass mir viel mehr erlaubt wurde als ihm. Kann also auch nicht der Grund sein. Eventuell liegt das Problem in einer Mischung aus Neid und Missgunst und verfehlter Erziehung? Könnte sein.

Zum einen, haben meine Brüder und ich nie wirklich herzlich mit einander kommuniziert und zum anderen legen meine Eltern noch heute unterschiedliche Maßstäbe, ja auch für ihre Enkelkinder, an. Ich erinnere mich daran, dass meine Mutter zeitweise versuchte einen meiner Brüder davon zu überzeugen mir bei den Hausaufgaben zu helfen. Natürlich kam es nie wirklich dazu, denn meine Brüder hatten Besseres zu tun. Gottseidank, niemals hätte ich meine Fehler vor meinen Brüdern zugegeben.

Aber mal zum Kern dieser Beziehung. Dazu muss ich mal ein bisschen ausholen und den Umstand meiner Erfahrung darstellen.

In meinem zweiten Ausbildungsjahr als Landwirt hatte mein Ausbildungsbetrieb in den drei Wintermonaten keine Verwendung für einen landwirtschaftlichen Auszubildenden. Daher entschieden sich der Ausbilder und mein Vater das der jung PJB (19) doch mal einen Selbsterfahrungskurs besuchen solle. „Vielleicht hilft das dem Jungen mal auf die Sprünge". In solchen Kursen passieren wohl die unterschiedlichsten Dinge, aber mein damaliger Kurs bestand (1987) aus 12 Personen. Neun männliche und drei weibliche Teilnehmer. Kursleiter war ein sehr betont freundlicher älterer Mann, so um die 60 Jahre alt, der wohl bereits des Öfteren einen solchen Kurs leitete. Er war derjenige, der nach den täglichen Hauptaufgaben, die ein Stundenplan vorsah, der das Abendprogramm begleitete und uns Teilnehmer durch Phantasiereisen, Teezeremonien und Yogastellungen führte.

Nebenbei bemerkt, war der zentrale Punkt an diesem Kurs nicht, dass Erfüllen der gestellten Hauptaufgaben des Tages, sondern eher das interagieren von 9 heranwachsenden Männern in Bezug auf drei unsicheren heranwachsenden Frauen. Dabei sei zu bedenken, dass alle Kursteilnehmer selbst von sich dachten oder wussten psychische Probleme zu haben.

Nach den Worten des Kursleiters, sei er ein studierter Psychologe und geschult auf Wahrnehmungen und Interaktion. Was immer das auch zu bedeuten hatte. Vermutlich war er ein pädagogischer Mitarbeiter, der nach 40 Jahren Erfahrung bereits alles an möglichen Verrücktheiten kennengelernt hatte und der auf alle möglichen Fragen eine Antwort hatte. Jedenfalls stellte ich während seiner Gruppensitzungen an mir fest, dass ich nicht offen zu mir selbst war, vielmehr machte er mich darauf aufmerksam und bot mir eine separate Sitzung an. Dabei sollte ich mich tatsächlich auf mich selbst fixieren. Ergebnis dieser Einzelsitzung war, dass wir nicht reinkamen. Egal welche Technik, oder Variante er auch versuchte, wir kamen nicht an mein Inneres. Jedes Mal, wenn wir kurz davor waren, eine Tür zu öffnen, einen Zweig zur Seite zu schieben oder darauf warteten, dass der Fahrstuhl sich öffnete, kam entweder ein Bär, ein Baum stürzte auf den Weg oder die Tür öffnete sich einfach nicht. Die

Größtenteils harmlos

Interpretation des Kursleiters war, dass ich ungelöste Blockaden aus frühester Jugend mit mir rumschleppte und ich dringend nach dem Kurs eine Familientherapie beginnen müsste. Wie der Name bereits sagt, mit der gesamten Familie. Undenkbar, egal. Jedenfalls meinte er, ich war damals keine 20, ich hätte wohl einen Bruderkomplex.

Toll dachte ich, da renne ich einige Jahre durch die Lande und bemerke selbst nicht, dass ich unter meiner eigenen Familie, meinem Hafen leide. Leide? Worunter leide ich denn?

Nun, was ist ein Bruderkomplex? Ein Bruderkomplex sei etwas wie ein Minderwertigkeitskomplex, sagte der Kursleiter. Was ist denn nun ein Minderwertigkeitskomplex? Er meinte kurz, wenn man der Meinung ist, Alle seien besonderer als man selbst. In meinem Fall sei ich davon überzeugt, dass meine Brüder besonderer wären als ich.

Ok, ich nickte. Das war ja auch so. Beide waren besonderer als ich. Ist noch heute so. Ich verstand und verstehe nicht was daran falsch sein soll, wenn man andere Menschen als besonderer als sich selbst betrachtet. Ich weiß, so wie jeder andere Mensch auch, dass es Menschen gibt, die mir in vielen meiner Eigenschaften, voraus sind. Man könnte sagen, die sind besser. Ja und? Ich sage es nochmal und hinterfrage mich: Meine Brüder sind besser als ich. Kein Widerstand. Ich weiß Eigenschaften von mir in denen ich klar „besser" bin als sie, aber in der Summe empfinde ich meine beiden Brüder mir gegenüber überlegen. Ist das falsch? Nein, das ist nicht falsch. Die gesamte Welt der Prominenten und Gelehrten, der Politiker und Weltenlenker, sie alle müssen doch besser sein als ich. Also fragte ich meinen Kursleiter was daran nun falsch wäre. Er sagte, dass jeder Mensch ein ausgewogenes Maß an Narzissmus an sich haben müsse. Derjenige der zu viel Narzissmus an den Tag lege, der wäre schnell als Egoist verschrien, derjenige der zu wenig Narzissmus an den Tag lege, der könne im Grunde nicht überleben. Was soll das nun für mich bedeuten? Muss ich nun daran sterben, weil ich nicht genügend Narzissmus an den Tag lege? Ich atmete doch und ernähre mich, warum zum Teufel habe ich jetzt zu wenig Narzissmus in mir. Ich liebe mich doch selbst, oder?

Er wiederholte den dringenden Rat eine Familientherapie zu machen, damit die Anerkennung und Wertschätzung innerhalb der Familie auf ein normales Maß für alle Söhne gleich verteilt werden solle. Ich erwiderte, dass also meine Eltern eine Therapie bräuchten und nicht ich. Nein meinte er, die Informationen innerhalb der Familienmitglieder müsse an Alle gehen.

Ok, nun stellt euch doch bitte mal vor, Jung PJB käme aus diesem Selbsterfahrungskurs und hätte diese Forderung an die Familie geäußert. Nein, keiner meiner nächsten Verwandten hätte diesen Wunsch auch nur eine Millisekunde lang ernst genommen. Ich weiß leider kein nicht verletzendes Wort für diese Charaktereigenschaft in meiner Familie. Der Begriff des „Gefühlslegasthenikers" kommt diesem Charakterzug schon erheblich nah, trifft es aber nicht. Vielleicht zu maskulin, ohne zu reflektieren? Vielleicht auch nicht sensitiv, sondern eher unterkühlt. Nicht, dass man mich hier falsch versteht, ich liebe meine nächsten Verwandten und habe Mühe sie hier nicht näher auf ihre Eigenschaften und Fähigkeiten einzugehen, weil jeder Mensch für sich etwas ganz Besonderes ist oder an sich hat. Aber Emotional kann man, so meine Wahrnehmung, keinen von Ihnen bezeichnen. Emotionen treten innerhalb unserer Familie auf, wenn Ereignisse eintreten, die einen starken Einfluss ausüben. Während bei mir Emotionen einfach alles sind und ich quasi rein emotional handele, so müssen bei meinen Eltern und meinen Brüdern Emotionen erst irgendwie entstehen. Ich wüsste nicht wie ich das noch näher beschreiben soll. Mein Handeln und Denken unterscheiden sich in einer Art Gegensätzlichkeit zum Rest meiner Familie. Mein Handeln ist weder strategisch noch logisch vorbereitet. Während ich bei meinen Brüdern den

Eindruck habe alles verfolgt ein Ziel und strategisch auf dieses Ziel ausgerichtet. Das ist wohl auch der Grund dafür, dass wir nicht in der Lage sind Wahrnehmungen aufrichtig miteinander zu teilen. Ich denke daran bin ich logischer weise auch nicht ganz unschuldig. Ich trage mein Herz auf der Zunge und wenn in meiner Familie irgendwelche Geheimnisse kommuniziert wurden, musste klein PJB da außen vorgelassen werden, denn die Gefahr, dass klein PJB wichtige Staatsgeheimnisse ausgeplaudert hätte, wäre viel zu groß gewesen. Der vorherrschende Charakterzug, nicht sonderlich viel Einfühlungsvermögen zu haben, führte dann wohl unweigerlich dazu, dass nun keiner mehr mit mir sprach, geschweige denn mir irgendetwas zutraute. Da ich leider diesen Charakterzug nicht besitze und mir ständig emotional über die Probleme der Anderen Gedanken mache, hat sich über die Jahre ein Bild der Unherzlichkeit und der mangelnden Wärme in meinem Umfeld verbreitet. Dabei bin ich mir sicher, dass ich nicht weniger geliebt werde, wie ich selbst liebe. Wäre das nicht der Fall, dann hätte ich vielleicht doch dieses Gefühl der Einsamkeit in mir und es wäre etwas Anderes aus mir geworden.

Manifestiert hat sich diese Situation an fast jedem Tag. Wenn ich gemeinsame Aktivitäten mit meiner Familie versuchte einzuleiten, war das immer nur der Wunsch des kleinsten in der Familie. Niemals konnte ich jemanden davon überzeugen gerade etwas mit mir zu unternehmen. Halt! Da gab es eine Ausnahme. Als ich eines Tages nach Hause kam und meine Mutter in den Arm nahm, schaute sie mich verwundert an und fragte ob ich irgendetwas hätte. Ich erklärte ihr, dass ich es für wichtig halte, dass Menschen, die einander mögen, sich zur Begrüßung in den Arm nehmen. Bis zu diesem Tag war das in unserer Familie nicht üblich. Als dann später am Tag auch mein Vater und meine Brüder beim Abendbrot darüber informiert wurden, dass meine Mutter meine Idee gar nicht so schlecht fand, erklärten sich die restlichen Familienmitglieder zu, einer tatsächlich gewollten, Umarmung bereit, fänden es aber blöd, wenn man sich nun bei jeder Begrüßung umarmen müsse. Schließlich einigte man sich darauf, dass man sich bei längerer Abwesenheit ruhig mal umarmen könne.

Ich denke, das war so ziemlich das einzige Mal, wo ich einen Wunsch meinerseits in ein Verhalten meiner Familie erreicht habe. Noch heute bemerke ich bei Begegnungen mit meinen Eltern oder Brüdern, dass ihnen die Umarmung zur Begrüßung nicht sonderlich behagt, sie aber aus Höflichkeit an einer Umarmung, so halb dran teilnehmen. Aus der Warte meiner Familienmitglieder sieht das vielleicht genau umgekehrt aus. So nach dem Motto: "Der weiß doch, dass ich das nicht mag, warum müssen wir uns jetzt umarmen? So ein scheiß!". Ich weiß es nicht, aber meine Unzufriedenheit und Unruhe im Kopf könnte tatsächlich damit zu tun haben, dass ich während meiner Jugend nie so richtig akzeptiert wurde, als dass was ich tatsächlich sein wollte.

Sicherlich wurde immer wieder versucht auf mich einzugehen. Es war in meiner Wahrnehmung allerdings immer der Versuch mich zu „verbessern". Mich zu Handlungen zu bringen, die ich nicht gut fand oder nicht wollte. Aus heutiger Sicht würden meine Brüder einen solchen Satz wohl kommentieren mit "Stimmt ja auch, Du hast immer dein Taschengeld in ‚Duplo' umgesetzt oder hast anderen Blödsinn verzapft". Ja, ich war sicherlich kein einfaches Kind und ja ich habe sicherlich so manchen Blödsinn gemacht, aber wäre es nicht sinnvoller gewesen, sich mit mir zu beschäftigen, als meine Verfehlungen in einem Meer aus Missachtung und Verachtung zu strafen. Meine Mutter erzählte mir später einmal, dass sie die Bestrafung in körperlicher Form eher vermeiden würde. Lieber bestrafe sie mit Liebesentzug. Ja, sehr wohl wusste ich das. Sie hat vermutlich bis heute kein Verständnis darüber, dass so sehr sie sich auch bemühte, sobald sie mich unter dem Begriff ‚Liebesentzug' wieder einmal

Größtenteils harmlos

bestrafte, sie alles das zunichtemachte was sie zuvor bei mir erreicht hatte. Da meine Verfehlungen, eigentlich täglich stattfanden, kam nie so etwas wie Zusammengehörigkeit auf. Die Erziehung meiner Brüder war da einfacher. Sie sahen vermutlich wie ihr kleiner Bruder so klarkam und dachten sich, dass es unter den gegebenen Umständen leichter wäre keinen Blödsinn zu veranstalten.

So konnte ich, in meiner damals eingeschränkten Froschperspektive, nichts Anderes erkennen, als das meine Brüder ein leichteres Leben hatten als ich. Ihnen gelang mehr und sie erhielten daher auch mehr Anerkennung, was nebenbei bemerkt bei uns Menschen ein echter Nachteil ist, dass wir von Anerkennung quasi abhängig sind. Mir, jedenfalls gelang so gut wie nichts. So manifestierte sich in meinem heranwachsenden Kopf eine ständige Erwartung zu scheitern, mit der Betrachtung, dass meine Brüder ständig triumphierten. Wenn mir damals jemand gesagt hätte, meine Brüder versuchten übers Wasser zu gehen, so hätte ich ohne zu Zögern daran geglaubt, dass die das schaffen. Nur zur Klarstellung, meine Brüder, oder auch meine Eltern können dafür nicht verantwortlich gemacht werden. Erstens war man damals noch nicht so erziehungsgeschult wie das heutige Eltern sind und zum anderen, hat das damals keiner bemerkt. Ich hatte ja niemanden, dem ich objektiv erklären konnte, wie ich mich empfinde. Es ist einfach so und klein PJB ist halt verquer und kompliziert, halt schwierig.

Von außen betrachtet könnte der aufmerksame Betrachter meine ständige, mitfühlende und hinterfragende Art als so etwas wie einen Minderwertigkeitskomplex oder Bruderkomplex wahrnehmen, dessen bin ich mir heute bewusst. Ist ja auch meinem Kursleiter im Jahre 1987 bereits aufgefallen.

Der konnte dem 19-jährigen PJB ja nicht in den Kopf schauen und erkennen, dass sich klein PJB eigentlich als verkanntes, schlauestes und genialstes Köpfchen der Hemisphäre verstand und sich mit seinem ständigen

Scheitern arrangiert hatte. Daher sehe ich mich nicht als minderwertig an, sondern weiß, dass das Scheitern zu einem meiner Grundprinzipien innerhalb meiner Existenz gehört. Der amerikanische Ausspruch „Shit happens", oder „Murphys law" sind in meinem Leben keine lustigen Sprüche, sondern tiefste Überzeugung und Grundsatz jeden Handelns. Dinge, die auf Anhieb funktionieren, machen mich stutzig. Ein gutes Beispiel war als ich mir meinen ersten Computer kaufte und mich entgegen der Ratschläge meiner Freunde gegen einen Amiga, für einen 286'er SX PC der Firma VOBIS entschied. Diesen zuhause aufgestellt, schaltete ihn an und als mir der Monitor mitteilte „No ROM System haltert" oder so ähnlich, wunderte ich mich nicht sonderlich. Ich rief einen meiner Brüder an und schilderte meine Fehlinvestition. Dieser kam auch prompt vorbei und übergab mir feierlich einen Stapel von fünf ein Viertel Zoll Disketten. Er sagte mir in groben Zügen, was ich nun tun müsse um irgendetwas Sinnvolles mit diesem PC anzustellen. Das ich seit diesem Start in die Bits und Bytes mittlerweile mehr darüber weiß als meine Brüder liegt auf der Hand. Denn seit diesem Tag versuche ich mein Wissen und meine Kenntnisse zu diesem Thema zu vertiefen. Meine Brüder hingegen nicht. Geändert hat das, was den Umgang mit den heutigen technischen Möglichkeiten angeht, nicht viel. Aber es lies mich über die Jahre verstehen, dass meine Kenntnisse und Fähigkeiten nicht weniger wert sind als die Kenntnisse und Fähigkeiten meiner Brüder. So weiß ich nominell, dass die Gesellschaft meine Brüder höherwertig einschätzt und das finde ich auch richtig. Ich liebe meine Brüder und schätze die meisten ihrer Eigenschaften sehr, erkenne mich selbst in vielen Dingen wieder. Ist ja auch klar, teile ich doch die meisten genetischen Eigenschaften meiner Eltern mit ihnen. Eigenschaften die typisch familiär gelagert scheinen. Auf Familientagen findet man auch den Grund dafür. Denn diese Eigenschaften finden sich auch bei unseren Verwandten des vierten bis achten Grades immer mal wieder.

Nun die gesellschaftliche Anerkennung meiner Brüder ist höher, weil sie bessere Jobs haben, verdienen also weit mehr als ich. Aber sonst? Nein, da ist nicht mehr.

Ist das nun ein Minderwertigkeitskomplex? Ich weiß das Einstein wesentlich intelligenter war als ich, ich weiß, dass so ziemlich jeder Fußball Profi besser Fußball spielen kann als ich. Halte ich mich daher für minderwertig?

Abgesehen davon, dass es für das eigene Glück doch eigentlich scheißegal sein sollte, ob der eine oder andere „besser" ist als irgendwer. Ich bin für mich selbst der Meinung, dass gelegentliche Unzufriedenheit oder innerliche Unruhe nichts mit dem zutun hat was man ist oder was man erreicht hat. Vielmehr hinterfragt man sich, in meistens genau in diesen negativen Gefühlslagen. Man hinterfragt sich ja nicht, wenn man sich gerade wie ein König der Welt fühlt.

Das Empfinden der eigenen Minderwertigkeit ist also nur ein Gefühl, dass man hat, wenn man sich gerade schlecht fühlt. Wann fühle ich mich schlecht und wann fühle ich mich gut? Gemeint ist hier nicht mein gesundheitliches Empfinden, dass mit zunehmendem Altem so seine Tücken mit sich bringt. Nein, rein kopftechnisch, wie ist deine Wahrnehmung zu dir selbst?

Das führt mich unweigerlich zu dem gesellschaftlichen Wahnsinn, der Werbung in egal welchem Medium. Jeder Hundeführer oder Autofahrer unterliegt in der deutschen Rechtsprechung der sogenannten Gefährdungshaftung, aber nicht eine Werbefirma oder Werbeabteilung unterliegt irgendeiner gesellschaftlichen Norm. Sicherlich gibt es Regeln, zumal hier in unserem Land. Aber diese Regeln beziehen sich auf Grundrechte oder Handelsregeln. Niemand hat ein Auge darauf geworfen was die heutige überflutende Werbung mit unserem Verstand anstellt. Ich wette, dass mindestens 10 % der Einkäufe auf das Konto belügender Werbung und falscher Suggestion gehen. Nichts an diesen Verkaufsanpreisungen hat irgendeinen aufrichtigen Sinn. Der Verkäufer verkauft etwas, was der Käufer eigentlich überhaupt nicht braucht, macht damit vielleicht einige Cent Gewinn und dafür wurde dieses Produkt 12.000 Kilometer entfernt, zu unmenschlichen Bedingungen, produziert, die 12.000 Kilometer hierher transportiert und nach einmaliger Begutachtung und Verwunderung, wozu man es eigentlich gekauft hat, wieder entsorgt. Zudem suggeriert uns Werbung unterschwellig, dass wir ja keine Ahnung haben und wir dringend informiert werden müssen. Wenn wir uns informieren, dann doch bitte auch auf der Internetseite von einem unabhängigen Experten, der auf keinen Fall etwas mit dem Verkäufer zu tun hat. Dort wird uns dann ein düsteres Bild ohne dieses Produkt gezeichnet, aber die Lösung sei nun ganz nah, man solle einfach auf einer der amerikanischen Plattformen suchen. Dort werden dann die Suchergebnisse nicht mehr nach aufrichtigem Mehrwert oder Qualität angezeigt, sondern danach wer mehr für seine Anzeige bezahlt hat. Oder man solle einfach „hier" klicken. Man könnte auch beim nächsten Einkauf darauf achten? Nein, wir sind nicht so. Wir wollen es schnell und unkompliziert! Wenn uns dann noch die amerikanische Plattform mitteilt, dass dieses Produkt hier billiger ist, als wenn ich morgen losziehe um es zu kaufen, dann entscheidet sich unser Verstand in der Regel nach dem Willen unseres Egos, Ausnahmen gibt es auch, aber ich sage ja „in der Regel". Also klicken wir auf der amerikanischen Plattform auf das Produkt. Der amerikanische Betreiber weiß nun das du dieses Produkt an diesem Tag gekauft hast. Der Verkäufer bezahlt nun die amerikanische Plattform dafür, dass er immer wieder neu erfährt, wie die Marktlage sich gerade entwickelt. Wie viele kaufen was und wo? Mit der Antwort auf diese Frage verdienen sich die amerikanischen Plattformen immer mehr Anerkennung und werden in wenigen Jahrzehnten diese

Gesellschaft nicht mehr nur manipulieren, sondern werden derartig viel Macht mit sich tragen, dass sie vermutlich ganze Regierungen kaufen und wir Normalos werden dann so etwas wie Wegbereiter der Apokalypse sein. Ein solches Szenario war auch schon Bestandteil von Filmen, nur, oh Wunder, sind solche gesellschaftskritischen Darstellungen nicht große Kinoerlebnisse, sondern werden als Fernsehfilme irgendwann mal nachts ausgestrahlt, wenn möglichst wenige Zuschauer Interesse haben Fernsehen zu schauen.

Unsere Werbung ist demnach und so ist meine Wahrnehmung, einer der Motoren dieser globalisierten Verarschung. Einzelnen Werbenden dafür die Schuld in die Schuhe zu schieben ist kompletter Blödsinn. Nur sollten sich die Werbenden darüber bewusst sein das dieses ständige höher und weiter, dieses ständige Desinformieren und verschweigen von Offensichtlichkeiten dem geneigten Betrachter ein Gefühl von Ahnungslosigkeit bis hin zur Minderwertigkeit vermittelt. Uns vermittelt die Werbung grundsätzlich die heile Welt (Erde) der anderen, zeigt niemals die Realität, behauptet unterschwellig aber, dass das so ist. Es sei denn, es ist Reklame um benachteiligten Regionen auf diesem Planeten zu helfen, dann zeichnet Reklame uns ein Bild eines afrikanischen Staates, dem nur dann geholfen werden kann wenn der Zuschauer zum Telefon greift und am liebsten sofort, eine monatliche Spende überweist. Ja, wie jetzt?

Eigentlich bin ich doch total überfordert mit meinem Leben und ich soll jetzt dennoch anderen helfen? Werbung und oder Reklame, oder wie sie sich sonst so tarnt. Ob im Fernsehen, im Internet oder in den noch verbliebenen Printmedien, überall wird gelogen, verbogen und verschwiegen. Aufrichtigkeit dort zu finden ist aussichtslos. Am schlimmsten sind es Berichte, Kommentare oder Informationen, die nicht mitteilen, dass sie etwas verkaufen wollen.

Da ich sicherlich nicht der einzige Mensch unter uns acht Milliarden Menschen bin, der das so sieht, verstehe ich nicht warum das immer so weitergeht. Die große Mehrheit der Menschen sieht das anscheinend nicht so, sonst würde in einer Reklame, die Wahrheit und nichts als die Wahrheit, verankert werden. Die heutigen Regeln, wie Verbot von vergleichender Werbung oder konkreter Mitteilung von Gesundheitsgefahren, sind doch nur kleinere Unannehmlichkeiten, die oft den falschen schützen und den tatsächlichen Betrug nicht im Ansatz verhindern.

Ja, wie verblödet ist denn unsere Menschheit, haben jetzt alle den Blick für das Wesentliche verloren? Gibt es denn noch irgendwo jemanden der den Leuten offiziell sagt, dass irgendetwas richtig gut läuft?

Nein, „Ihr seid alle minderwertig!". Genau das sagt uns fast jede Werbung und dass immer schneller und intensiver.

Liebe Leute, lasst Euch nicht verprellen und kauft nur was ihr braucht. Nicht was ihr brauchen könntet.

Nicht vergessen, ihr seid nicht minderwertig, wenn ihr euch gut fühlt. Ich meine, ihr solltet euch also immer gut fühlen. Gute Laune ist wichtig um seine innere Mitte zu finden.

Was für mich als Resümee bleibt ist, dass meine Seele von mir noch nicht so wirklich was lernen konnte, weil ich meistens schlecht gelaunt, von Todesphantasien gejagt, mich meistens zum Schein für andere, um meine eigene Existenz betrogen habe. Dass was ich tatsächlich bin und dass was ich tagtäglich meinem Umfeld suggeriere zu sein, ist nicht identisch. So sieht meine Seele, meine Taten und weiß was mein Verstand will. Sie kennt den Unterschied. Es ist eine ständige Diskrepanz die meine Seele sieht. Kann ich dann noch tatsächlich meiner Seele etwas beibringen, wenn ich selbst noch nicht einmal in der Lage bin aufrichtig zu mir selbst zu sein?

Ergebnis ist, dass das Gefühl der Minderwertigkeit diese Diskrepanz zwischen dem was ich sein will und dem was ich vorgebe zu sein, ist. Ich bin also nicht per se von einem

Größtenteils harmlos

Minderwertigkeitskomplex beherrscht, sondern meine Seele sendet mir unentwegt Signale, dass ich endlich mal aufhören soll mir etwas vor zu machen, ich soll so sein wie ich tatsächlich sein will. Soweit die Realität in mir und die eigenen Widersprüche in meinem Kopf.

Ein Gefühl von Minderwertigkeit ist aber nicht nur, dass was ich zu mir selbst in meinem Kopf für mich so empfinde, sondern auch die Minderwertigkeit dieser Gesellschaft zu der ich mich zugehörig fühle. Dazu fahren in meinem Kopf meine Gedanken oftmals Achterbahn. Mitteilungen der Medien die ich so als Normalo so mitbekomme, werden von der restlichen Öffentlichkeit offensichtlich anders wahrgenommen. Diese unterschiedlichen Wahrnehmungen führen dazu, dass viele Dinge als vollkommen normal berichtet werden, aber bei mir als fatale Ungerechtigkeiten ankommen. Dann steigert sich meine Wut und meine Ohnmacht bis mich eine Phantasie ereilt. Meistens meine Lieblingsphantasie. Meine Verurteilung, weil ich wegen Verkündung der Wahrheit zum Tode verurteilt wurde und mir bei der Durchführung des Urteils, mitten im Bundestag, nicht das Genick bricht, sondern ich langsam durch mein Eigengewicht erdrosselt werde.

Das ist er wieder. Der Einfluss dieser Gesellschaft auf mich und meine Theorie, die nicht an mir selbst stoppt, sondern bis in diese Gesellschaft brüllt. Beruhigen kann mich manchmal die Gewissheit das meine Seele auch durch solche oder ähnliche Ungerechtigkeiten in der Gesellschaft unbeschadet bleibt und ich aber meiner Seele zeigen kann, das ich als beseeltes Wesen, die Zusammenhänge verstehe. Das lässt wiederum einen Funken Hoffnung in meinen Verstand zurückkehren.

Aber seien wir doch mal ehrlich, interessiert sich in einigen hundert Jahren Irgendwer für unsere Probleme? Ich denke nicht. Selbst wenn alle internationalen und gesellschaftlichen Ziele erreicht werden würden, würde das am Ende nichts daran ändern, dass sich dieser Planet den

Parasiten Mensch vom Leibe schafft. Warum ich das denke? Dazu werde ich später noch meine Gedanken preisgeben! Natürlich darf das dennoch nicht heißen jetzt nichts mehr zu tun, sondern sollte Motivation für engagiertere Ziele sein. Was ich aber damit sagen wollte ist, dass es trotz des desolaten Zustands des Planeten und der verwirrenden Gesellschaft immer noch Licht am Ende des Horizontes gibt. Auch dank der Gewissheit, dass mein Handeln und Denken das überdauern wird.

Man könnte wohl meinen, dass wenn eine Theorie sogar in einem so großen Zusammenhang tröstlich hilft, dann können die eigenen persönlichen Probleme mithilfe dieser separaten Sichtweise doch sicherlich auch besser verarbeitet werden.

Leider ist das nicht der Fall. Es gibt einen entscheidenden Unterschied zwischen meinen und den gesellschaftlichen Fallstricken. Die eigenen Probleme erfordern eine sofortige Lösung und eine sofortige unumstößliche Entscheidung, während die großen und gemeinschaftlichen Fragen doch eher einen theoretischen Ansatz umreißen und nicht in der eigenen Verantwortung liegen.

Ich löse meine persönlichen Angelegenheiten zum einen mit Reaktion unter den mir zur Verfügung stehenden Mitteln und stelle mir bei negativen Ergebnissen einfach vor, dass Alles könnte noch viel schlimmer sein. Zum Beispiel stürzt gerade ein Flugzeug im Anflug auf den Flughafen in Hannover / Langenhagen ab und Wrackteile durchschlagen unser Hausdach und erschlagen dabei mich und meine Familie. Oder noch schlimmer, ich überlebe, aber meine Familie kommt dabei um. Was nach einiger Zeit dazu führt, dass ich mich spektakulär selbst ertränke.

Da sind nichtbezahlte Rechnungen oder verpfuschte Hausfassaden nur kleine Randnotizen ohne wirklich bedrohlich zu sein.

Mir war es nur ein inneres Bedürfnis diese Sichtweise nochmal klarzustellen, denn bei allem was ich hier über das

Land in dem ich lebe so schreibe, bekomme ich ja fast selber Angst, hier tatsächlich zu existieren.

Es ist allenthalben so, dass diese von mir beobachten Sachverhalte lediglich Beobachtungen eines durchschnittlich informierten Bürgers dieses Landes sind und nicht Beobachtungen eines Kenners oder eines Verantwortlichen innerhalb dieser Republik.

Umso erschreckender ist es, wenn man sich die Diskussionsrunden im Fernsehen zum Thema „Umwelt" anhört. Man geht eigentlich davon aus, dass dort Menschen sitzen die wissen worüber sie etwas sagen sollen. Man schaut interessiert zu und merkt über den Verlauf der Sendung, dass da nur Lobbyisten und äußerst geltungsbedürftige Menschen rumlungern, sich gegenseitiges Verschulden für Zusammenhänge vorwerfen, für die nachgewiesener Maßen die gesamte Industrialisierung verantwortlich ist und am Ende der Sendung versöhnen sich alle wieder und werden von Ihren Fahrern ins nächste Studio gekarrt.

Dieses Kapitel 8 sollte die freie Sicht in die Zusammenhänge auf diesem Planeten eröffnen, ich hatte eigentlich versucht zu erkennen, was in meiner Sichtweise falsch war.

Nachdem ich nun, mit freiem Blick, auf mich in dieser Gesellschaft so schaue, muss ich festhalten, dass ich noch nicht so dämlich und verblödet bin, wie diese Gesellschaft mich gerne hätte.

Diese Diskussionsrunden sind sicherlich gut gemeint, aber es passiert im Grunde nichts als Klarstellung der Hilflosigkeit. Dem Zuschauer wird lediglich mitgeteilt, dass die Verantwortlichen genauso kleine Räder im Getriebe dieser Maschinerie sind wie eigentlich alle anderen auch. Unterschwellig suggeriert man, ohne es zu wollen, dass es eigentlich vollkommen unerheblich ist, ob mich nun gegen die Natur dieses Planeten verhalte, oder ob ich versuche so CO_2 neutral zu leben wie möglich.

Mittlerweile gibt es sogar revolutionäre Umweltorganisationen, die mit so etwas wie einer Umweltdiktatur liebäugeln. Trauen sich dies aber nicht so wirklich zu leben und entsenden Menschen ihres Presseteams, die sagen: „Wir machen weiter, wo Fridays for Future aufhört."

Eine solcher Gruppen nennt sich „Extinction Rebellion". Egal wie diese Gruppe ihren eigenen Namen definiert, so sollte ein Name doch immer wiederspiegeln, was die Gruppe eigentlich will, oder?

Ich übersetze für mich „Extinction" als aussterben oder vernichten. Also was sagt mir denn der Name dieser Gruppe? Aussterbende Rebellion? Rebellion bis zum Aussterben? Ich habe keine Ahnung. Nun gut. Zumindest hatten die meine Aufmerksamkeit. Dann muss jetzt aber mal was kommen, so richtig.

Die Grundidee dieser Gruppe gefällt mir schon mal: „Bürgerversammlung muss Regierung ersetzen!", ok dann mal los, ihr seid dran. Was passiert als nächstes? Wer, muss was in welcher Form? Wie begeistere ich die Parteien? Was muss getan werden damit die Regierenden und Machthaber in diesem Land, dass ca. 1,2 Prozent des weltweiten CO_2 Ausstoßes verantwortet, auf ihre Macht verzichten? Wer übernimmt dieses Machtvakuum? Wie wird weiter regiert, wenn wir CO_2 neutral existieren?

Man sitzt gebannt vor dem Fernseher und denkt, „gleich kommt die Erleuchtung". In wenigen Augenblicken wird uns erklärt wie die Welt funktioniert.

Ich weiß nicht wie ich es erklären soll. Ich warte immer noch. Keine Antwort und noch nicht einmal eine Herausforderung, nichts. Der Name bedeutet wohl doch „aussterbende Revolution", schade.

Dabei war der Ansatz für mich auf der richtigen Stelle. Leider ohne Idee, noch nicht einmal mit einer falschen Idee, da war überhaupt nichts. Wie kann das sein? Eine Gruppe aus Umweltaktivisten, die sich auf Bahngleise schmieden lassen

Größtenteils harmlos

oder im Ozean auf Schlauchbooten gegen riesige Fischfabriken kämpfen.

Politisch vollkommen harmlos, nicht Substanzielles, nur hohle Phrasen, immer nur dagegen, sonst nichts. Kleiner Tipp: Anarchisten und destruktiver Stumpfsinn bringt kein Ergebnis. Ihr müsst schon etwas mit den Wölfen machen, anstatt nur gegen sie zu kämpfen.

Vielleicht versuchen mal solche Organisationen ihre Sympathien in politisches Handeln umzusetzen und nicht mit sinnlosem Aktionismus wilde Beleidigungen zu streuen. Aber es ist leider wie immer. Aus einem guten Glauben heraus werden solche Organisationen von öffentlichtsgeilen Schwachmaten übernommen und aus gut gemeinten Publikationen werden Horrorszenarien gebastelt, nach dem Motto viel hilft viel. Man denke an die Entstehungs-geschichte der Partei „Die Grünen" die anfangs „Alternative Liste" hießen. Anfangs rebellierten sie gegen das alteingebrachte und rückwärts gerichtete Denken und Handeln dieser Republik.

Über die Jahre passten sie sich an das alteingebrachte und rückwärts gerichtete an. Mittlerweile sind von ihren anfänglichen Forderungen nur wenige Forderungen übriggeblieben, haben aber zumindest ein globales Umdenken in die richtige Richtung erzeugt. Was ist aber mit den anfänglichen Forderungen. Nun, da ihr Hauptanliegen mit dem Atomausstieg selbst von den Machthabern umgesetzt ist, könnten sie sich doch wieder auf die nächsten Ziele stürzen. Aber nein, es ist wieder mal eine feindliche Übernahme der Entscheidungsprozesse, die in ihrer eigentlichen Organisation zur Umweltfeindlichkeit geführt hat. Genau dieses prophezeie ich den heutigen Umweltorganisationen.

Menschen, die aus reiner Geltungssucht ihrem eigenen Ego beweisen wollen, dass ihr Dasein etwas bewirkt, werden sich nach außen profellieren und solche Menschengruppen von innen her aushöhlen.

Es muss von oben kommen. Diese geltungssüchtigen Schwachmaten, die es zuhauf in der Politik gibt und geben wird, müssen darauf getrimmt sein, die Umwelt im Sinne, der hier auf diesem Planeten lebenden und Sauerstoff atmenden Lebewesen, zu verbessern.

Dies passiert erst in den nächsten Generationen, wenn unsere Kinder und Kindeskinder die Geschicke der Menschheit führen. Wenn es bis dahin zu spät ist, die Voraussetzungen für Sauerstoff atmende Lebewesen auf diesem Planeten aufrecht zu erhalten, dann werden die Generationen die in der Zeit von 1960 bis 2000 geboren wurden, die Generationen sein, die den Untergang der menschlichen Zivilisation zu verantworten haben.

Aber die werden daraufhin sagen, schuld seien die seit 1860 geborenen, die hätten schließlich mit dem Scheiß angefangen. Aber wen interessiert das dann noch. Am Ende wird viel Lärm um nichts gewesen sein, denn die Reste der Menschheit, die sich auf diesem Planeten noch im wahrsten Sinne des Wortes, über Wasser halten können, werden es nicht als sonderlich dramatisch betrachten, dass statt 8 Milliarden Menschen, nur noch 250 Millionen Menschen diesen Planeten bevölkern. Also warum sich aufregen?

An diesem Punkt meiner Überlegungen kehre ich dann meistens zu mir als Person zurück und frage mich wieder, bin ich minderwertig? Ist mein Dasein weniger wert, als irgendein anderes Dasein?

Nicht das ich irgendwie davon überzeugt wurde, dass mein Handeln hochwertiger geworden sei, aber ich für mich kann in diesen Aufregungen bemerken, dass der Großteil der Mitglieder meiner Gesellschaft keinerlei Position, keine Gewissheit und schon gar keine Erkenntnis über sich selbst haben. Ohne mir über ein andere ein Urteil zu bilden, was zugegebenermaßen ziemlich schwierig ist, komme ich dann zu dem abschließenden Ergebnis, dass es keine Wertigkeit meines oder eines anderen Daseins gibt.

Also ist die Frage ob ich minderwertig bin bereits vollkommen falsch. Aber, wenn ich sie heute für mich beantworten müsste, dann müsste ich sagen: „Ich bin nicht minderwertig".

Kapitel 9

Auf dem Boden der Tatsachen

Nachdem ich nun festgestellt habe, dass ich weder krank noch minderwertig bin, kann ich, so dachte ich, mich jetzt ja um andere Fragen in und um mein Leben, mein Sein, kümmern.

Bevor ich das aber tue muss ich aber noch was klären. Da ist noch was. Irgendetwas stört. Ich habe zu mir gefunden, aber irgendetwas stört mich. Ich weiß nicht genau was es ist, vielleicht Angst vor der eigenen Courage? Also nochmal. Fange ich mal an, mir diese Unsicherheit genauer anzuschauen.

Wie kann ich mich dieser Situation am besten nähern?

Was ist denn in meiner Selbsterkenntnis nun anders?

Woran erkenne ich, dass meine Selbsterkenntnis etwas verändert hat?

Zunächst müssen meine Fragen nach dem Rest erstmal hintenanstehen. Dann nehme ich mir eine Situation, nach meiner Selbsterkenntnis und hinterfrage meine Position.

Es ist Sommer 2019, vor einigen Monaten und es findet wie jedes Jahr ein Treffen von ca. 15 Vätern mit ihren Kindern statt. Das war nachdem ich vermutet hatte mich selbst besser zu verstehen.

Ausgehend davon, dass sich eine Gruppe von Menschen einmal jährlich trifft um einen Abend und einen Morgen unter freien Himmel zu verbringen und das tut diese Gruppe bereits seit ca. 20 Jahren. Ausgehend davon, dass diese Gruppe sich intern super versteht und Alle sich hervorragend amüsieren. Ausgehend davon, dass nie Irgendjemand auf der Strecke bleibt, bekommt diese Gruppe im 20. Jahr morgens Besuch eines Vertreters des Eigentümers, auf dessen Grundstück sich diese Gruppe gerade trifft.

Er gibt an, der Vertreter des Eigentümers zu sein und stellt fest, dass diese Gruppe unangemeldet und ohne Erlaubnis des Eigentümers dort Zeltet. Des Weiteren wäre niemand in

Größtenteils harmlos

der Gruppe ein berechtigtes Mitglied in dem dazugehörigen Verein. Er stellte aber auch fest, dass wir als Gruppe sehr gesittet und zivilisiert dort ohne Störungen anderer Personen einen angenehmen Eindruck vermittelten. Derweil waren einige Mütter zum Platz gekommen, mit denen wir gemeinsam unser Frühstück einnahmen. Jeder der mit ihm sprach verhielt sich normal und niemand hatte Einwände gegen seine Beweisfotos, die er nun Beamtengleich vornahm. Daraufhin erklärte er, dass er den Auftrag hat, dafür zu sorgen, dass niemand die Rechte des Eigentümers verletzt. Er persönlich fände diese Gruppe zwar sympathisch aber Auftrag sei nun mal Auftrag, also müsse er dafür sorgen, dass diese Gruppe sich nicht weiterhin an diesem Platze treffe. Der Herr machte noch seine Beweisfotos diskutierte noch einige Zeit mit einzelnen Gruppenmitgliedern und fuhr wieder fort. Soweit war in meiner Wahrnehmung alles in Ordnung.

Da war ein Prüfer, der keine Polizei holte, mit uns zivilisiert sprach und seinen zugegebener maßen beschissenen Job machte. Als Eigentümer musst Du ja auch ein Eigentum in irgendeiner Form schützen. Aus meiner Sicht hatte er sein Gesicht gewahrt, seinen Job gemacht und fertig. Was nun nächstes Jahr angeht, keine Ahnung! Wir werden dann mal sehen.

Als er weg war erschreckte ich mich. Plötzlich kam in dieser Gruppe so etwas wie Wut und Unverständnis auf. Stimmen wurden laut, dass man sich nicht von so einem Wicht sich eine derartige Tradition versauen lassen wolle. Nächstes Jahr würde man sich wieder dort treffen und dann würde derjenige Vertreter schon sehen was er davon habe, sich derartig aufzuplustern.

Also das hatte ich nicht erwartet. Erwartet hatte ich ein entspanntes, ok, aber egal, oder so. Wir haben uns doch alle lieb. Nein, es wurde sich massiv aufgeregt. Als ich dann dazu sagte, dass man sich mal in seine Lage des Vertreters hineinversetzen solle und auch in die Lage des

Eigentümers, da erhielt ich verständnislose Blicke, wenn nicht, zumindest verwunderte Blicke. Der Großteil dieser Gruppenmitglieder hatte so überhauptkein Verständnis, wenn es darum ginge diese Tradition zu verlieren. Zudem äußerte ich, dass es schließlich Alternativen gäbe, die eine Nutzung eines anderen Platzes vorsehen könnte. Wie sich diese Treffen in der Zukunft nun entwickeln werden bleibt abzuwarten.

Diese kleine Begebenheit teilt mir aber mit, dass meine Einstellung zum Lösen von Problemen wohl eine vollkommen andere war. Ich hatte mich ja schließlich durch die Kapitel 1-8 durchgeschrieben und hatte gedacht ich sei, bei einem Punkt der Selbsterkenntnis angekommen und das reiche, um tiefe innere Zufriedenheit zu erlangen. Weit gefehlt. Auch wenn ich meine innere Zufriedenheit doch sehr steigern konnte und somit Alltagsprobleme an die Seite schieben konnte, ist es eben nicht genug, nur sich selbst zu reflektieren, sondern auch die Diversen Szenarien des Alltags sind in ständiger Wachsamkeit zu analysieren und einzuordnen. Mächtig anstrengend.

Gibt es vielleicht einen nicht ganz so anstrengenden Weg? Ist die Aussage meines Bruders, aus Kindertagen, „Selig sind die geistig armen", vielleicht genau dieser Ansatz den ich verwenden sollte? Dann wäre es besser, sich weniger zu kennen einfacher. Man müsste nicht ständig seine Umgebung analysieren. Ist denn der Weg zu meiner Selbsterkenntnis ein Irrweg? Mache ich mir mehr Probleme damit, dass ich nun meine Position kenne und die Umgebung verstehe?

Es gibt demnach zwei mögliche Wege damit umzugehen. Gibt es vielleicht noch einen dritten Weg? Denn weder der erste noch der zweite Weg können die Lösung seien. Entweder ich kenne mich nicht und lebe so Ahnungslos wie möglich weiter, oder ich positioniere mich in meiner Selbsterkenntnis an der mir angenehmsten Stelle in der Gesellschaft und muss diese Position ständig überdenken

und dazu mein eigenes Selbst überwachen. Beide Wege sind nicht das was ich als „gut" bezeichnen möchte. Wenn man so will die Auswahl zwischen „Pest" und „Cholera".
Die gewonnenen Erkenntnisse sind zudem ja nun mal da und weder will, noch kann ich, dieses Wissen vergessen oder ignorieren. Zudem will ich ja eigentlich auch so bleiben wie ich bin.
Also was jetzt?
Ich könnte meinem Umfeld auch einfach suggerieren, dass sich bei mir nichts geändert hat. Ich tue einfach so, als wenn ich noch so vor mich hinlebe und alles bleibt wie es ist, aber in Wirklichkeit erblicke ich Zusammenhänge und bewerte für mich die Situation. Ich würde dann wie ein Schauspieler mein „altes", jüngeres Ich wiederspiegeln und nach einem von mir erdachten Drehbuch Begegnungen durchspielen. Igitt, wie abscheulich! Solche Menschen kenne ich zuhauf. Ich habe mir immer vorgenommen, nicht so ein wurmstichiger Ignorant und verblödeter Warmduscher zu werden und nun soll ich einer werden? Niemals! Es muss eine andere Lösung gefunden werden!
Kann ich vielleicht mein Umfeld mitnehmen? Kann ich nun mit meinem Umfeld, klar und deutlich auseinandersetzen was da bei mir passiert ist? Wie kommt das rüber?
„He Leute, aufgepasst hier kommt PJB 2.0. Ich weiß nun mehr über mich und fange an Euch zu analysieren, ich bewerte Euch und wenn mir zukünftig nicht gefällt was ihr von Euch gibt, dann werde ich Euch meine Freundschaft kündigen."
Toll, echt super, kommt bestimmt gut an. Das kann also auch nicht der Weg sein diese Angelegenheit zu händeln. Allerdings gefällt mir dabei die Aufrichtigkeit. Es müsste demnach der erste aller Grundsätze sein. Aufrichtigkeit! Aufrichtigkeit und Transparenz sind zumindest ein Anfang. Wenn ich davon ausgehe, dass ich nicht anders bin als vor meiner Erkenntnis, sind meine Freunde nur deswegen meine Freunde, weil sie mich kennen und wissen wie ich so

drauf bin. Bleibt mir nur der Weg nach vorne mit möglichst hoher Aufrichtigkeit und Offenheit. Und zwar unabhängig von Freundesgrad und Beziehungsstatus.

Zu meinem Beispiel von oben, würde das heißen, ich muss meine Sichtweise laut mitteilen und meine Argumente klar darlegen. Nichts beschönigen oder verunglimpfen. Meine Position klarstellen und dafür sorgen, dass der gesandte Prüfer uns nächstes Jahr nicht an gleicher Stelle wieder antrifft. Angefangen hatte ich ja bereits richtig, aber ich hätte bis zum Schluss meine Position weiter mehr Nachdruck verleihen müssen. Ich hätte die Diskussion nicht mit einem offenen Ende stehen lassen dürfen.

Sicherlich, es ist schwer, für sich, den richtigen Weg zu finden und eine gelegentliche Neuausrichtung und erneute Positionsbestimmung wird nicht ausbleiben, aber es hilft ja nichts, es muss ja weitergehen. Die eigene Entwicklung wird vermutlich erst am Tage meines Todes enden.

Wenn ich an mich als Mensch, ohne meine Offenbarung, ohne meine Analysen, zurückdenke, fällt mir auf, das war vorher einfacher. Ich hatte zwar immer den Eindruck, ich sei unsicher und weiß nicht so genau was um mich rum so passiert, aber letztendlich war ich doch zufrieden. Diese Unbekümmertheit bin ich nun vollends los.

Nun bin ich über mich selbst aufgeklärt und ich finde meine Erkenntnisse über mich selbst äußerst spannend und begreife diesen Prozess auch als ein ständiges System der eigenen Wahrnehmung. Ich weiß, ich stehe jetzt am Anfang von dem was ich suchte. Zuvor dachte ich, dass ich eine einzige Erkenntnis über mich selbst suche. Muss nun aber feststellen, dass es diese einzige Erkenntnis überhaupt nicht gibt. Es wird immer so weitergehen. Ich habe quasi meine Wahrnehmung in einen ständigen Änderungsprozess verwandelt.

In einer Metapher könnte man sagen: Ich kannte vorher nur 16 Farben und nun kenne ich 16 Millionen Farben, die ständig ihre Helligkeit wechseln. Was ist gut und was ist schlecht daran?

Gut ist, dass ich nun viel schneller eine Meinung zu etwas habe, oder das ich weiß, dass mir das eine besser gefällt als das andere. Schlecht ist, dass ich nun seltener überrascht werden kann. Da ich meine Mitmenschen zum aller größten Teil alle kenne, die in meinem Umfeld leben, kann mich von denen schon einmal niemand mehr so schnell überraschen, denn die sind ebenso wie ich mich selbst analysierte, gleich mal mit analysiert worden.

Wo liegt in meinen Erkenntnissen, nicht nur für mich, die Lebensverbesserung?

Wenn ich ein Buch schreibe, will ich doch, dass am Ende dieses Buches irgendwann einmal so etwas wie ein Ergebnis für den Leser dabei herauskommt. Ich selbst habe zwar ein Ziel, wenn man es Ziel nennen wollte, erreicht, allerdings ist das Ergebnis nicht ein einziges Ziel, sondern dieses Ziel besteht darin ständig selbst aufmerksam und wach zu sein für die Zwischentöne des Lebens. Ich kann dem Leser nur mitteilen, dass er nicht durch die EINE große Erkenntnis zum gewünschten Ziel kommen kann, sondern nur durch andauerndes und aktives Teilnehmen an seinem Umfeld. Dazu kann ich dem Leser mitteilen, dass das in keinem Fall einfacher oder angenehmer ist als die Tatsache sich weniger gut zu kennen.

Alleine die Tatsache, dass sie diese Zeilen lesen, ist bereits der erste Schritt in diesem Wissen und somit bestimmen sie fortan selbst, was zu ihnen passt oder was weniger oder überhaupt nicht zu Ihnen passt.

Zum Beispiel ist die Wahrnehmung und die daraus folgende Handlung so individuell wie es Menschen gibt, doch in einer zunehmend analysierten und überwachten Gesellschaft wie bei uns in Deutschland, arbeiten Absender von Informationen nach einem bewährten Muster.

Niemals erhältst Du als Konsument, als Zuhörer oder Zuschauer genau das Bild vermittelt, dass der Sender der

Nachricht vermitteln möchte. Der Sender vermittelt Dir immer nur das Bild, dass zu dem Ergebnis führen soll zudem Dich der Sender führen will.

Der Sender arbeitet mit Profis, mit Psychofutzzis und Statistikern, mit Werbeprofis und Datensammlern. Der allerhäufigste Empfänger ist sehr empfänglich für die meisten Tricks aus dem Wundertopf der Phantasie und des Vorstellungsvermögens. Das ist bei jedem zwar anders und in der breiten Masse ergibt sich eben doch ein Bild. Der Sender weiß also ganz genau welches Bild, welche Information erzeugt welches Ergebnis. Die Quote die der Sender erreichen will ist logischerweise 100%. Er erreicht aber meistens nicht die 100%, weil es eben auch andere Denkweisen und Erfahrungsergebnisse bei den potenziellen Empfängern gibt.

Ohne es zu verstehen habe ich bereits seit Anbeginn meines wahrgenommenen Lebens nie das gewollte Bild erkannt, sondern immer den Grund des Senders hinterfragt. Weil ich diesen simplen aber entscheidenden Schritt nun gegangen bin, verstehe ich diese Zusammenhänge mittlerweile und weiß jetzt was bei mir da so verquer war, oder noch ist.

Aber der Leser, der in der Regel nicht so verquer war und schon immer dem Sender vertraute, ihm kann dieses Buch nicht vermitteln wie man dem Sender misstraut und doch zuhört, aber die Hintergründe doch richtig einordnet.

Was auch immer der Leser entscheidet. Es steht ihm frei sich dem aufwendigen Weg zu widmen oder den einfachen und leichteren Weg zu wählen. Einer der wichtigsten Erkenntnisse zu uns Menschen ist für mich die Tatsache, dass unsere Empfindlichkeit und unser Bewusstsein total davon abhängig sind, dass andere Lebewesen, es müssen keine Menschen sein, uns lieben und annähernd bedingungslos folgen.

Es ist diese Abhängigkeit, die uns von unseren Vorhaben abhält. Unsere Phantasie und unser Vorstellungsvermögen wäre schon im Universum unterwegs, wenn nicht dieses Erhaschen von Anerkennung die Menschheit lähmen würde. Menschen, die in ihren jeweiligen Gesellschaften nie so wirklich anerkannt waren haben die größten Errungenschaften für die Menschheit vollbracht, weil ihnen genau das fehlte. Anerkennung und Ruhm.

Genau dafür wurden sie zu Erfindern. Ja selbst einer der Erfinder der größten sozialen Plattformen im Internet war ein kleiner, nicht sonderlich beliebter, Student aus Amerika.

Es ist also heute noch so und in der jetzigen Gesellschaft, dass die unglücklichsten Menschen die größten Schritte der Menschheit verrichteten.

Wenn also der Leser dieses Buches für sich selbst vielleicht keine Erkenntnisse findet, so rufe ich diesem Leser zu. „Dann löse deinen Geist und fang an nicht mehr so viele Dinge hin zu nehmen. Weder dieses Buch noch irgendein anderer Schwachmat kann die Freiheit deines Denkens beeinflussen".

Um diesen Ruf auch tatsächlich gut zu finden, müsste man erstmal der Meinung sein, dass die Menschheit noch nicht frei genug ist. Man bräuchte den Ehrgeiz, als Bestandteil der Menschheit etwas darzustellen und müsste negative Entwicklungen an sich selbst und der Gesellschaft sehen.

Wenn man dann diesen Schritt nach vorne geht und in seinem Umfeld aktiver und wachsamer wird, dann besteht in der Tat die Gefahr, dass sich Teile des Umfeldes von demjenigen abwenden.

Ist man dazu bereit? Will man wirklich seinem Umfeld etwas Kritik verpassen? Will man die daraus eintretenden Konsequenzen tragen? Immer weniger Menschen sind dazu bereit. In der heutigen vernetzten Erde brauchen Informationen nur noch Sekunden um einmal um die ganze Erde zu sausen. Wenn ich einmal zu laut war und einmal zu kritisch, so weiß dies auch sofort jeder, den es interessiert. Das Risiko, sich unbeliebt zu machen, ist exorbitant gegenüber den analogen Zeiten gestiegen. Daher wagen immer weniger Menschen den Schritt raus aus dem Hauptdenken. Lieber klein und kuschelig als groß und kalt. Das hat meiner Meinung nach Auswirkungen auf die gesamte Menschheit.

Genau das ist für mich eines der wichtigsten Erkenntnisse aus der Zeit des Schreibens. Die Menschen fangen schon wieder an auf der Stelle herum zu treten. Innovationen und andere Sichtweisen, Querdenker sind und bleiben verpönt. Die Wahrscheinlichkeit das sich das mal ändert, sinkt.

Vielleicht hilft uns dabei die Klimadiskussion. Aber leider erkennt man auch dort mittlerweile immer mehr Pflichten, die im Hauptdenken der Menschen manifestiert werden. Es ist heute doch schon quasi politisch korrekt, wenn Menschen ihr handeln, so unlogisch es auch sein mag, nach einer Erdverbesserung ausrichten.

Es gibt da dieses ziemlich junge Mädchen aus Schweden, die für die Umweltbewegung in kürzester Zeit zu einer Art Ikone der Bewegung wurde, weil die Medien, sie dazu machten. Nebenbei bemerkt ist es genau, dass was einer Umweltbewegung fehlte, eine Ikone, ein Sprachrohr. Aber es passiert genau das, was sich die Gegner dieser Ikone wünschen.

Sie ist selbst zu unerfahren um ihr Handeln global zu verstehen. Daher benötigt dieses Mädchen eine professionelle Hilfestellung im Umgang mit Medienvertretern und Politikern.

Dies wird aber unterlassen, warum weiß ich nicht. Nun wird dieses Mädchen in die UN nach New York eingeladen um als Ikone der Jugend und Vertreter der Natur selbst etwas zu sagen. Anstatt das sich dieses Mädchen auf einem Schiff, dass sowieso schon in diese Richtung fährt, einzuschiffen, nein, da muss ein Katermeran mit einer internationalen Crew gechartert werden.

Da muss großes mediales Tamtam abgehalten werden und zu allem Überfluss müssen Teile der Crew aus anderen

Größtenteils harmlos

Ländern mit dem Flugzeug anreisen und nach der Ankunft in New York auch wieder wegfliegen. Es geht also doch immer so weiter. Diejenigen Vertreter unserer Spezies, die die Vernichtung der Menschheit auf diesem Planeten nicht aus dem Auge verloren haben, die freuen sich einen Ast ab und applaudieren diesem Mädchen zu und werden zunehmend dafür sorgen, dass diese Ikone nicht mehr für die Hoffnung der Menschheit steht, sondern für das Scheitern der Vernunft. Ich hoffe zwar immer noch, aber mein Glaube schwindet. Dieses Phänomen aus Schweden hat sich auch erst beim Schreiben dieses Buches entwickelt, aber so dramatisch auch die Situation für uns Menschen auf diesem Planeten sehe, für diese Ikone sehe ich kein glückliches Leben, sondern eher ein Leben zwischen Verachtung und Vergötterung.

Leute, gebt diesem Mädchen doch mal Luft zum Atmen. Genauso sollten wir uns selbst die Zeit und die Ruhe geben über uns selbst zu reflektieren. Raus aus dieser Mühle alles und jeden zu verstehen oder zu analysieren.

Nicht das dieses Buch daran etwas ändern würde, aber mal mehr Menschen dazu zu bringen, ihren Gedanken mehr Platz und Freiraum zu geben, dass wäre schon ein super Ergebnis für dieses Buch und den Autor.

Leben Sie in Frieden.

Ich bin jetzt mit mir selbst fertig, beginne sofort das umzusetzen was meiner immerwährenden Erkenntnis folgt, vielmehr, folgen sollte. Den Gedanken mehr Raum zu geben, mehr zu wagen und dabei Aufrichtig zu bleiben.

In den nun folgenden Kapiteln mache ich genau das, was ich eigentlich für meine Selbsterkenntnis vermeiden wollte. Ich werde analysieren, einordnen und bewerten. Das sind Dinge, die jeder, der seiner Selbsterkenntnis folgt Dinge, die man nur sehr spärlich vornehmen sollte.

Um nun aber mal Grund in mein Denken zu bekommen muss ich zunächst eine Art Bestandsaufnahme machen. Mich umschauen und sehen wo ich eigentlich bin.

Dazu stelle ich mein jüngeres Denken in den Vordergrund. Gesellschaftskritisch war ich zwar immer, aber nun folgt meiner Kritik ein Urteil zu dem was ich denke.

Größtenteils harmlos

Kapitel 10
Meine ideale Erde

Wenn meine damalige Grundschullehrerin heute wissen würde, was sie bei mir auslöste, als sie uns in der Schule den Auftrag erteilte, eine ideale Stadt zu planen, dann wäre sie wohl erstaunt, was klein PJB aus dieser kleinen, von der Schulbehörde entwickelten, Aufgabe machte. Ich malte nicht nur ein Bild und setzte mich am folgenden Nachmittag hin und malte weitere Bilder, nein, ich erdachte mir ganze Landstriche mit Wäldern und Flüssen, dazwischen Dörfer und Siedlungen. Zudem stellte ich mir vor, wie dort die Menschen leben könnten, was sie im Sommer taten, wie sie den Winter verbrachten. Dazu kamen Fragen, wo sich Kinder, ich war ja selbst noch ein Kind, treffen konnten. So schuf ich mir in meiner Gedankenwelt ein Idealbild, dass ich auch nach diesem Schuljahr nicht aus den Augen verlor. Ich erdachte mir, je nach Altersstufe und Lebenssituation, eine Lösung für das, was in meiner Situation gerade nicht funktionierte. So richtig startete ich, als ich anfing eine politische Meinung zu haben. Es kamen Vergnügungsviertel und Sportstätten, genauso wie öffentliche Toiletten und Demonstrationsflächen in meine Stadt. Daher habe ich nicht nur eine ideale Stadt geplant, sondern eine ideale Gesellschaft, in dem Menschen sich offen und freundlich begegnen und nie etwas Schlechtes von Anderen erwarten, sondern immer nur das Gute in ihrem Gegenüber sehen. Alle sind lieb miteinander, Alle haben Spaß, sämtliche Krankheiten wurden genetisch aus unserem Erbgut geschnitten. Die Geißel der Menschheit, das Geld als Zahlungsmittel, wurde abgeschafft. Die Produktion von Verbrauchs- und Gebrauchsgegenständen wird durch automatisierte Anlagen erstellt. Niemand muss mehr arbeiten. Jeder kann tun was er will, muss nur die ihm obliegenden Anlagen verwalten. Es gibt Erdweit keine Konflikte mehr, die Aufteilung der Erde in Nationen hat sich überholt, weil die Menschheit irgendwann verstand, dass

Grenzen vollkommen unnötig sind. Energiegewinnung erfolgt durch Wind- und Sonnenenergie, die von weitestgehend automatischen Anlagen erzeugt wird. Regionen, die ohne Wasserversorgung waren sind mittlerweile an ein erdweites System aus unterirdischen Wasserleitungen angeschlossen. Die komplette Abschaffung sämtlicher Klimakiller in unseren Produktionsstätten haben zur Stabilisierung des Erdklimas geführt. Niemand steht mehr über dem Rest der Menschheit, jeder hat was er möchte und durch die mittlerweile Verdreifachung des menschlich vorgesehenen Alters werden Kinder nur dann in die Welt gesetzt, wenn die Geburtenzahlen mit den Sterbefällen im ausgeglichenen Verhältnis liegen. Die Technik hat uns nicht abgeschafft, sondern unterstützt uns, bei Bedarf. Das Wirtschaftssystem ist nicht mehr auf Wachstum, sondern auf Kontinuität ausgelegt. Nachhaltigkeit und Gerechtigkeit werden nicht mehr durch eine Gewaltenteilung erzielt, sondern durch eine selbstkontrollierte und sich selbsterneuernde Kommission in der Jeder stimmberechtigt ist, der mindestens 3000 Kilometer von dem was zu entscheiden ist entfernt wohnt. Die Regeln für ein Fehlverhalten gelten für alle Regionen des Planeten, beginnend mit den Grundregeln für die Behandlung des Planeten bis hin zu den Regeln im Umgang mit Atomen werden sämtliche Regeln frei und unabhängig, von Institutionen, von jedem Menschen vertreten. Personen die sich nicht an die Regeln halten wollen, oder deren erklärtes Ziel es ist andere zu dominieren sind im Rahmen dieses Planeten nicht mehr tragbar und könnten auch bis hin zum Tode hin bestraft werden, denn diese neue Gesellschaft ist äußerst wehrhaft. Jeder Mensch, der es mag kann sich gerne an der Beurteilung eines jeden anderen Menschen, den er nicht kennt und der mindestens 3000 Kilometer entfernt wohnt, beteiligen. Dazu besteht aber keine Pflicht. Die Versorgung der Menschen, mit dem was sie zum Leben brauchen erfolgt durch automatisierte

Größtenteils harmlos

Maschinen, diese zu warten und zu überwachen übernehmen unvernetzte Computer, die nur von demjenigen Menschen erfährt, was dieser geliefert haben will. Die Produktion von Großmaschinen und Industrieanlagen werden durch riesige Drucker, die in der Lage sind jedes Material zu drucken, hergestellt. Städte und Gemeinden bekommen computergestützt Hinweise in Bezug auf Größe und Dichte der Bevölkerung.

Die Landwirtschaft wird rein von Computern gesteuert. Jeder Bürger darf glauben, essen und konsumieren was er will. Es gibt keine Tabus. Wenn jemand ungesund leben will und dabei niemanden manipuliert oder behindert, so darf er das. Will jemand ohne moralische Grenzen leben, so soll er das tun, aber auch nur, wenn er dabei niemanden anderen … na was denn wohl? … behindert oder verletzt, natürlich.

In meiner Vorstellung habe ich eine ideale Gesellschaft zu deren Maßstab ich nun immer alles beurteile. Dieser Maßstab ist eigentlich gar nicht so weit von dem entfernt was sich die Gründer dieser Republik eigentlich gedacht hatten. Ich weiß natürlich, dass es sowas wie die ideale Gesellschaft überhaupt nicht gibt, in der Realität, aber in meinem Kopf, da ist sie präsent.

Wenn man so auf dieser idealen Gesellschaft so rum denkt und sich Sachverhalte ausmalt, sich Szenarien ausdenkt, dann fällt einem in dieser idealen Gesellschaft irgendwann mal etwas auf.

Das wird irgendwie steril. Es gibt irgendwann mal keinen Antrieb mehr. Keine Wachsamkeit. Können wir anderen Menschen eine solche Zwangsjacke anziehen?

Es hört sich erstmal echt klasse und entspannt an, aber Geburtenkontrolle und verordneter Gemeinschaftssinn führt unweigerlich zu Widerständen, oder nicht?

Wenn alle glücklich bis hin zur Selbstverwirklichung, alles erreichen und kaum noch Wünsche offenstehen, was kommt danach?

Nehmen wir doch einfach mal ein vollkommen normales und allgegenwärtiges Problem, dass, egal in welcher Gesellschaft, egal zu welcher politischen Staatsform immer wieder mal vorkommt. Wie wird dieses Problem in der heutigen deutschen Gesellschaft gelöst und wie löst man dieses Problem in einer idealen Gesellschaft?

Nehmen wir alleine diese Weltverbesserer, die an einem Ortseingang wohnen und absichtlich ihre Fahrzeuge oder Anhänger auf der Straße stehen lassen, quasi als Verkehrsberuhigung.

Meiner Meinung nach sind das verdorrte Trottel, die Jeden, der in diesen Ort fahren muss, dazu zu zwingen, dass zu tun, was dieser Trottel will. Sie dominieren an diesem Ortseingang andere durch ihr Verhalten. Sie erzeugen für die Allgemeinheit eine Erhöhung des Bremsstaubs und der Abgase. Dass sie das vor ihrer eigenen Haustür machen, ist dabei zwar nebensächlich aber ein Jäger, der sich ins eigene Knie schießt, wäre intelligenter. Das nur am Rande. Wie wird heutzutage mit einem solchen Problem umgegangen? Ich stelle mir vor, wie ein solch betroffener Anwohner in der Gemeinderatssitzung seinen Unmut über diese Ortseinfahrt verkündet und noch mehr Verkehrsberuhigung fordert.

Die Gemeinschaft solle ihm doch nun endlich mal helfen, niemand kümmere sich um seine Probleme, jetzt sei die Gemeinde mal dran. Auf der gegenüberliegenden Seite sitzen die Vertreter der Gemeinde, die sich selbst schon einmal über diesen Verkehrshinderniserbauer aufgeregt haben und müssen nun in der Öffentlichkeit Verständnis heucheln. Sie sichern ihm zu, dass man sich des Problems bewusst sei und Gegenmaßnahmen erwirken werde. Tatsächlich liegen allerdings schon diverse Beschwerden in der Behörde vor, beantragt wird ein absolutes Halteverbot an dieser Engstelle, damit dieser Trottel daran gehindert wird, andere zu dominieren. Nun, es herrscht in diesem Land, die Mehrheit. Das der Anwohner am Ende den

Größtenteils harmlos

Kürzeren zieht, ist ja klar. Der Anwohner ist ein Mensch und die Durchfahrenden sind ihm zahlenmäßig überlegen. Das nach dem Ende nur gestritten wurde und letztendlich der Anwohner depressiv wurde, weil er viele Freunde verloren hat und ihn die viel zu schnellen Durchfahrer täglich nerven, ist so gut wie unausweichlich.

Auch im heutigen System könnte man Alternativ um Solidarität werben und alle ankommenden Fahrzeuge mit einem freundlichen Hinweis auf die Durchfahrtsgeschwindigkeit hinweisen. Durch das Aufstellen ihres Fahrzeuges oder Anhängers in einer Ortseinfahrt fordern sie nicht nur dieses System heraus, sondern sie erreichen genau das Gegenteil, sie fordern sämtliche Durchfahrer quasi auf, sportlich und überhöht an dem Hindernis vorbeizukommen. Zwar demonstrieren sie Macht, indem sie zeigen was sie können, werden aber von Jedem der vorbeikommt, eigentlich, verflucht. Wie schön wäre ein überdimensionaler Smiley, der Augenzwinkernd mitteilt, dass es sich auch hier um Menschen handelt, die hier nur in Ruhe ihr Dasein erleben wollen.

In einer idealen Gesellschaft, wie würde es also in meinem Kopf gelöst werden?

Ein Gremium aus einer weit entfernten Stadt, dass niemanden inne hat der weder da lang fahren muss, noch jemanden in dieser Stadt kennt, entscheidet. Der Trottel darf dort nicht mehr parken, aber es wird dort einen festen Geschwindigkeitsmesser geben, der jedem spiegelt, dass er viel zu schnell an dieser Stelle fährt. Zudem würde man ihm vielleicht einen überdimensionalen Smiley aufstellen lassen. Damit wäre der Trottel kein Trottel mehr, er wäre gehört und akzeptiert, seine Freunde blieben seine Freunde und an der Engstelle würde sich zu großen Teilen wieder zivilisiert verhalten werden.

Im Ergebnis eigentlich nicht weit von dem entfernt, was auch in der heutigen Gesellschaft möglich sein könnte.

Ich sagte ja bereits, meine ideale Erde ist von der Realität gar nicht so weit entfernt, man muss nur einige Dinge erschweren und andere erleichtern und schon sind wir einer idealen Erde ein Stück näher. Der Schlüssel für eine solche ideale Gesellschaft ist meiner Meinung nach immer die Information, die Demjenigen zur Verfügung steht, der darüber zu entscheiden hat, welche Lösung für ein Problem verwendet wird.

Dazu sind zwei entscheidende Grundvoraussetzungen bei allen Menschen zwingend erforderlich. Sie müssen Phantasie besitzen und sie müssen wertfreie Informationen besitzen. Mit diesen beiden Schlüsseln in der Hand rennen in meinem Kopf sogar Priester und Lehrer rum. Die Realität ist, dass es vielleicht phantasievolle Priester gibt, die haben aber meistens keine wertfreien Informationen. Oder es gibt wertfrei informierte Lehrer, die allerdings keinerlei Phantasie besitzen. Ein Dilemma, dass es vielleicht unmöglich macht, eine ideale Gesellschaft zu kreieren.

Zurückblickend auf meine Grundschullehrerin, die mit der von Erziehungsexperten vorgefertigten Aufgabe, meinen Kopf anstieß, solche Überlegungen zu beginnen und ich ein Kind dieser Gesellschaft bin, muss wohl doch der Wunsch nach einer idealen Gesellschaft, etwas sein, dass mir Hoffnung gibt, irgendwann einmal eine ideale Gesellschaft zu erreichen.

Denn wer bin ich schon, als dass ich alleine den Wunsch nach einer idealen Gesellschaft suche. Es gibt sicherlich Millionen von Menschen, die tagtäglich daran arbeiten, nur merke ich davon nur wenig.

Das wäre auch etwas, was in meiner idealen Erde eine Rolle spielt, Transparenz.

Politiker, Staatenlenker und Entscheider stehen offen mit sämtlichen Gesichtspunkten und Abwägungen ihrer Entscheidungen in der Öffentlichkeit. Jeder der versucht, Tatsachen zu einer Entscheidung zu verheimlichen oder Tatsachen zu einer Entscheidung hinzudichtet wird in meiner idealen Erde aus seinem Amt entfernt. Da ich aus eigenen Erfahrungen weiß, dass man auch sich selbst gegenüber öfter mal unaufrichtig sein kann, sind kleinere Unaufrichtigkeiten logischer weise auch akzeptabel, sollten aber bekannt sein.

Also müssen Menschen, die tatsächlich eine verantwortliche Aufgabe übernehmen, physisch wie psychisch, sich auf einem gesunden Level bewegen. So wird automatisch vermieden, dass einzelne Staatenlenker über Jahrzehnte hinweg auf ihren Posten verharren.

Zudem ist eine solche Tätigkeit zumeist eine sehr einsame Angelegenheit, denn Personal in Verwaltungsbehörden wird bei mir halbjährlich ausgewechselt. Kein Angestellter der Regierung verbleibt länger als 6 Monate auf seinem Posten.

Das betrifft ebenso Bedienstete kleinerer Behörden. Alles unterliegt einen immerwährenden Fluss der Abwechslung und des Wechsels. Nur Entscheidungsträger verbleiben bis zur gesundheitlichen Entfernung in der Behörde.

So in meinem Kopf.

Bezugnehmend auf die zunehmende Verschmutzung unseres Planeten wird solange noch Steuern auf meinem idealen Planeten bezahlt werden müssen, jeder Einkauf, jede Transaktion auf seinen CO_2 Ausstoß hin geprüft. Wer mit seinem Einkauf einen hohen CO_2 Anteil kauft, der zahlt viele Steuern und wer wenig CO_2 Anteil im Einkaufswagen hat, zahlt wenig Steuern. Aber bedenkt, das gilt auch für eure SUV-Kraftfahrzeuge, die mit ihrer äußerst hohen CO_2 Bilanz dann auch sehr viele Steuern nach sich ziehen! Eigentlich genau so wie es bereits in Norwegen praktiziert wird, halt nur erdweit.

So werden sämtliche Fliegen in der Gesellschaft gleichzeitig gefangen, nicht erschlagen.

Zudem müsste das Verbot von Werbung, wie zum Beispiel das Verbot von Alkohol in der Werbung, soweit erweitert werden, dass Werbung zunächst und grundsätzlich verboten wird und erst nach Zulassung des Produktes zugelassen wird, erdweit!

Jetzt ist es aber mal gut! Ich gebe mir echt Mühe nicht so klugscheißermäßig rumzupöbeln, aber manchmal kann ich einfach nicht anders. Meine ideale Erde ist halt nur und für einige, gottseidank, nur in meinem Kopf.

Größtenteils harmlos

Kapitel 11
Ein Land wie es ist

Nun habe ich mich selbst analysiert und einen Wunsch für eine ideale Erde dargestellt. Wie ist denn die Realität in der ich lebe?

Vorweg ist es mir wichtig zu erwähnen, dass abgesehen von meiner Erde, wie ich sie gerne hätte, die heutige Erde, mit all seinen Fehlern und Untiefen, eine bessere Erde ist, als die Erde meiner Vorfahren. Daher will ich nicht rumjammern und ein Klagelied anstimmen, sondern vielmehr in meiner Selbsterkenntnis offen betrachten was hier los ist. Dabei gebe ich logischer Weise auch Kommentare und Empfindungen, Meinungen preis, die, wie ich betonen will, nur meine eigenen Meinungen sind. Sie sind weder recherchiert noch fundiert und schon gar nicht wissenschaftlich belegt.

Es wird auf dieser Erde zunehmend aufgeklärt und hinterfragt. Schüler, die nicht zur Schule gehen, weil sie Wissen in der Schule erlangt haben, dass ihnen sagt, dass dieser Planet sich für die Menschen immer unbewohnbarer darstellt. Berufe, die neu entstehen und sich nur um das Thema Nachhaltigkeit kümmern. Lebensbedingungen, die dafür sorgen, dass immer seltener Menschen auf dem Weg von A nach B sterben müssen. Verfahren von Entscheidungen, die immer weiter entbürokratisiert werden. Staaten die sich bei Katastrophen gegenseitig unterstützen. In vielen Bereichen dieser Erde sind wir Menschen immer öfter für einander da, als dass noch vor ca. 100 Jahren der Fall war. Die Menschheit hat bereits viele ihrer Probleme begriffen und vieles wird vernunftsbetonter, intelligenter umgesetzt.

Dies gilt leider nicht für dieses Land und vor allem Anderen nicht für die deutsche Sprache an sich. Aufgrund von Ungleichbehandlungen zwischen den Geschlechtern, hat sich innerhalb der Feministen in diesem Land über Jahrzehnte ein eklatanter Widerstand gegen die Grundfeste der deutschen Sprache erhoben. In diesem Land wird mittlerweile an jeder Ecke die Geschlechtsneutralität eines jeden Dokumentes, eines jeden Gespräches und fast in allen Unterhaltungen gefordert. Gleichzeitig wird das weibliche Geschlecht an allen Ecken und Kanten benachteiligt. Zudem wird aber dennoch betont, dass die Ungleichbehandlung zwischen den Geschlechtern Vergangenheit sei und wir nun, auf dieser zivilisierten Erde, total gleichberechtigt mit sämtlichen Geschlechtern in friedlicher Eintracht unser Dasein führen würden. Was mich daran stört? Zum einen, dass das vollkommener Blödsinn ist und zum anderen, dass neue Geschlechter erfunden wurden. Also bei allem Verständnis für die geplagten Zwitter unter uns, oder Menschen die vermeintlich im falschen Geschlecht geboren wurden. Am Ende einer Verwandlung steht doch immer ein Geschlecht, oder? Wozu also der Begriff „Unentschlossene", oder „transsexuell". Entweder ich bin ein transsexueller Mann, oder eine transsexuelle Frau, aber transsexuell, was soll das sein? Wohlmöglich ohne jedes Geschlechtsorgan, dann könnte ich das verstehen, aber wer, bitte schön, ist ohne ein einziges Geschlechtsorgan? Keiner! Dass das weibliche Geschlecht im heutigen Deutschland, nach 2019 Erdumrundungen, nachdem ein wichtiger Mensch geboren war, immer noch benachteiligt wird, ist eine Tatsache, an der noch nicht einmal, totale Vollidioten vorbeikommen. Dies hier nun weiter zu untermauern, spare ich mir, denn ich bin ein Vertreter des männlichen Geschlechts und im Allgemeinen sollte man dem weiblichen Geschlecht ihre eigene Sichtweise überlassen, sowie deren Kampf für mehr Anerkennung. Sollte ich mit diesen Worten jemanden diskriminiert haben, so bitte ich in aller Form um Entschuldigung. Da ich mich selbst als diskriminiertes Wesen auf diesem Ball empfinde, wollte ich hier nur mitteilen, dass ich gegen jegliche Form der Ungleichbehandlung zwischen Männern und Frauen bin.

Allerdings betrifft das nicht die deutsche Sprache. Es mag Sprachen geben, die in der Regel mit weiblichen Ansprachen und weiblich dominierten Satzbild ausgestattet sind. Nicht aber die deutsche Sprache.

Es gibt eine Fülle von Verbesserungen, die derzeit auf diesem Erdball echt Hoffnung auf das Gute in dieser Menschheit hoffen lässt. Allerdings bin ich kein ausgesprochener Optimist. Frei nach dem Motto „Ein Pessimist, ist ein Optimist mit Erfahrung", muss ich neben den bereits in meinen Ausschweifungen erwähnten Missständen auf diesem Planeten auf weitere Ungereimtheiten meine Aufmerksamkeit richten. Da ich nun mal in Deutschland lebe und die Mitte Europas in sowas wie dem Zentrum der Harmlosigkeit liegt, kann ich nur über den Wahnsinn aus Deutschland aus meiner Sicht berichten.

Eigentlich ist Deutschland, dem nachgesagt wird, es sei das Land der Dichter und Denker, eher ein Land in dem weniger gedacht, sondern eher verwaltet wird. Das hat einige Vorteile wie, Niemand verhungert, jede Menschensiedlung besitzt ein Straßennetz, ein Stromnetz und eine Kanalisation. Es gibt, so denke ich, nicht viele Länder auf dieser Kugel, die derartig organisiert und strukturiert sind. Vor allem im Hinblick auf die Größe von ca. 85 Millionen Menschen. Länder mit einer derartigen Struktur und Organisation, haben nicht diese Dichte und Bevölkerungsanzahl. So sind meine Tiraden doch das Jammern auf hohem Niveau, oder?

Schauen wir uns doch mal an wie wir in diesem verwalteten Land so leben. Wie erwähnt, sind wir Alle versorgt. Wir gehen tagtäglich unserem Alltag nach. Wir fühlen uns Alle bestätigt, in dem was wir tun. Halt! Da stimmt was nicht! Fühlen wir uns Alle bestätigt, in dem was wir tun? Es gibt einen relativ großen Personenkreis in unserer Mitte, die genau das nicht erhalten. Dieses Land leistet sich ein ziemlich aufwendiges Sozialversicherungssystem bis hin zu den Hilfsbedürftigkeitsleistungen, dass einmalig auf diesem

Erdball ist und dennoch behaupte ich, dass es genau diese Menschen sind, die sich nicht bestätigt fühlen. Ich rede dabei nicht von den Sozialschmarotzern oder ignoranten Faulpelzen, die es sicherlich zu Hauf auch gibt. Nein, ich Rede von Menschen, die dreißig bis vierzig Jahre gearbeitet haben und die aus gesundheitlichen Gründen oder aus Modernisierungsgründen ihren langjährigen Arbeitsplatz verloren haben und sich bis zum Eintritt ihrer Krankheit oder Beschäftigungslosigkeit nie im Traum hätten vorstellen können, dass sie mal abhängig von Leistungen der Gesellschaft werden. In den Jahren 2002 bis 2004 hatten die Lenker dieser Republik den Eindruck, dass die zu hohen Zahlen derjenigen, die nicht arbeiten, daran liegen, dass die Versicherungs- und Sozialleistungen zu hoch seien. Zudem suggerierten die Vertreter der Industrie und des Mittelstands, sie hätten zu wenig Personal. Die Lenker, nicht ganz dumm, beauftragten einen Industrievertreter, wie er es gerne hätte, dass nun Alle irgendwie noch mehr dazu gebracht werden könnten, noch mehr zu arbeiten.

In der Tat gab es in der bis dahin existierende Sozialgesetzgebung das Problem, dass es möglich war, komplett sein Leben in der sogenannten Sozialhilfe zu verbringen, ohne dass irgendeine Organisation denjenigen aufgefordert hätte irgendetwas zu tun.

Der Industrievertreter, seinerseits auch nicht ganz dumm, stellte das Prinzip von Fördern und Fordern in den Mittelpunkt seiner Gesetzesvorschläge. Kein schlechter Ansatz. Ausgehend von der Überlegung, dass alle Menschen von Haus aus faul und verblödet sind, macht dieser Ansatz echt Sinn.

Leider übersah dieser Industrievertreter, der keinerlei Erfahrung im Umgang mit erwerbslosen Menschen hatte, dass eben nicht alle Erwerbslosen, dies gerne sind. In meiner Erfahrung sind gerade Menschen in unseren Breitengraden nicht in der Lage längere Zeit rumzusitzen, sondern jeder, der kann, würde liebend gerne einer Arbeit nachgehen, sofern er sich diese Arbeit selbst gesucht hat und er dort leistungsgerecht bezahlt wird. Der Industrievertreter aber, stellte quasi jeden, der in diese Situation kommt unter Generalverdacht, ein Schmarotzer und Zechpreller zu sein.

So wurde im Jahr 2004 in diesem Land ein Gesetz im Bundesparlament verabschiedet, dass dafür sorgen sollte, dass ein solcher Leistungsbezieher eben nicht anerkannt und bestätigt durch diese Gesellschaft wird, sondern, der als Bittsteller und Bettler unterwürfig darum buhlen sollte, dass er finanziell unterstützt wird.

Es soll einem solchen Menschen auch nicht die Freiheit gegeben werden, selbst zu entscheiden, welche Arbeit für ihn die Richtige ist.

Nur wenn er brav und systemkonform, nach den Regeln der Industrie alles das tut, was eine einzelne andere Person ihm vorgibt, dann bekommt er die gesellschaftliche Mindestunterstützung, damit er und seine Familie nicht verhungert. Genial, ein so genialer Schachzug, den sich die Lenker dieser Republik da ausgedacht hatten. Wir knebeln den ärmsten Rand dieser Gesellschaft mal mit Sanktionen und Verfahrensregeln, damit der Rest der Gesellschaft sieht, was passiert, wenn man mal in eine solche Lebenskrise gerät. Genaugenommen, dass Gegenteil, von dem was zuvor über Jahrzehnte in diesem Land akzeptiert war, wurde nun vom System unterschlagen.

Keine Sozialarbeiter mit akademischer Ausbildung, die auf die Bedürfnisse der Menschen eingehen. Nein, Arbeitsvermittler, die gerade mal einen mittleren Bildungsweg gemacht hatten.

Sie wurden mit einer zentralen Macht über diese Hilfsbedürftigen ausgestattet. Fortan nannte man solche Arbeitsvermittler, „persönliche Ansprechpartner". Diese persönlichen Ansprechpartner können nun nichts dazu, dass sie in diesem System auf einmal die Macht erhielten. Nach außen konnten die Lenker dieses Landes ganz sozial und mitfühlend ihre Reden schwingen und in der Realität wurden die Transferzahlungen, die der Staat aufzubringen hatte, um etwa zwei Drittel gekürzt.

Das so ein Gesetz in dieser Republik überhaupt beschlossen werden konnte, liegt daran, dass die damaligen Staatenlenker bis zu diesem Gesetz als sehr sozial galten. Zu großen Teilen, ist das bis heute deren Auffassung, dass sie mit der Einführung dieses Gesetzes wieder Gerechtigkeit und soziale Ausgewogenheit in diese Republik geholt haben.

Um diese These zu untermauern werden dann Beispiele von Heerscharen von Schmarotzern und Verpissern aufgeführt, die diese Republik an den Rand der Existenz geführt hätten, wenn sie nicht dieses Gesetz zum Schutz des Landes eingeführt hätten. So verblödet und unterentwickelt können tatsächlich nur Menschen sein, die jeglichen Blick für die Realität verloren haben. Tatsächlich ist mit der Einführung dieses Gesetzes sämtlichen Menschen, die in eine Notlage kommen der Weg zurück zu Anerkennung und eigener Finanzierung fast blockiert.

Diejenigen, die es trotz dieses Gesetzes schaffen, wieder auf einen eigen bestimmten Weg zu gelangen, spreche ich hohe Anerkennung und meine Bewunderung aus. Nach Außen macht dieses Gesetz tatsächlich den Eindruck, dass Menschen dort unterstützt und gefördert werden.

Menschen, in dieser Situation, ich kenne einige, haben aufgrund der ständigen Bevormundung und Schikanierung nicht mehr die innerliche Freiheit sich eigenverantwortlich um sich selbst zu kümmern, sondern werden dazu angehalten, dass andere über ihr Leben entscheiden. Man beraubt sie um ihren eigenen Antrieb.

Den einzigen Antrieb, den Menschen in diesen Leistungsgruppen noch haben, ist der, diesem persönlichen Ansprechpartner, in irgendeiner Form zu entgehen. Sie entziehen sich jeglichen Zugang und alles was selbst ein wohlwollender Ansprechpartner versucht, wird als Angriff empfunden. Zudem kommen die Arbeitgeber dieses Landes.

Nachdem die Mehrheit der Arbeitgeber begriffen hatten, was dieses Gesetz für neue Möglichkeiten bietet, wurde der anfängliche Widerstand gegen dieses Gesetz dadurch gestoppt, da man schnell erkannte, dass es nun ein weiteres Druckmittel gab, die Löhne und Gehälter zu minimieren. Ab Einführung dieses Gesetzes war es für jeden Arbeitgeber einfach festzulegen, wieviel ein mittlerer Angestellter zu verdienen hatte. Zu Beginn dieses Gesetzes gab es noch keinen Mindestlohn in diesem Land und die Rekorde zum niedrigsten Lohn übertrumpften sich. Nochmal, genial, einfach genial.

Die Menschen in den Notsituationen und Krisen ihres Lebens, die nehmen wir und lassen sie zu menschenverachtenden Löhnen buckeln und schuften. Niemals in unbefristeten Verträgen, die dürfen sich nicht zu sicher fühlen. Arbeiten soll das Pack.

Mit dieser Devise regierte nun am unteren Einkommensrand dieser Gesellschaft eine Art Verblödungsstrudel. Die linken Politiker hatten sich von der Industrie ein Gesetz aufschwatzen lassen um die unteren Gesellschaftsschichten zu knechten, dabei ließen sich die Politiker ihre Gehälter mit bis zu zehnprozentigen Zuwachsraten pro Jahr erhöhen.

Man predigte Wasser aber man genehmigte sich in regelmäßigen Abständen einen ordentlichen Schluck vom kostbarsten Wein. Wer das auch noch kritisierte war ein Unterstützer der konservativen Rechten und man hätte ja schließlich keine Ahnung.

Den Arbeitgebern ging es zunehmend besser, die Wirtschaft erholte sich schnell aus dieser Weltwirtschaftskrise und alle sagten, dass läge an diesem tollen Gesetz.

Dieses Gesetz sei ein Segen und eine Befreiung der Arbeitgeber, die von der Arbeitnehmerschafft regelmäßig ausgeraubt werden würde.

Dabei war es in Wirklichkeit so, dass die Löhne und Gehälter bis 2010 sich nur unwesentlich vom Niveau des Jahres 1991 unterschieden, aber die Gewinnzahlen der Arbeitgeber sich im selben Zeitraum vermehrfachten. Nun bin ich nicht sonderlich Arbeitnehmerfreundlich erzogen und solange es der Arbeitgeberschaft in diesem Land gut geht bleibt genug für die Arbeitnehmerschaft übrig.

So dachte ich.

Weit gefehlt, unter dem Schutz dieses Gesetzes machte sich nun die politische Gegenseite auf den Weg und behauptete, dass diese sozialen Politiker riesige Fehler gemacht hätten. Genau in dem Wahljahr 2003 konnten die das behaupten, denn das Gesetz war noch nicht in Kraft und die Auswirkung für niemanden spürbar.

Abgesehen von diesem Personenkreis in diesem Land, die unter diesem Gesetz und deren Auswirkungen ihr Dasein fristen müssen, gibt es aber ein globaleres Problem. In sämtlichen Gesellschaftsschichten brodelt es. Den wenigen Einblick den ich von meinem Blickwinkel auf diese Gesellschaft habe ist sicherlich nicht allumfassend, aber in meinen Beobachtungen lässt sich eines ganz schnell feststellen, in fast allen meinen Begegnungen empfinden sich die Menschen als getriebene ihres Daseins.

Es wird reagiert, meistens auf Geheiß eines Gesetzes oder was auch gerne passiert, aufgrund eines finanziellen Angebots, der zumeist aus wirtschaftlichen Interessen des Anbieters hin erfolgte.

Ist da denn nicht mehr?

Haben wir selbst einen eigenen Antrieb? Agieren wir zu selten, oder ist es vielleicht der Wunsch nach Sicherheit der uns Menschen zu einer Art globalisierten Einheitsdenker hat verkommen lassen?

Sicherheit ist doch nach 70 Jahren Frieden in unserem Land vorhanden. Wo ist denn das Problem?

Auch wenn die globale Sicherheit in diesem Land, auch ohne hohes Militäraufkommen und moderaten öffentlichen

Sicherheitsmaßnahmen ausreicht um uns sicher zu fühlen, ist meiner Meinung nach dennoch die Sicherheit eines unserer Hauptprobleme, wenn ich an unsere Menschen in diesem Land denke.

Es ist nicht die Sicherheit in der globalen Situation unseres Landes, die uns Probleme macht. Wir sind in einer starken Gemeinschaft mit anderen Ländern und können uns sicher fühlen.

Es ist die individuelle Sicherheit, die jeder für sich in seinem Umfeld wahrnimmt. In der heutigen westlichen und aufgeklärten Erde kann man ohne Sicherheitshinweis nicht mal eine Packung Schnürsenkel öffnen, weil sich damit ja jemand aufhängen könnte. An allen Ecken und Kanten erklärt uns irgendjemand, dass wir in Gefahr sind oder Gefahr laufen in eine Situation zu kommen, die uns schädigen wird.

In sämtlichen Stationen unseres Lebens gibt es Oberbedenkenträger, die uns mit umsichtigen Hinweisen darauf aufmerksam machen, dass etwas schiefläuft.

Abgesehen davon das mir mein Vater immer wieder eingebläut hat, dass die Steigerung von Verbrecher, Bänker und Versicherungsvertreter lautet, ist es doch so, dass wir jeden scheiß, egal ob wahrscheinlich oder nicht, versichern. Wir geben mindestens fünf Prozent unseres Einkommens für Versicherungen aus. Wenn das reicht. Kommt es dann zum Schadensfall und der Schaden beträgt mehrere Tausend Euro, dann prüft die Versicherung erst einmal, ob deine Versicherung überhaupt angemessen war und ob der Schaden nicht eventuell überhaupt nicht versichert war. Einerseits finde ich das ja auch gut, aber weil eine nicht unerhebliche Anzahl von Versicherungsbetrügereien zu einer Art Kavaliersdelikt mutiert sind, da die Versicherungen in grauer Vorzeit darauf einfach nicht achteten, ist es heute so, dass die Versicherungen zunächst einmal einen Versicherungsbetrug ausschließen müssen.

Ich will hier nicht die Versicherungen verunglimpfen.

Ich will nur darauf aufmerksam machen, dass wir Menschen unsere Probleme immer nur selbst verursachen.

Wir fühlen uns ständig unsicher. Wir versichern uns um uns wenigstens ein bisschen Sicherheit zu erkaufen. Unser Blick auf uns und die Gesellschaft, ist entrückt, von dem was eigentlich notwendig wäre. Das Leben an sich ist mit ständigen Gefahren und Risiken verbunden und wir wollen auf Teufel komm raus nicht diese Risiken mehr tragen.

Wir brauchen tatsächlich große Versicherungen, die uns absichern. In sämtlichen Lebenslagen.

Passiert etwas was wir selbst falsch gemacht haben und es ist nicht versichert, sind wir unzufrieden und rennen zum nächsten Versicherer, der natürlich sofort das richtige Versicherungspaket für uns bereithält.

Er versichert uns nicht nur die künftigen Schäden, dieser Art, nein, er versichert gleich noch einen Schwung von anderen Umständen mit. Dann nach einigen Jahren, stellen wir fest, solche Schäden können uns ja nicht treffen, wir versuchen die Versicherung wieder los zu werden und trauen uns manchmal nicht, denn es könnte ja genau dann doch ein solcher Schaden auftreten.

So steigen unsere Versicherungsausgaben und wir tragen bald fast kein eigenes Risiko für unser Handeln, denn wir sind ja versichert. Die Versicherungen selbst sind an dieser Stelle zunächst nicht die Verantwortlichen für diese Situation, sondern unser dringender Wunsch, so viele Risiken wie möglich an andere weiterzugeben. Doch irgendwann merken wir, dass wir immer nur bezahlen und ein Schaden so gut wie nie eintritt.

Dann ist es soweit, dass einige wenige versuchen sich das Geld zurück zu holen. Hätte es vor einigen Jahrzehnten nicht diese massenhaft auftretenden Versicherungsbetrügereien gegeben, dann hätten die Versicherungen auch nicht so viele Prüfungen um einen Schadensfall abzuwickeln. Das sich die Versicherungsunternehmen trotz der vielen unerkannten Betrugsfälle finanzieren können wundert einen dann schon. Schlecht scheint es der Branche trotz allem nicht zu gehen, was angesichts dieser globalen Unsicherheit auch nicht verwunderlich ist.

Allerdings frage ich mich: „Sind die Prämien und Beiträge, die wir zahlen, angemessen? Könnte es vielleicht sein, dass sich Versicherungen, die teuersten Gebäude, die höchsten Gehälter nur deswegen leisten können, weil sie überhöhte Beiträge fordern?"

Da stimmt doch was nicht.

Eine derartige zentrale Frage nach Sicherheit in unserer Gesellschaft überlassen wir gewinnorientierten Riesenunternehmen, die von Aufsichtsräten, ihren Aktionären so geleitet werden um den Gewinn zu maximieren?

Sollte nicht die Sicherheit und das Leben in dieser Gesellschaft im Mittelpunkt stehen, wenn es darum geht etwas zu versichern. Bevor ich als Unternehmen etwas verkaufe, muss der potenzielle Käufer erst einmal erfahren, dass ihm etwas fehlt. Genau das machen diese Unternehmen. Sie suggerieren uns an allen Ecken und Kanten, dass wir zu unsicher leben, wir sollen uns von ihnen helfen lassen. Warum kann eine solche Versicherung nicht öffentlich-rechtlich geführt sein?

Muss es sich um eine gewinnbringende Unternehmung handeln? Auch darin bin ich kein Experte, aber fragen wird doch erlaubt sein, oder?

Jedenfalls sind wir doch an einem Punkt angekommen, an dem wir massiv verunsichert werden. Wir sehen mittlerweile Probleme, wo keine sind. Auslöser sind nicht die Versicherungen, sondern wir selbst.

Aber nicht nur das Thema Versicherungen hat ein Geschmäckle, wenn um unser subjektives Sicherheitsempfinden geht.

Auch die Übersensibelisierung und Überflutung von vermeidlichen Gefahrpotenzialen durch die neuesten Erkenntnisse aus Wissenschaft und Forschung machen aus uns normal gebildeten und normal informierten Bürgern eine Art Experten zu allem und jedem.

Wir wissen heutzutage immer mehr über uns Menschen und wir wissen wozu einige von uns fähig sind. Daher müssen wir in allen Situationen immer mit dem schlimmsten rechnen. Ist das wirklich so? Dazu folgendes Beispiel:

Meine Tochter fing eines Tages im Kindergarten an ihre Schrammen und Dellen voller Stolz zu präsentieren, sie war beim Fahrradfahren im heimischen Garten gegen so manches Hindernis gefahren und hatte sich dabei einige Schürfwunden und blaue Flecken zugezogen. Die Kindergärtnerin fragte sie wo sie denn diese Verletzungen herhätte und sie erzählte der Kindergärtnerin nicht den genauen Hergang, sondern eine aufregende Geschichte an deren Ende ihr Vater rumgebrüllt hätte und ihre Mutter hätte geweint. Wenn die Kindergärtnerin nicht umsichtig bei meiner Frau nachgefragt hätte, um zu erfahren, dass es mit einem Umbau am Haus etwas Stress gab, dann hätten wir sicherlich Besuch vom Jugendamt bekommen und hätten dort unter Verdacht gestanden, unsere Tochter zu misshandeln.

Es ist gut, dass Kindergärtnerinnen und andere Erzieher auf solche Dinge achten.
Aber sind denn alle Elternteile von Haus aus eine Gefahr für das Kind?
Ist nicht vielmehr davon auszugehen, dass Eltern ihre Kinder schützen? Im Rahmen der Ausbildung eines Erziehers, ist sicherlich der Anteil, der Unterrichtsstunden zur Erkennung von Misshandlungen etwa doppelt bis dreimal so hoch wie noch vor einigen Jahrzehnten.
Wo führt uns das hin?
Sind Eltern mündige Bürger, oder sind Eltern zunächst einmal potentielle Gewalttäter? Stelle ich mir dann vor, ich hätte nicht so liebe und artige Töchter, so wie ich es hatte,

Größtenteils harmlos

sondern so richtige Lausbuben, dann ist doch in der heutigen Zeit, das Leben dieser Kinder schon in Schieflage wenn die Erzieher mit den Methoden der Eltern nicht einverstanden sind und das Jugendamt einschalten. Vielleicht sich in die Erziehung einmischen und im schlimmsten Fall das Kind in ein Heim oder in eine andere Familie stecken.

Sicherlich gibt es Eltern, die ihre Kinder falsch erziehen, aber es sind nun mal ihre Eltern.

Das studierte Erziehungswissenschaftler und andere Betreuungsberufe wie Pilze aus dem Boden schießen liegt doch nicht daran, dass sich die Menschen per se ändern, sondern daran, dass unsere Gesellschaft krankt.

Da wir immer mehr Wissen anhäufen und immer mehr Gefahren sehen ist es wie in einem Strudel, in den unsere Gesellschaft eingefahren ist.

Wir drehen uns immer schneller und werden immer mehr in die Mitte gezogen. Wir müssen raus aus diesem Strudel von Informationen, die uns immer mehr zu Hypochondern für sämtliche Lebenslagen macht, hin zum Kanalisieren und richtigen Einschätzen von Gefahrsituationen.

Nicht jede Tat und jede Verletzung muss ein Problem sein. Wir müssen wieder anfangen, die Natur und das natürliche in uns wiederzuentdecken.

Wir müssen wieder lernen, dass Risiken zu ertragen nicht immer falsch sein muss. Wir müssen uns wieder auf uns selbst besinnen. Anhand einer weiteren Beobachtung kann man besser erkennen was ich meine.

Vor einigen Jahren in einer Fernsehsendung, ging es um Erziehungsfragen, im Einzelnen, um Einschlaftherapien für Kinder die schlecht einschliefen.

Ich freute mich auf diese Diskussion, weil meine Frau und ich zu diesem Thema nicht unbedingt immer einer Meinung waren. Meine Frau hatte bereits mehrere Ratgeber gelesen und um unsere ältere Tochter zum schlafen zu bringen benötigten wir täglich sehr viel Geduld und Verständnis um nicht zu sagen, wir hatten die Situation einfach nicht im Griff. Es waren vier unterschiedliche Erziehungsexperten eingeladen und drei von ihnen besprachen die unterschiedlichsten Varianten der Therapie.

Sie überschlugen sich geradezu mit Möglichkeiten und Ratgebern. Meine Frau fühlte sich bestätigt und meinte, dass es doch die neuesten Erkenntnisse über uns Menschen sei und wenn schon Erziehungsexperten im Fernsehen darüber diskutieren, dann kann es nur richtig sein. Fast die gesamte Sendung saß der vierte Experte dazwischen und hörte zu was die Anderen so von sich gaben, ohne eine Miene zu verziehen.

Das lief so ungefähr 30 Minuten so.

Irgendwann fragte aber der Moderator, diesen vierten, etwas älteren Experten, was er denn nun dazu sage.

Er schaute den Moderator verdutzt an und erwiderte mit einer Frage. „Können sie mir erklären, warum Heimkinder gut einschlafen und wenig schreien?"

Die drei Experten und der Moderator schauten sich untereinander an und niemand konnte die Frage so richtig beantworten.

Einige Sekunden später lehnte sich der vierte Experte vor und sagte. „Das liegt daran, dass im Heim niemand da war als sie das erste oder zweite Mal schrien und nicht einschliefen".

Die Sendung war fast vorbei und am Ende erklärte dieser Experte mit einem Satz, dass was die anderen drei mit ihrem geballten Wissen und den Erkenntnissen aus jahrelangen Studien nicht geschafft haben zu erklären.

Ich brauche hier nicht zu erwähnen, dass es für mich eine innere Sternstunde war. Zwar half uns diese Erkenntnis bei unserer Tochter nicht weiter, aber nun wussten wir was wir falsch gemacht hatten.

Diesen Fehler konnten wir nun bei unserer zweiten Tochter vermeiden, was nebenbei erwähnt, auch gut funktionierte.

Größtenteils harmlos

Allerdings muss dazu erwähnt werden, dass es tatsächlich „Schreikinder" gibt, die eben nicht einfach damit aufhören nur, weil einige Male keiner kommt um zu beruhigen.

Für mich zeigt aber der Verlauf dieser Diskussion in dieser Sendung genau dieses Problem in unserer Gesellschaft.

Wir Menschen können uns nicht immer um alle Probleme aller Anderen kümmern. Es muss auch einfach mal ein Mensch mit seinen offensichtlichen Schwierigkeiten lernen umzugehen.

Genau das, dass fängt mit dem „Schreien lassen" der Kinder an. Wenn wir weiterhin zu jedem Problem eine Lösung auf Kosten der Gesellschaft bieten, dann wird diese Gesellschaft irgendwann einmal nur noch mit sich selbst beschäftigt sein und nicht mehr damit, sich weiter zu entwickeln.

Zum Thema Sicherheit gehört meiner Meinung nach auch das Thema Verantwortung.

Wir sind in unserem Sicherheitsdenken schon so weit, dass wenn einmal etwas schiefläuft, wir sofort einen Verantwortlichen ausmachen und diesen unter Generalverdacht stellen.

Egal, ob das Geschehene vom Verantwortlichen hätte verhindert werden können oder nicht. Verletzt in einem Kindergarten ein Kind ein anderes ist nicht etwa das andere Kind das Problem, sondern die aufsichtspflichtige Person.

Warum so kompliziert?

Wenn ein Kind ein anderes verletzt, dann ist das entweder Absicht oder nicht. Wenn es dann Absicht war, dann wollte das Kind das so, fertig.

Es wäre nun hilfreich dem fehlgeleiteten Kind diesen offensichtlichen Fehler zu erklären. Wenn nötig, im Wiederholungsfall eindringlicher und so, dass dieses Kind zukünftig und dauerhaft versteht, dass man anderen Menschen nicht absichtlich eine Verletzung zufügt.

Leider läuft das in der heutigen Zeit anders. Nachdem nun ermittelt wurde, dass dieses Kind mit voller Absicht und brutal das andere Kind verletzen wollte, wird man sich erst einmal mit den Eltern zusammensetzen und versuchen herauszufinden, warum dieses Kind so aggressiv vorgegangen ist.

Man wird sich mit den Eltern, dem Kindergarten, den Erziehern und vielleicht mit dem Umfeld dieses Kindes beschäftigen. Niemand wird diesem Kind die Grenzen zeigen.

Dieses Kind wird merken, dass seine Art mit Problemen umzugehen, die Art ist, die für ihn die beste ist. Dass was eigentlich notwendig wäre, dem Kind seine Grenzen aufzeigen, ist in Deutschland verboten.

Die körperliche Unversehrtheit ist eins der höchsten gewonnenen Errungenschaften dieser Republik. Damit wurden und werden in dieser Republik neue Generationen herangezogen, die wissen, dass egal was sie tun, sie werden niemals angemessen dafür bestraft. Unsere Gefängnisse sind voll von derartigen Karrieren.

Ein weiteres Beispiel für fehlgeleitete Verantwortung ist das politische Wahlverhalten.

Wählen in einem Land oder Kontinent zu viele links oder zu viele rechts dann sind nicht etwa die Wähler schuld, nein es sind die Parteien und Politiker, die seit Jahren entweder zu weit links oder zu weit rechts Politik gemacht haben.

Wenn die Wähler zum Beispiel zu weit rechts wählen, dann wollen die das und nichts Anderes.

Wer was dagegen hat, sollte denen das erklären und nicht seine Politik nach denen ausrichten. Ich habe auch mal gehört, es soll tatsächlich auch mal so etwas wie eine geschichtliche Wahrheit gegeben haben.

Aber in diesem Land darf jeder, der es meint, rumlaufen und die Geschichte so verdrehen, wie es ihm beliebt und das nur, weil irgendjemand, die Idee der freien Meinungsäußerung auch auf offensichtliche Lügen ausgedehnt hat. Im Fernsehen werden Bewegungen und Ströme dieses Landes gezeigt, die mich wahrlich nicht stolz machen ein Deutscher zu sein.

Sowas verblödetes, ignorantes und aggressives Pack. Dem Typen, dem die nachheulen, hätte dieses Pack kurzer Hand an die Wand gestellt und erschossen. Selbst die Nazis der dreißiger und vierziger Jahre, wenn auch total vernebelt, waren gebildeter und einsichtiger als diese dämlichen Kläffer. Witziger weise kann man als normal denkender und informierter Bürger dieses Landes mittlerweile keinen Unterschied mehr zwischen diesem Pack und den verwahrlosten linken Mob erkennen. Egal ob eine Gewalt von links oder rechts kommt, meinetwegen auch von oben oder unten.

Null Toleranz gegen Gewalt.

Wer in diesem Land als gewalttätiger Mitmensch identifiziert wurde, ob heimisch oder aus dem Ausland stammend, ob rot, gelb oder schwarz oder weiß, dieser Mitmensch hat sämtliche Rechte um als Mensch betrachtet zu werden verwirkt. Es gehören, diesem Menschen, sämtliches Eigentum entzogen, sämtliche Rechte weggenommen und dieser ehemalige Mensch ist bis zu seiner Rehabilitation wegzuschließen. Ohne jeden Kontakt und ohne jede Unterstützung. Das ist genau die Sprache, die diese Lebewesen verstehen. Sobald sich irgendein Gremium dieses Landes einer solchen Praktik zuwendet wird es so etwas wie neulich in der Stadt Hamburg nicht noch einmal geben. Es ist ganz einfach. Man muss es nur wollen. Aber da auch unsere Gremien voll mit solchem Gesocks stecken, oder die zumindest mit dem Pack oder dem Mob unter einer Decke stecken, wird es wohl nie eine zweidrittel Mehrheit geben um das Grundgesetz an diesen Stellen auszuhebeln oder zu verändern.

Manche Dinge werden so verkompliziert, weil es ja auch komplizierte Themen gibt. Aber es gibt halt auch einen Arsch voll von Dingen, die sind schon immer einfach gewesen und die bleiben auch einfach. Gewalt darf nur der Staat ausüben.

Wenn wir bei der Gesetzgebung bereits davon ausgehen, dass dieser Staat irgendwann einmal zu einem Unrechtsstaat wird, dann gute Nacht.

Ich rede ja nicht darüber, die freie Meinungsäußerung abzuschaffen. Dieses Gut, seine Meinung zu äußern, ist sicherlich elementar. Ich rede darüber, dass offensichtliche Verdrehungen und das Verbreiten von Fehlinformationen unter Strafe gesetzt gehört. Ob das linke oder rechte Lügen sind ist egal, es müsste so etwas wie ein Register offensichtlicher Lügen erstellt werden und darüber was da rein kommt entscheidet kein politisches Gremium, sondern eine eingesetzte Kommission von anerkannten Wissenschaftlern, die auch von der Politik nicht entlassen oder bestimmt werden können. Universitäten und andere Fakultäten setzen Mitglieder dieser Kommission ein. Eine solche Kommission hat Ähnlichkeiten zur heutigen Ethikkommission, bestimmt aber nur die Liste der offensichtlichen Lügen. Anhand einer solchen Liste wäre es den vor Ort tätigen Sicherheitskräften ein leichtes einzuschreiten und sich die Übeltäter, Verunglimpfer und Lügner zu schnappen. Es müssen also einfache Lösungen her, die kurz und schmerzlos unsere Ordnungshüter wieder zu Ordnungshütern machen und sie nicht weiter zu Unordnungsbeobachtern verkommen lässt. Man muss dabei auch differenzieren. In einigen Übertragungen aus solchen Kundgebungen heraus war zu erkennen, dass es wohl doch einige Einsatzleiter gibt, die sehr wohl in der Lage sind solche Auswüchse an politischer Verwirrtheit in den Griff zu bekommen. Da dies allerdings nicht oft der Fall zu sein scheint, erhoffe ich mir eine stärkere Wehrhaftigkeit unseres Staates, denn dieser besteht nicht aus Personen oder Parteien, sondern aus der Idee von Freiheit und Gerechtigkeit und unsere Ordnungshüter sind lediglich dieser Idee verpflichtet, niemanden anderem.

Es gibt heutzutage immer weniger Menschen, die ihrem Tagewerk nachgehen und dann später darüber ganz normal sprechen. Es gibt immer mehr derjenigen, die gegenüber ihrem Umfeld ihre eigene Arbeit als etwas kompliziertes und Aufwendiges darstellen. Damit will ich nicht sagen, dass es immer mehr Blender und Hochstapler in unserer Gesellschaft gibt, sondern vielmehr passen wir uns dem suggerierten Bild aus medialer Welt und den Vorgaben dieser Gesellschaft an. Wir gehen immer mehr dazu über eigentlich einfache Sachverhalte zu verkomplizieren. Dinge, die Geld bringen werden bevorzugt verkompliziert. Einfache Stromrechnungen kommen nach Jahrzehnten der Verwirrung erst jetzt wieder in Mode. Oder Lohnabrechnungen werden meistens so konzipiert, dass nur ein Fachmann weiß was jede Zeile auf der Abrechnung bedeutet.

Man hat den Eindruck, Verwirrung und Verschleierung sind in unserer Gesellschaft keine Dinge über die wir uns aufregen, sondern Dinge an die wir uns gewöhnt haben. „Hm... da haben Leute im Internet anonym Personen beschimpft oder bedroht, hm... mal schauen was wir da machen...", vor vierzig Jahren (wenn es das Internet gegeben hätte) da wären alle Hebel in Bewegung gekommen. Jeder Provider der damit was zu tun gehabt hätte wäre unter Verdacht gewesen. Jede angewählte IP wäre stillgelegt worden, man hätte solange gesucht bis ein Ergebnis vorgelegen hätte, in jedem Fall.

Egal mit welchem Aufwand. Und heute? Heute werden Diskussionsrunden einberufen, Ausschüsse gebildet und natürlich Mitleid erzeugt. Ergebnis, alle die es wollen, können im Internet beschimpfen und bedrohen, wie sie wollen, es scheint ja nun doch niemanden ernsthaft zu interessieren.

Ich lebe nun lange genug um im handeln unserer Gesellschaft riesige Lücken zu erkennen, es wird alles problematisiert oder so verschachtelt, dass niemand genau versteht was da eigentlich passiert. Die großen Übersichtsinhaber, die in früheren Zeiten verstanden welches ihre Aufgabe war, sind heute Berufspolitiker, die wahllos in jedem Ministeramt eingesetzt werden könnten, aber von der Materie, die sie steuern und überwachen sollen keine Ahnung haben, sondern nur das faseln was Ihnen ihre Staatssekretäre diktieren. Die Staatssekretäre wiederum, tragen keinerlei Verantwortung und haben zumeist Jura studiert und haben ebenso von der Materie wenig bis null Ahnung. Ist das nur in Deutschland so? Ich denke nicht, die Erde wird von karrieregeilen Möchtegernlenkern regiert, die, wenn man sie als Nachbarn hätte, noch nicht mal zum leeren des Briefkastens beauftragt.

Wahlkampagnen sind mittlerweile professionelle Werbeaktionen, die manipulativ unsere Wahrnehmung verändern. Meistens im Internet, werden wir inspiriert und angelockt von verheißungsvollen Erkenntnissen über die Menschheit oder unsere Existenz um nun die einzig richtige Wahrheit zu erfahren, dass nicht etwa Erlösung durch irgendeine Religion erteilt wird, sondern dass genau dieser Politiker, dieser Mensch der Inhaber und Besitzer der einzigen Wahrheit ist und das seine politischen Begleiter sich in einer Partei befinden, die sich als Ziel für die Menschheit, die Zufriedenheit und Glückseligkeit eines jeden einzelnen zur Aufgabe gemacht haben.

Somit sollen wir ihn als eine Art Erretter der Erde wählen und ihm absolute Macht über unseren Staat verleihen um die Erde zu einem besseren Platz für die Menschheit zu machen. In Wirklichkeit, handelt es sich bei diesem Menschen um einen vielleicht sehr engagierten, innovativen, natürlich jung und gutaussehenden Menschen, der gut ausgebildet ist. Rhetorisch geschult in der Lage ist, Dinge und Sachverhalte so zu verschachteln und zu verkomplizieren, dass sich unsere Meinungen und selbst die Meinungen seiner Gegner nicht mehr gegen ihn stellen, sondern tatsächlich nun seine Argumente diskutiert werden. Mit einigem Abstand und mit vielen Kilometern dazwischen erkennen andere Staatengemeinschaften, wie verblödet und ignorant dieses Arschloch doch eigentlich ist, nur leider wählt man ihn in seinem Land, man gibt ihm die Macht. Nicht weil es gut für die Erde ist, sondern weil es gut für das Land sein soll. Auch wenn in der Realität solche Politiker vielleicht nicht schön sind, so existieren auf dieser Erde im Jahre 2019 mehrere solcher ähnlichen Exemplare.

Ja, solche Politiker setzen sogar noch einen drauf und beschwören den Nationalstolz und sagen das ihr Land das einzige wichtige auf diesem Erdball sei. Die anderen Staaten seien bedeutungslos. Ihr Staat, der sei der einzig wichtige. Nur wenn es ihrem Staat gut ginge, dann wäre alles gut. So was doofes und Verblödetes kann sich echt kein Krimiautor oder Romanschreiber einfallen lassen. Ein einziges Land sei wichtig? Ja wo lebt denn nur dieser Vollhirni? Zu seiner Verteidigung muss ich hier anführen, mit keiner Silbe erwähnt dieses Exemplar das er die Erde verbessern oder erhalten wolle. Solche Politiker empfinden sich als allumfassend und aufrichtig. Sie merken an sich selbst noch nicht einmal, dass sie eine dringende Therapie gegen Größenwahn machen müssten. Auch ein riesiges Vermögen schützt einen wohl nicht davor, sondern erhöht wohl eher die Wahrscheinlichkeit, dass man Größenwahnsinnig wird. Vor hundert Jahren hätte man ihn, in egal welchem Land, in einer Heilanstalt untergebracht. Nach 2019 Erdumrundungen unseres Sternes nachdem einer der wichtigsten Menschen dieser Erde geboren war, ist es allerdings so, dass solche Politiker es sind, die die Zerstörung dieses Planeten weiter vorantreiben. Um die Wichtigkeit für das Universum zu erklären, dass ein solcher Staatenlenker die Macht erhält, muss ich mal ausholen und den Kontext zur bisherigen Menschheitsgeschichte, aus meiner Sicht, schildern.

Zuvor muss man sich allerdings vorstellen, dass es während der Entstehung dieses Planeten dazu kam, dass sich die oder der Beobachter dieser Erde wohl fragte, „Wie kann ich aus diesem mit Leben überfüllten Planeten wieder einen

Planeten hinbekommen, der ist wie die anderen?" Ok, dachte sich dieses Wesen, ich erteile einer Spezies auf dem Planeten den Auftrag alles wieder zu zerstören. Dann sind alle Planeten wieder einheitlich und die Erde kann so genutzt werden wie er oder es, es braucht. Nun ist dieses Wesen aber nicht ständig auf der Erde und kann nicht durchgehend beobachten was auf dieser Kugel so passiert. Nun hatten also die ersten Menschen den klaren Auftrag, die Erde zu zerstören.

Die Menschen hatten sich in Abwesenheit dieses Wesens zu selbstbewussten und denkenden, mitfühlenden Wesen entwickelt. Es könnte daher tatsächlich passieren, dass die vom Universum erteilte Aufgabe an die Menschheit, die Erde zu verwüsten und auszumergeln, Gefahr lief nicht erreicht zu werden. Das war nicht der Plan. Sie sollten erst den Planeten und dann sich selbst ausrotten. Das war ja nicht der Plan des Universums, als es sich darum bemühte einer kleinen Spezies auf einem unbedeutenden Planeten ein Bewusstsein zu verpassen.

Erst hatte sich das Universum erschreckt und dafür gesorgt, dass sich die Menschen gegenseitig ausrotten sollten, nachdem fast sämtliche Wälder für den Bau von Kriegsschiffen ab gerodet waren.

Als aber vor ca. 2019 Jahren da ein Mensch geboren wurde, der die anderen dazu brachte sich nicht mehr zu massakrieren, da ließ das Universum diesen Menschen von den damaligen Kriegstreibern und Waldabrodern ermorden in der Hoffnung, dass dieser Einschnitt von Nächstenliebe und Vernunft sich nicht ausbreitet. Als Belohnung wurde das Volk dieser Kriegstreiber zum herrschenden Volk der nächsten fast 700 Jahre. Als sich aber in diesem Volk immer mehr dieser Gedanke nach Nächstenliebe und Verständnis füreinander ausbreitete und sich dieses Volk auch immer moderner entwickelte, stoppte das Universum dieses Volk, denn es zerstörte nicht weiter diesen Planeten, sondern sorgte für Wohlstand und Zivilisation. Durch Überfälle von unzivilisierten Völkern wurde nun der Fortschritt der Menschheit gestoppt, ja mehr noch, dass gesamte Wissen der Menschheit wurde halbiert und vieles ging für immer verloren. Das funktionierte also. Bis sich dieser Gedanke auch in diesen unzivilisierten Völkern ausbreitete. Das Universum konnte die Entwicklung der Menschheit nicht verhindern und versuchte es immer wieder mit Kriegen aus Neid und Habsucht einiger weniger. Trotz Krankheiten und wilden Völkerjagden schaffte es die Menschheit irgendwie zu überleben. Die Menschheit erstarkte abermals, als sie sich über den gesamten Globus ausbreitete und nun mittlerweile sämtliche Kontinente bewohnte. Auch das musste in Abwesenheit dieses Wesens passiert sein. Denn erst später, nachdem die Menschheit bereits Industrien aufbauten erfolgte der nächste Versuch die Menschen zu vernichten. Mittlerweile war das Problem mit den Menschen derartig angewachsen, dass sich nicht mehr nur dieses Wesen um uns kümmern sollte, sondern die Menschheit zur Chefsache erklärt wurde und sich ab da das Universum selbst bemühte dieses Problem zu beseitigen.

Als das Universum es wieder einmal schaffte um 1914 herum, einige Cousins aufeinander zu hetzen, begann der erste Weltkrieg, der als Auslöser für den Überfall der Nazis über ganz Europa galt. Aber auch das verzögerte nur kurz die Weiterentwicklung der Menschheit. Als sich nach den Weltkriegen die Menschen dann weiter anfingen Raketen zu bauen um zum Mond zu fliegen, da musste aus Sicht des Universums zwingend etwas passieren.

Bisher hatte seit der Zerstörung des römischen Reiches nichts so wirklich funktioniert. Ab jetzt hatte das Universum verstanden. Alles was die Menschen aufhalten kann ist Angst, Misstrauen und Uneinigkeit. Genau das war für das Universum die Lösung.

Durch die Mentalität der einzelnen Völker war es für das Universum leicht Misstrauen zwischen die Völker zu streuen. Sie schotteten sich gegeneinander ab. Super, so kann nichts weiter passieren. Keine Entwicklung solange dieser „Kalte Krieg" läuft. Aber was ist denn nun? Auf einmal öffnet sich das erste, dann das zweite Land und so ca. im Jahr 1990 haben sich alle Länder wieder geöffnet. So ein scheiß. Nun gut. Die brauchen jetzt erst einmal ein bisschen, bis die sich wieder anfangen weiterzuentwickeln.

50 Jahre nachdem die Menschheit zum Mond geflogen war, besteht wieder so etwas wie eine Staatengemeinschaft und selbst einzelne Staaten verkünden einzelne Mondprojekte. Das Universum verliert immer mehr an Boden und muss etwas unternehmen um die Staatengemeinschaft zu entzweien.

Zunächst beeinflusst es einen östlichen Staat, ohne Genehmigung der Staatengemeinschaft eine Halbinsel zu überfallen. Reicht nicht. Die restlichen Staaten sind derart in ihrer Harmlosigkeit und Sucht nach Harmonie verhaftet, dass sie dem überfallenden Staat lediglich die Privilegien entziehen und halbseidene Drohungen aussprechen. Nichts Substanzielles. So ein scheiß. Hm… was kann das Universum noch tun, damit die Weiterentwicklung der Menschheit zurückgeworfen wird?

Soweit meine für mich zu sehende Menschheitsgeschichte. Kommen wir nun zu dem, wie es sich weiterentwickeln könnte.

Ah, in einem nicht allzu unwichtigen Land hat sich ein unsicherer und selbstverliebter Kleingeist als Staatenlenker zur Wahl gestellt. Super, das ist was das Universum nun braucht. Ein Vakuum, ein leicht zu manipulierendes und lenkbares menschliches Wesen, dass sich leicht steuern lässt.

Somit sorgte das Universum dafür, dass die absolut verblödeste und degenerierteste Person an die Macht eines nicht unwichtigen Staates innerhalb der Menschheit kommen sollte. So erhofft sich das Universum, dass die Menschheit es trotz Aufklärung und Verständnis dennoch schafft die Erde unbewohnbar zu machen. Denn wenn die

Größtenteils harmlos

Menschheit soweit überlebt, ohne die Erde zu verwüsten, dann könnte die Menschheit sich anschicken noch andere Planeten zu bewohnen und es würde sich der Parasit Mensch erst über dieses Sonnensystem, dann um diese Galaxis und in einigen hunderten von Jahren in das gesamte Universum auszubreiten. Das Universum muss nun alles daransetzen, dass die Menschen das nicht noch schlimmer machen. Sie sollen erst die Erde zerstören und dann sich selbst ausrotten und nicht noch andere Planeten besiedeln, dort wohlmöglich auch noch irgendetwas dummes anstellen. So sitzt also ein Staatenlenker dieses nicht ganz unwichtigen Landes am Hebel. Dieses kleine verträumte und in Selbstliebe ertränkte menschliche Wesen kann nun aus diesem nicht ganz unwichtigen Staat ein gefräßiges Monster machen. Mit nationalen Beschwörungen für das Volk und mit viel medialer Gewalt wird sich nun dieses Land anschicken den Plan des Universums endlich in die Tat umzusetzen.

Die Menschheit hat mittlerweile Geräte und Maschinen entwickelt, die es einzelnen Staaten einfach machen wird, die Menschheit komplett auszuradieren. Aufgrund der Eigenliebe des dortigen Staatenlenkers wird er sich damit Zeit lassen. Erst zum Ende seines Lebens wird es soweit sein, dass die Staaten wieder wild auf sich losgehen. Bis dahin muss er erst noch ein bisschen die Verfassung unterminieren und einige Umstellungen im Regierungsapparat vornehmen. Dann muss er versuchen ein weiteres Mal gewählt zu werden. Danach sind sämtliche Kontrollmechanismen der Verfassung des Landes mit Menschen besetzt, die er kontrolliert. Erst dann kann er totalitär Handeln.

Er muss während seiner zweiten Wahlperiode ein Szenario entwickeln, das es ihm als Staatenlenker erlaubt, ohne Zustimmung von demokratischen Einmischungen, zu handeln. Hilfreich wäre dazu ein Staat eines anderen

Kontinents, dass sich nicht in einer Staatengemeinschaft befindet und dennoch extrem Wehrhaft ist.

Durch seine in seinem Land befindlichen Internetriesen ist es ihm möglich Meinungen in anderen Ländern so zu manipulieren, dass er dafür sorgen kann, dass sich ein Volk tatsächlich aus einem bestehenden Bündnis herausnimmt. Dies geschieht gerade.

Je nachdem wann Sie dieses Kapitel lesen werden sie diesen Werdegang entweder bereits erkannt haben oder ihn als bittere Wahrheit erlebt haben.

Dieses Szenario, sollte es eintreten, ist der Plan des Universums um die dieses Volk von Primaten, die ein Bewusstsein entwickelten, davon abzuhalten sich weiter zu entwickeln. Sollte sich dieses Szenario nicht bewahrheiten, hat das Universum es nicht geschafft und wird weitere Wege suchen die Menschheit zu stoppen.

Diese ganze Geschichte hat nur nebenbei was mit diesem Land zutun und dennoch muss sich dieses Land dieser Bedrohung klarwerden. Verbündete, oder Staaten die vorgeben Verbündete zu sein, müssen genauso betrachtet werden wie Staaten die von vornherein kein Bündnis anstreben.

Dazu gehören Politiker und Staatsvertreter die eben nicht karrieregeil sind und nicht nur deshalb Staatenlenker werden um wichtig zu sein, sondern Menschen mit aufrichtigen Prinzipien, die den Gedanken unseres Grundgesetzes nicht nur als ein schriftliches Dokument betrachten, sondern danach leben. Bisher war es in dieser Republik nicht sonderlich schwer die Vertretung nach außen vorzunehmen, wir waren und sind derzeit eine Republik ohne eigene Identität.

Ein Land das vor 70 Jahren mal der Inbegriff des Bösen war und mittlerweile durch intensives Kleinhalten ein Land voller Oberbedenkenträger und Warmduscher ist. Selbst bisherige Staatenlenker dieses Landes, die genau dieses Kleindenken zu verhindern versucht hatten, sind gescheitert. Dieses Land zahlt bis zum heutigen Tag noch Reparationszahlungen für die Untaten eines Staates, den es seit mehr als 70 Jahren nicht mehr gibt. Wenn auf diesem Planeten für sämtliche Gräueltaten bis in alle Ewigkeit eine Entschädigung gezahlt werden würde, dann hätte ich das ja noch verstanden, aber kein Mongole muss Reparationszahlungen für die Vertreibungen und Schändungen aus grauer Vorzeit bezahlen. Kein Amerikaner für die Vertreibung der Indianer und kein Russe für die Hinrichtung ganzer polnischer Volkstämme. Warum in Gottes Namen soll den ein Deutscher für die Kriegstaten der Nazis etwas leisten?

Es ist zu verstehen gewesen, dass direkt nach dem Krieg und vielleicht noch 30 Jahre danach Entschädigungen an Opfer zu leisten waren. Mit welchem Recht nehmen sich andere Staaten immer wieder dieser Forderung an und das nach 70 Jahren in denen die deutsche Nation es ist, die diesen Kontinent finanziert. Natürlich gibt es da internationale Regeln die das festlegen, aber wie lange soll das denn noch gehen? Meiner Meinung nach ist jeder Euro den die deutsche Bundesregierung für solche Entschädigung aufbringt von den Politikern selbst aufzubringen. Es kann doch nicht sein das vom Volk gewählte Politiker nicht mal von selbst darauf kommen, dass solche Zahlungen nicht im Interesse der deutschen Nation liegen. Vermutlich würden sie erst mit diesem Mist aufhören, wenn sie nach einer Umfrage der Forschungsgruppe „blablabla" ein klares Votum hätten, das ihnen das erlaubt.

Voll die Warmduscher. Dass die deutsche Bevölkerung ebenfalls nicht den Arsch in der Hose hätte solche Forderungen zu verneinen, ist doch auch vollkommen klar. Uns wurde doch die ganzen letzten 50 Jahre gepredigt, dass dieses Volk Schuld hat. Voran wir letztendlich alles schult haben sollen, ist doch dabei nebensächlich. Wenn irgendetwas in Europa schiefläuft, dann sind die Deutschen Schuld, basta. Wenn ich so ein Volk dann frage „Wollen wir wirklich noch an Israel, Polen, Norwegen Entschädigungen zahlen?" dann können diese Kinder der Kriegskinder und deren Enkel doch nichts Anderes sagen als, „Ja, besser wir zahlen weiter".

Die Aufgabe des Politikers wäre nach dem Interesse dieses Staates zu entscheiden.

Wenn nötig unter Einschaltung der UN oder anderen Gremien sich gegen diese Forderungen wehren und sollte ein Internationales Gericht tatsächlich der Meinung sein, dass solche Forderungen zu begleichen sind, würde ich sofort die ehemalige sowjetische Regierung verklagen, dass sie 30 Jahre den Osten Deutschlands unterdrückt hatten, dass die Franzosen nach dem Ende des ersten Weltkrieges, ohne internationale Erlaubnis, Industrien in Deutschland zerstörten, dass die Römer vor 1300 Jahren die Germanischen Stämme überfielen und so weiter. Es ist doch totaler Irrsinn Gelder von einem Staat zu fordern, der nach den heutigen Maßstäben ein Musterbild an Rechtschaffenheit und Ordnung ist.

Weder hat dieser Staat jemanden angegriffen noch zu etwas gezwungen.

Also was ist das für eine Republik?

Sind wir aufrecht und bleiben uns selbst treu, oder „hängen wir unser Fähnchen nach dem Winde" und machen das was uns gesagt wird.

Ich kenne keinen der verantwortlichen Politiker der letzten 20 Jahre, der mich in irgendeiner Form beeindruckt hätte. Mal mit der Faust auf dem Tisch, mal lautstark gegen Verleumdungen und Beschimpfungen der deutschen Nation wehren, das würde ich gerne sehen.

Vielmehr wuseln und winseln die Vertreter dieses Landes so vor sich hin. Jede Form von Nationalstolz ist sofort ein Hinweis auf diese verblödeten Nazis. Ich bin eigentlich ein ziemlich linker und sozialeingestellter Vertreter dieser Nation, aber Nationalstolz hat für mich nichts mit der Weimarer Republik, dem deutschen Kaiser oder dem dritten Reich zu tun. Ich bin stolz auf die Bundesrepublik

Deutschland und das was diese Nation seit 1945 geleistet hat. Dafür muss ich weder mit einer Fahne schwenken noch irgendwelche Klamotten anziehen. Ich bin stolz auf diese Nation. Auch wenn ich hier meine Tiraden über diese Warmduscher und Brabbelnasen so hochnäsig rumposaune.

Dieses Deutschland macht mich stolz.

Dennoch höre ich nicht auf, auf dieses Land zu schimpfen.

Es verwundert mich in keinem Moment, dass es mittlerweile viele Bürger dieses Landes gibt, die sich in irgendeiner Form nicht mehr wiedererkennen und statt überhaupt nicht zur Wahl zu gehen lieber irgendwelche Schwachmaten wählen. In den ehemals großen Parteien dieses Landes wird gezaudert und rumgeunkt.

Entscheidungen werden willkürlich getroffen oder es kommt gar nicht zu einer Entscheidung.

Man sieht ganz normal Fernsehen und erkennt die Hintergründe ziemlich schnell. Da werden Minister im Schnellverfahren ausgetauscht und auf europäische Ebenen gehievt, die noch nicht einmal für ein solches Amt zur Wahl standen. Oder da werden innerhalb einer Behörde kurzerhand Deutschkurse aus öffentlichen Internetseiten gelöscht, damit bloß keiner mehr kostenfrei die deutsche Sprache erlernen kann.

Es gibt derartig viele Ungereimtheiten, die eigentlich doch im öffentlichen Interesse sehr weit oben stehen, dann schlicht und einfach ins Gegenteil mutieren und am Ende von der öffentlichen Meinung einfach ignoriert werden, weil Interessenvertreter und Lobbyisten dieses Land fest im Griff haben. Eigentlich wären das Knowhow und die Durchsetzungsstärke in diesem Land vorhanden, nur leider nicht in der Politik.

Zudem kommt, dass unsere Interessenvertreter keine Ahnung mehr haben, wen sie da Vertreten. Getrieben von Karriere- und Machtgelüsten haben unsere Berufspolitiker, doch überhaupt keine Ahnung mehr von dem was uns umtreibt. Es werden nur noch Umfragen ausgewertet und allgemeine Zustandsberichte, sowie offizielle Studien eingesetzt. Politiker, die mitten im Leben stehen, die bereits mal irgendwann einmal 10 Jahre früh morgens zur normalen Arbeit gefahren sind, gibt es nicht mehr. Politiker mit Arsch in der Hose und Haare auf den Zähnen, die auch unpopuläre Sachverhalte ohne mediales Tamtam einfach mal vorbringen, sehe ich in der von mir beobachten Szene nicht. Dazu kommt, dass Politiker meistens immer nur dann auf sich aufmerksam machen, wenn dafür irgendein Lobbyist diesen Sachverhalt anschiebt. Wichtig wäre, dass nur Menschen in den Bundestag dürfen, die mindestens 15 Jahre sozialversicherungspflichtig tätig waren. Selbständige, Beamte und Freiberufler haben im Bundestag nichts zu suchen.

Wir haben nicht den Schneid und das Auftreten, als das wir uns als Wegweiser präsentieren könnten. Wir lassen uns vom kleinen deutschen Nachbarn, dem mit den vielen Bergen, Regelungen verbieten, die sie selbst nicht einhalten. Wir lassen uns von anderen Staatenlenkern im eigenen Land beschimpfen.

Unsere Politiker verhalten sich wie Marionetten der Großindustrie. Wir sind immer noch kleinlaut, wenn uns das Ausland Rassenhass vorwirft. Kurz und Gut, unser Land hat kaum noch mehr eine Identität.

Dieser ständige Schrei nach noch mehr Europa hat meine Generation ereilt durch eine Generation von Lehrern, die direkte Erfahrungen mit einem verlorenen Krieg hatten, weil sie zuvor einer betrügerischen Gruppe von verblödeten, egomanischen Vollidioten aufsaßen.

Diese verstörende Erfahrung übertrug sich in jeder Unterrichtsstunde, in der uns Lehrer unterrichteten, die diese Schmach und Unterwürfigkeit von Kindheit an ertragen hatten. Wir seien die Verbrecher, die die Erde ins Chaos stürzten. Wir seien Alle nur dämliches Fußvolk. Wenn wir nun wieder anfangen würden als Nation zu denken, dann träfe uns der Zorn der Siegerländer.

Uns wurde verboten, national, zu Denken. Wir seien Europäer. Deutsch dürfte man eigentlich nur noch sein, wen es keiner sieht oder, wenn man Fußball spielt. Es war ein Gefühl der Ohnmacht. Uns selbst traf es nicht sonderlich. Wurden wir doch bereits durch unsere Eltern aus den Jahrgängen 1925 bis 1945 erzogen, die genauso dachten. Bloß nichts Nationales gut finden, auweia. Einerseits sollten wir auf deutsche Tugenden hin unsere Leistungen zeigen, aber andererseits durften wir niemals stolz auf unser Deutschsein sein.

Nachbarländer, wie das im Westen, brachten ihren heranwachsenden Generationen Nationalstolz in Hülle und Fülle bei. Auch wenn Franzosen sehr früh die Sprachen ihrer Nachbarländer erlernen, sie würden niemals freiwillig und ohne Zwang Englisch oder Deutsch sprechen, das gehört sich unter Franzosen einfach nicht.

Neben unseren mentalen Schwächen, wie Stärke zu zeigen, funktioniert aber auch anderes nicht wirklich. Wir haben ein Sozialversicherungssystem, dass Erdweit seines gleichen sucht. Diese Mengen von Menschen werden ausnahmslos Alle versorgt. Es gibt in Deutschland nicht einen Menschen um den sich nicht irgendeine staatliche Einrichtung im Notfall kümmern würde.

Es wird an alles gedacht, keine Lebenssituation bleibt unversorgt. Beginnend mit der Geburt bis hin zur Beerdigung kümmert sich unser Staat um seine Bürger. Es kann nicht passieren, dass sie irgendwo einen Menschen finden, von dem keine Sozialversicherung oder andere Behörde etwas weiß.

Dieses System der rundherum Betreuung hat dazu geführt, dass es für die meisten der deutschen nicht mehr anders vorstellbar ist. „Habe ich ein Problem, gehe ich zu …, die lösen das Problem". Dieses Denken ist genau, dass, was ich als Sicherheitsproblem bezeichne.

In den älteren Semestern ist dieses Denken nicht so verbreitet, aber unsere jungen Mitmenschen leben in vollkommener Sicherheit.

Nichts kann ihnen passieren, spätestens bei über einem Jahr Arbeitslosigkeit könnten sie in den fragwürdigen Genuss von Arbeitslosengeld 2 gelangen, dass ihnen nur noch einen Grundbedarf an finanziellen Mitteln zur Verfügung stellt. Das ist dann schon der unterste Rand des Einkommens.

Schaut man sich Bevölkerungsmengenmäßig vergleichbare Länder an, so leben wir hier in Deutschland in einem sorglosen Land.

Das da Begehrlichkeiten bei Menschen aus anderen Ländern aufkommen, muss ja so sein, alles andere wäre verwunderlich.

In unserem Land wird dennoch schleichend dieses System unterwandert. Zum einen durch das Wissen der Arbeitgeber, die es sich bisher leisten konnten Personal wie Unterwäsche zu wechseln und zum andern von unseren Politikern, die gerne aus sympathiegründen für die Großindustrie ihren Arsch hinhalten oder wahlweise in deren verschwinden bis sie oben wieder rauskommen, meistens um einiges reicher als vorher. Politiker, die wirklich aufrichtig und unkorrumpierbaren sind schätze ich auf ca. ein Viertel. Bei diesen unkorrumpierbaren Politikern handelt es sich meistens um Kommunalpolitiker oder um Fußvolk in größeren Gremien, Politiker mit Ambitionen sind in unserer Republik gezwungen teilweise mit den Wölfen zu heulen und sind definitiv korrumpiert.

Politiker in wichtigen Ämtern sind immer an der Nadel der zur Verfügung stehenden Mittel und wenn im Haushaltsplan nur sagen wir mal 2 Milliarden für die Sanierung unserer Straßen zur Verfügung stehen, aber 20 Milliarden benötigt werden, dann erzählt uns der zuständige Amtsinhaber immer noch, dass er alles in Seiner Macht Stehende tun werde um sämtliche Straßen zu sanieren. In unserer

Wahrnehmung ist mit dieser Aussage niemand belogen, niemand hinter das Licht geführt worden. In Wahrheit ist er meiner Meinung nach einer der gefährlichsten Lügner und Betrüger auf dieser Erde geworden. Tatsache ist, dass er uns nicht belogen hat. Damit ist für die Allgemeinheit das Thema erledigt. Für mich ist es eine Tatsache, dass er überhaupt nicht versteht, dass er lügt. Er weiß es gar nicht, er wurde instrumentalisiert ohne zu verstehen was da eigentlich los ist und damit vermutlich der richtige Kandidat für einen solchen Posten. Zur Klärung, wir reden hier über einen hypothetischen Fall, nicht das ich behaupten würde, irgendwelche Zahlen zu kennen, um Gottes Willen.

Im rein hypothetischen Fall hat ihn die Regierung mit nur 2 Milliarden ausgestattet, weil sie der Meinung ist, dass mehr für die Sanierung nicht notwendig ist. Das Geld sei an anderer Stelle besser aufgehoben. Nur das sagt ihm keiner, im Gegenteil sein Staatssekretär, der die Materie kennt weiß, dass eigentlich 20 Milliarden benötigt würden. Als er hört, dass im Haushalt nur 2 Milliarden drinstehen, ruft er seinen Kumpel im Finanzministerium an. Dieser erklärt ihm, dass mehr die diesem Jahr nicht drinsteht, weil es mehr Geld für die Verteidigung gab, oder weil die Steuereinnahmen gesunken sind oder, oder… Damit ist dem Staatssekretär im Verkehrsministerium klar, dass ist so. Er denkt an seine Familie, seinen Dienstwagen, seine supertollen Jahresverdienst und überlegt nun wie er dem Verkehrsminister die richtige Antwort gibt. Er setzt sofort alle seine Experten, auf die Ermittlung der unbedingten Sanierungen an und lässt ermitteln, welche Projekte sich erst mittel bis langfristig auf die Infrastruktur auswirken. In dieser Liste setzt er dann den Rotstift an und ist mit der Zusammenkürzung dieser Liste fertig bevor der Minister überhaupt bemerkt, dass es vielleicht nicht reichen könnte. Nun irgendwann bemerkt der Minister, durch öffentlichen Druck, dass sich viele Leute Gedanken machen, dass 2 Milliarden vielleicht nicht ausreichen könnten. Er befragt nun seinen Staatssekretär und der legt ihm die zusammengekürzte Liste vor und sagt: „Die Finanzierung steht". Nun ist der Minister am Zug, jetzt muss er sein politisches Können unter Beweis stellen und muss die Öffentlichkeit davon überzeugen, dass diese Regierung und er alles unternehmen um die Straßen vor ihrem Zerfall zu bewahren. Dabei beginnt er nicht mit aufrichtigen Worten, sondern er lässt erstmal eine Kampagne starten in der Alle möglichen Außenseiter der Gesellschaft deskreditiert werden. Gut ist in Deutschland immer, in solchen Fällen von ausländischen Verkehrsteilnehmern zumeist aus dem ehemaligen Ostblockstaaten zu berichten, wie viele Unfälle sie produzierten, wie viele Kilometer sie auf deutschen Straßen fahren. Somit ist erst einmal das Spiel eröffnet. Dann lässt sich der Minister erst einmal zum Thema ausländischer Fahrzeuge interviewen und behauptet kategorisch das Gegenteil, niemals wären ausländische Fahrzeuge an irgendetwas schuld. Aber, man könne ja mal über eine Mautgebühr nachdenken. Somit hat er den Spielball zunächst angestupst. Die öffentliche Meinung ist weit davon entfernt, dass es vielleicht der Haushalt dieser Regierung ist, dass die Straßen in diesem Land immer weiter zerfallen.

Nun ist es an der Zeit einen Gesetzesentwurf einzubringen, der ausländische Verkehrsteilnehmer zu einer Straßenbenutzungsgebühr zwingt. Bei diesem Gesetzesentwurf müssen aber Regel enthalten sein, die gegen etwas weiter entfernte Gesetze verstößt, damit die Diskussion nicht gleich erledigt ist, denn man will ja schließlich in der nächsten Wahlperiode weitere Aufgaben haben. Auch wenn man selbst vielleicht nicht mehr regiert, haben die Nachfolger ein faules Ei im Nest, mit dem man sie dann beschmeißen kann. So bringt der Minister seinen ersten Abschluss in die Öffentlichkeit, haut mal eben, den in seiner Schublade vermoderten, Gesetzesentwurf zum Thema Maut raus und sorgt für Verzückung bei all denen,

Größtenteils harmlos

die bereits schon immer auf ausländische Fahrer schimpften, oder in anderen Ländern beklagten, dort Maut zu bezahlen. Nun ist der Minister zunächst aus dem Rennen und sein Staatsekretär hat keinen Grund Angst zu haben, seinen Job zu verlieren.

So, oder so ähnlich funktioniert seit einigen Jahren die Politik in diesem Land. Dies bekam sogar mal ein Bundespräsident dieses Landes zu spüren, der an dem Punkt der Manipulation der öffentlichen Meinung scheiterte, da er kein Ministerium hatte, sondern tatsächlich alleine versuchte Verlagsverantwortliche zu manipulieren. Hätte er erstmal ein Jurastudium hinter sich gebracht. Dort hätte er gelernt, dass nur der Recht bekommt, der sich rechtlich absichert und nicht der, der moralisch ethisch korrekt handelt.

Aber genauso ist es, in dieser heilen Demokratie. Das Recht ist nicht der beste Weg um eine gerechte Staatsform zu sichern, aber der Einzige. Genauso wie die Demokratie nicht die beste Staatsform ist, aber die Einzige, die dauerhaft funktioniert. Und es funktioniert, das beweist dieses Land. Als Regierung dieses Landes braucht man eigentlich nicht mehr viel zu machen, die Apparate funktionieren, damit muss man sich nur noch vor der öffentlichen Meinung in Acht nehmen. Wenn man die gelernt hat zu manipulieren, dann kann eigentlich nichts schieflaufen.

Nun, diese ganze Geschichte hat einen Schwachpunkt. Innovationen oder Kreativität sind dabei komplett ausgeschlossen. Minister und Staatssekretäre, die sich diesem System mit neuen Ideen, oder anderen Lösungspunkten nähern, sind äußerst ungern gesehen. Sie stören den Ablauf. Sie geben der Öffentlichkeit preis, dass es schnelle und einfache Lösungen für ein Problem gibt. Das alleine reicht schon aus, dass dieser Minister oder Staatssekretär angreifbar und fehlbar sein könnte. Das ist nicht im Sinne der Regierung. Die will ja schließlich wiedergewählt werden. So kommt es, dass Kinder, die dieses Spiel nicht spielen, auf die Straße gehen, sogar die

Schule schwänzen und demonstrieren. Da dies keine deutsche, sondern eine internationale Auswucherung ist, sagt mir dies, obwohl ich, rein faktisch, kein Experte für solche Fragen bin, dass es in anderen Ländern ebenso ist. Deutschland ist demnach ein Land, dem es offensichtlich gut geht, aber dem es niemals bessergehen kann als jetzt.

Kapitel 12
Ein Land wie es sein könnte

Es ist vielleicht ein Rückschritt, aber aus Erfahrung weiß ich, dass mit dem Kapitel 10 eine Wunschvorstellung formuliert ist, die niemals eintreten kann. Bevor ich mit meinem Wunsch zu einem Land, das nie existieren wird, beginne, will ich einen ersten Wunsch zu einem solchen Land zu äußern. Es ist vielleicht bereits an einigen Stellen im Buch aufgefallen. In dem Land in dem ich leben möchte gibt es in der Sprache nur die Geschlechtsform, die für diese Sprache vorgesehen ist. Es wird Nichts angepasst und Nichts verkompliziert. Die deutsche Sprache ist nun mal maskuliner Natur und sofern ich in diesem Buch etwas über einen „Bürger" schreibe und nicht explizit das weibliche oder das männliche Geschlecht hervorhebe, so sind immer beide Geschlechter angesprochen.

Wie bereits im Kapitel 10 beschrieben hat diese Haltung nichts damit zu tun, ob ich gegen oder für die Gleichberechtigung der Geschlechter bin. Fest steht, dass das Land in dem ich leben möchte eine komplette Gleichbehandlung, nicht nur zwischen den Geschlechtern, sondern zwischen allen Menschen verwirklicht wird.

Zurück zu einem Land wie es sein könnte.

Wir leben in einer unabhängigen Demokratie und da ich bisher noch in keiner anderen Staatsform gelebt habe, ich mir auch nicht vorstellen kann in einer anderen Staatsform zu leben, ist logischerweise meine für das Land in dem ich Leben möchte, erwünschte Staatsform, die Demokratie.

Also können wir festhalten, dass die derzeit bestehende Staatsform schon mal in Ordnung ist. Zudem besitzen wir ein föderalistisches System vom Bund bis hin zu jeder Gemeinde. Dazu herrscht in diesem Land die Gewaltenteilung. Das sind schon wieder Dinge, die ein Land haben sollte, in dem ich leben möchte.

Ausgehend von der Aufgabe meiner Grundschullehrerin, eine Stadt zu zeichnen, so wie wir uns eine Stadt wünschen habe ich mir einen Staat erdacht, wie er sein sollte. Dazu gehört nicht nur die äußere Erscheinung, sondern betrifft sämtliche öffentliche Bereiche von der Gesetzgebung, über die Infrastruktur, bis hin zur Energiegewinnung. Das Problem, dass ich persönlich nun damit habe ist, dass ich nur einen kleinen Teil, von dem was ich kenne, gesehen und gehört habe, beurteilen kann. Ob dann meine Beurteilung noch richtig ist, weil andere Interessen dem entgegenstehen, kann und will ich an dieser Stelle nicht zwingend behaupten.

Das soll heißen, dass ich die hier erwähnten Wünsche einfach mal so rumposaune und hoffe, dass meine Wünsche nicht gegen irgendwelche hochwichtigen anderen Interessen verstoßen. Schon bin ich mittendrin, mit hochwichtigen Interessen meine ich nicht die Interessen der Industrie oder der Wirtschaftsverbände. Ich meine ich würde mit sofortiger Wirkung Lobbyverbände und deren Fördermittel abschaffen. Ein Land in dem ich gerne leben würde, gibt es keine Einflussnahme auf Politiker oder Interessenvertreter. Die Politik würde von Bürgern gemacht und nicht von Berufspolitikern. Der Regierungsapparat, den sich eine gewählte Regierung zu eigen macht, kann nicht einfach so ausgetauscht werden.

Die in den Ministerien arbeitenden Mitarbeiter können von einer neu gewählten Regierung nicht einfach ersetzt werden, weil sie vermuten, dass der Mitarbeiter nicht deren politische Überzeugungen vertritt. In den unterschiedlichen Gremien, die innerhalb eines Parlamentes tagen können nur Beschlüsse fassen, wenn mindestens 95 Prozent der Gremiumsmitglieder zugegen sind. Sitzungsgelder und andere Zuwendungen werden im Rahmen einer Pauschale an die Fraktion, der sie angehören, gezahlt. Jeder „Nebenjob" eines Politikers wird untersagt. Kein Aufsichtsratsmitglied ist Mitglied eines Parlamentes oder Gremiums. Sollte sich ein Politiker entscheiden seine Tätigkeit in der Politik zu beenden und in die freie Wirtschaft zu wechseln, dann obliegt diesem Politiker ein fünfjähriges Verbot an Beratungstätigkeiten, oder verantwortlichen Stellen in der Wirtschaft tätig zu sein. Wenn ein Politiker offiziell und mit bewusster Entscheidung offensichtliche Unwahrheiten oder verdrehte Darstellungen in Wort oder Schrift veröffentlicht, so wird ihm mit sofortiger Wirkung sämtliches Stimmrecht in allen seinen Ämtern und Mitgliedschaften entzogen.

Stört ein Politiker den Ablauf einer Sitzung mit offensichtlichen Gegenanträgen, die sich nur auf den Ablauf der Sitzung beziehen, so ist dieser Politiker aus der Sitzung auszuschließen. Sein Stimmrecht darf er noch an einen Vertreter weitergeben.

Hat ein Politiker innerhalb einer Sitzung seines Gremiums nicht mitgeteilt, dass er zum Inhalt der Sitzung befangen ist, so ist das Ergebnis der Sitzung zu annullieren. Diese Annullierung kann nach Ermessen des Vorsitzenden bis weit vor der auslösenden Sitzung vorgenommen werden.

Erstmal zur Energiegewinnung. Wichtig wäre für mich eine nachhaltige Energiegewinnung aus möglichst keinen fossilen Brennstoffen.

Das bedeutet, dass jeder Bau, jedes benötigte Elektron aus Wind- oder Sonnenenergie gewonnen werden muss. Schaut man sich jetzt die Sonnenkollektoren mal genauer an finden wir dort seltene Bestandteile, die auf dieser Erde nicht in der Menge existiert, daher muss auch ein erheblicher Anteil der Energie aus dem Wind geholt werden. Aber auch das wird nicht reichen. Ok, Wasserkraft.

Mit Wasserkraft können auch erhebliche Mengen produziert werden. Dazu müssten Minischwimmkraftwerke auf den Flüssen dieser Republik verteilt werden. Auch nicht weiter tragisch. Zudem gibt es so etwas wie die Sauerstoffzelle, mit der ebenfalls kleine Mengen Strom produziert werden könnten. Machen wir doch daraus ein Gemisch aus Stromerzeugern, die jedes Haus in sich produziert.

Strom könnte auf dem Dach als Sonnenenergie, in den Wasserleitungen als Wasserkraftenergie und als Windenergie durch Miniwindkrafträder an und ums Haus produziert werden und zu einer Reduzierung der zentral produzierten Strommenge führen. Die für die Industrie und Infrastruktur benötigte Energie würde ebenfalls aus diesen drei Energiearten erstellt werden, sodass es in dem Land in dem ich gerne leben würde keine oder zumindest sehr niedrige Emissionen entstehen.

Bei der Energiegewinnung gibt es noch einige Ideen, die umgesetzt werden müssten. Allerdings sind das so weitreichende Änderungen wie, das Verlegen von Erdleitungen entlang jeder Autobahn und jedem Fluss, statt mitten durch die Strukturen eines Ortes oder einer Gemeinde zu baggern. Oder die Erfindung von Wasserkrafträdern die wie als Floß auf dem Wasser liegen. Da gibt es noch einiges was aus irgendwelchen Gründen keiner macht.

Mir konnte bisher auch niemand erklären warum das so ist. Zum Thema soziale Gerechtigkeit in einem Land in dem ich gerne Leben würde, wünschte ich mir einfach nur, dass unser bisher in Deutschland bestehendes Sozialversicherungssystem angepasst wird.

Es kann grundsätzlich bei diesem System bleiben, aber es gibt einfach Dinge, die aus meiner Warte aus einfach ungerecht sind und daher schlage ich vor, dass das Sozialversicherungssystem um die Komponente einer Entscheidungskommission erweitert wird. Eines der entscheidenden Fehler im bestehenden System ist Inflexibilität und Langsamkeit.

Mit so ca. 90 Prozent sämtlicher Entscheidungen in unserem System gibt es keine Probleme, aber es gibt halt 10 Prozent an Entscheidungen, die in diesem Land zulange dauern oder nicht Situationsgerecht sind.

Diese Fälle sind in den einzelnen Zweigen der Sozialversicherung auch bekannt, aber es gibt keine

Institution, außer der Rechtsprechung, die schnell und unbürokratisch dem jeweiligen Träger anweist oder die den Bürger zurechtweist.

Ich arbeite selbst in einem dieser Systeme und auch in meinem Umfeld gibt es gerechte Entscheidungen und auch ungerechte Regelungen.

Ein Krankengeld an offensichtlich Kranke sollte in einem Land in dem ich leben möchte nicht auf 78 Wochen begrenzt sein und schon gar nicht dürften die Krankenkassen sechs Wochen von der Weiterzahlung des Gehaltes profitieren. Sowohl auf der Arbeitnehmerseite wie auf der Arbeitgeberseite gibt es Ungerechtigkeiten.

Auch Sozialversicherungsträger werden übervorteilt oder benachteiligt.

Die eingesetzte Kommission hätte nichts Anderes zu beachten als die von den tatsächlich glaubhaften Umständen ausgehende Gerechtigkeit. Die möglichen Sachverhalte sind so mannigfaltig wie es Bürger in diesem Land gibt und ein Land in dem ich Leben möchte lässt seine Bürger nicht als seelenlose Objekte betrachten, sondern beginnt, diese Menschen, die in das System einzahlen und dieses System finanzieren, als Menschen zu betrachten. Was aber auch klar sein sollte, Nörgler und Lügner, die Tatsachen verdrehen, oder Geschehnisse falsch darstellen können in dem Land in dem ich leben möchte, aus diesem System, hin in ein Mindestsystem gestellt werden.

In einem Land in dem ich leben möchte, werden sämtliche Berufsständigen Institutionen, wie Architektenkammer oder Ärztekammer nicht nur abgeschafft, sondern jede Übervorteilung von Besserbezahlten wird in einem solchen System hart bestraft. Es gibt auch kein Weglaufen mehr für die Beamten, sofern sie in einem Land in dem ich leben möchte überhaupt noch gibt, werden Beamte nur in dem Maß bezahlt, dass sie auch erbringen. Während Ministerialbeamte von ihren Rössern steigen müssen, erhalten Ordnungshüter wesentlich mehr, wobei bedacht werden sollte, dass jeder nach seiner Belastungssituation entlohnt wird. Das so etwas geht, hat die Schweiz in den 80er Jahren bewiesen. Dort ermittelte eine Kommission die Belastung von Krankenschwestern im Vergleich zu dessen Ärzten. Dieses Ergebnis setzt man dann ins Verhältnis zur Ausbildungszeit und der Arbeitszeit und schon wusste man, wie hoch der Lohnunterschied betragen sollte. In den 80er Jahren streikten die Krankenschwestern, weil sie behaupteten unterbezahlt zu sein. Auch Angebote mit bis zu 10 Prozent Lohnanstieg konnte sie nicht umstimmen. Nach Einsatz dieser Kommission wurde festgestellt, dass die Krankenschwestern im Vergleich zu den Ärzten extrem unterbezahlt seien.

Die Kommission verbat in den darauffolgenden drei Jahren jeglichen Arbeitskampf und legte fest, dass die Gehälter der Ärzte in dieser Zeit eingefroren sein und dass die Krankenschwestern, je nach Belastung zwischen 20 bis 30 Prozent Lohnerhöhung pro Jahr in diesen drei Jahren erhalten sollen.

Genau so etwas wünsche ich mir in dem Land in dem ich leben möchte. Eine einmalig eingesetzte Kommission, die dann entsteht, wenn die Tatsachen zeigen, dass gehandelt werden muss. Auch eine Anpassung von Versicherungsleistungen und Sozialleistungen ist mittlerweile erforderlich.

Die Regel, dass ein Arbeiter nach dreißig Jahren Arbeit und Einzahlung von Beiträgen zu allen Bereichen der Sozialversicherung nur zwischen einem und zwei Jahren Unterstützung erhält, falls er mal ohne Arbeit ist, ist eine schreiende Ungerechtigkeit.

Weil so ein Ansatz und eine solche Denkweise in den heutigen Versicherungsleistungen der Sozialversicherung steckt, halte ich den Ansatz der skandinavischen Länder für besser, in dem die Dauer der Einzahlungen auch für die Dauer der Unterstützungen eine Rolle spielt. Zahlt ein Bürger dreißig Jahre lang ein würde ein solcher Bürger im

Größtenteils harmlos

ersten Halbjahr seiner Zeit ohne Arbeit 100% seines durchschnittlichen Lohnes der letzten fünf Jahre erhalten und gestaffelt nach Halbjahren würde er pro Halbjahr 10% seines Lohnes verlieren. Nach maximal 5 Jahren hätte er seinen untersten Stand der Versicherungsleistung erreicht. Auch die Aufteilung der Kunden in Kunden der Versicherungsleistung und Kunden der Sozialleistung auf unterschiedliche Träger, so wie in diesem Land wäre Vergangenheit.

Solange der Träger der Versicherungsleistung feststellt, dass sich der Bürger bemüht eine Arbeit zu finden und solange der neu im Gesetz aufgenommene Begriff der „Arbeitswilligkeit" festgestellt wird, solange erhält er Versicherungsleistungen, nach fünf Jahren aber nur noch 45% seines zugrunde gelegten Einkommens. Stellt der Träger der Versicherungsleistung fest, dass der Bürger nun nicht mehr „arbeitswillig" ist, so wird er in die Sozialleistung gegeben. Dort kann er nur wieder zurück, wenn er dort seine „Arbeitswilligkeit" beweist. Die Sozialleistung ist unabhängig vom zuvor ermittelten Lohn und soll lediglich sein Überleben sichern.

Vor Beginn der Sozialleistung ist der Bürger darüber zu informieren, dass er ab diesem Zeitpunkt nicht mehr von der Gesellschaft unterstützt wird, sondern ab da nur noch die Sozialleistung erhält, die ohne Berücksichtigung seines Lebensstandards so berechnet ist, dass er eine angemessene Wohnung bewohnen kann und sich halbwegs ernähren kann. Die Sozialleistung besteht aus ca. 150,-€ Taschengeld, der Miete und Verpflegungsgutscheinen, für einen Anbieter seiner Wahl in Höhe von 200,-€ pro Monat. Etwaige Anforderungen die darüber hinaus von ihm beantragt werden, werden nur bei Erbringung etwaiger gemeinnütziger Arbeiten erbracht.

Es gibt dazu für ihn keinen direkten Zugang zu einem Berater oder Unterstützer. Sollte er beweisen wollen, dass er eine Arbeit sucht ist das seine Bringschuld. Der Träger der Sozialleistung ist direkt im System des Versicherungsträgers integriert. Die Zahlung seines Taschengeldes und die Organisation seines Verpflegungsgeldes erfolgt in der für ihn zuständigen Gemeinde.

Sozialleistungsempfänger sind in dem Land in dem ich leben möchte, Menschen, die nicht bereit sind ihren Beitrag zum Allgemeinwohl beizutragen. Demnach ist die Allgemeinheit auch nicht mehr bereit ihm Unterstützung zu gewähren.

Nun gibt es Bereiche von der Heutigen Sozialgesetzgebung und der Organisation der Träger, die vermuten lassen, dass es jede Menge von Sachverhalten gibt, die heute Sozialleistungen beziehen und denen man heute per se nicht unterstellen kann, dass sie sich am Gemeinwohl nicht beteiligen wollen.

Genau dort ist der Unterschied, zu dem, was in einem Land in dem ich leben möchte passiert. Die Akzeptanz und der Willen zur Unterstützung des gesellschaftlichen Zusammenlebens ist in meinem Denken ein zentraler Punkt. Wenn die Wirtschaft Heerscharen von Menschen ohne Arbeit zuhause sitzen lässt, dann ist das nicht in der Verantwortung des Einzelnen, der gerne seine Arbeit verrichten würde.

Solange dieser Bürger aktiv ist, nach Arbeit sucht, sich am gesellschaftlichen Leben beteiligt, solange erhält er prozentuale Anteile seines Lohnes (mindestens 45%) und das unbegrenzt, solange er nach Arbeit sucht.

Auch in der Behandlung mit Arbeitgebern würde ich gerne etwas ändern.

Zum ersten wären da die befristeten Verträge, die in diesem Land von den Sozialversicherungsträgern erfunden wurden und nun so eine Art von düsterem Schleier über den Arbeitsmarkt gelegt haben.

Solange ein Arbeitgeber einen befristeten Vertrag mit einem Bürger eingeht, so ist das natürlich sein gutes Recht. Allerdings hat jeder Arbeitgeber in dem Land in dem ich gerne leben würde die Pflicht an die Sozialversicherung 1 bis 3 Monatsgehälter als Ausgleich zu zahlen, sobald er diesen entlässt oder einen befristeten Vertrag auslaufen lässt. Kann der Arbeitgeber nachweisen, dass es ausschließlich in der Verantwortung des Bürgers liegt, dass er ihn entlassen musste sieht das Ganze schon wieder anders aus. Solche Fälle landen in der Regel vor Gericht und müssen dort entschieden werden. Was Förderungen an Arbeitgeber angeht, die Einstellungshilfen oder andere Zuschüsse bisher beantragen konnten, können das auch weiterhin tun, allerdings sind solche Zuschüsse nur eine vorläufige Entscheidung. Verstößt ein Arbeitgeber gegen irgendein Recht des Arbeitnehmers, so kann im Ermessen des Zuschußgebers die Förderung inklusive einer Bearbeitungsgebühr zurückgefordert werden. In wieweit der Zuschuss später als endgültig entschieden wird hängt an der Dauer des Zuschusses. In der Regel wird eine Zuschussentscheidung erst nach der doppelten Zuschussdauer für endgültig erklärt. Bis dahin kann es passieren, dass der Zuschuss zurückgezahlt werden muss.

Kapitel 13
Weichen

Bevor ich in diesem Kapitel damit anfange über Weichen zu sprechen, an denen wir als Menschheit vorbeischlendern, möchte ich meinen Blick zunächst auf unseren Planeten als Ganzes in seiner Entwicklungsphase richten. Somit kann ich dann Rückschlüsse auf die zu treffenden Entscheidungen finden, die es uns als Menschheit erleichtert an der einen oder anderen Weggabelung die richtige Richtung einzuschlagen. Da sich der Stern, der unseren Planeten wärmt, immer weiter ausdehnt und in den nächsten paar Milliarden Jahren, diesen Planeten unausweichlich verbrennen wird, reden wir Menschen, wenn wir von der Unendlichkeit sprechen doch immer vom Ende dieses Planeten. Genauso sprechen wir von der Welt, wenn wir von der Erde sprechen.

Es gibt sogar Organisationen, die im Namen behaupten für die ganze Welt zuständig zu sein. Tatsächlich sind sie aber nur für einen ziemlich kleinen Planeten eines mickrigen Sonnensystems in einer riesigen Galaxie, die nur eine von Milliarden anderer Galaxien im Universum ist, zuständig. Solche Organisationen ignorieren von vorn herein, dass es noch andere Teile im Universum gibt. Alleine die „Weltgesundheitsorganisation" müsste sich doch eigentlich „Erdliche Gesundheitsorganisation" nennen lassen.

Denn was für uns Menschen vielleicht gesund ist, ist für andere Lebewesen im Universum total ungesund oder giftig. Also den Anspruch der Menschheit, dass sie die Krönung der Schöpfung sind, oder dass wir im Universum die intelligentesten Lebewesen seien, vielleicht sogar die einzigen, ist doch für jeden der in der Grundschule aufgepasst hat, völliger Blödsinn.

Die Erde hat zugegebener Maßen mit ihrem eisernen Kern, der Konstellation mit ihrem Mond, der Atmosphäre und dem dadurch verbliebenen Wasser, der schrägen Achse um die sie sich dreht eine gewisse Anzahl von

Alleinstellungsmerkmalen, auf die wir vermutlich nie hätten stolz sein können, wenn es sie nicht gäbe, denn dann würde es uns nicht geben. Aber bei der riesigen Menge von unzähligen Sonnensystemen in dieser Galaxie und bei der Vorstellung, diese Anzahl findet sich in nochmals Milliarden von Galaxien, ist der Anspruch der Menschheit, tatsächlich sowas wie Einzigartig zu sein, naiv. Wenn nicht das, dann vollkommen dämlich. Selbst unsere Wissenschaftler sind seit Jahrzehnten damit beschäftigt immer wieder neue mögliche Erden zu finden, finden diese auch und in der öffentlichen Wahrnehmung verschwindet diese Entdeckung im Alltag der einzelnen Menschen mit den Worten „Ach, da haben die schonwieder eine Erde gefunden. Ach Schatz, was gibt es denn zum Mittag?".

Ein Großteil der Menschheit hat das grundsätzliche Interesse am Fortbestehen unserer Spezies vollkommen mit Vergnügungssucht und Beschäftigungswahnsinn vergessen oder verdrängt.

Mit dieser Einstellung hätten unsere Vorfahren nie die jetzigen Entwicklungsstufen erreicht. Stelle man sich einfach mal vor, wir befänden uns in einer steinzeitlichen Höhle in Afrika, so ca. 15.000 Jahre vor unserer Zeitrechnung.

Der Sippen- oder Rudelführer beobachtet ein Rudel Antilopen und er beschließt, dass jetzt alle männlichen Sippenmitglieder auf die Jagd gehen müssten, die Vorräte seien knapp und wenn jetzt die Antilopen wegzögen, dann hätte die Sippe bald kein Essen mehr.

Wie auch immer damals kommuniziert wurde, er hätte es allen begreiflich gemacht.

Aber in einer dunklen Ecke der Höhle sitzen zwei Männer, die sichtlich desinteressiert an einigen Stücken Holz herumspielen. Diese beiden lassen sich vom Chef auch nicht von ihren Spielchen abbringen. Ihnen ist es egal. Lass hier doch alle verhungern, macht doch keinen Unterschied. Hier in der Höhle ist es gerade so kuschelig. Außerdem hätte der Chef sowieso nur ein eigenes Interesse an sich selbst und würde immer das meiste für sich selbst haben wollen. Sie haben kein Interesse an ihm, an seiner Jagd, an neuem Essen oder frischen Fellen. Sie jagen, wenn sie wollen. Sie würden auch alleine jagen gehen, ohne den Chef. Der will sich ja nur an ihnen bereichern. Außerdem hätte der Chef ja genug Leute. Die anderen machen das schon.

So, oder ähnlich ist die Haltung von großen Teilen in der heutigen Bevölkerung. Es ist den meisten egal ob sie etwas für die Gemeinschaft tun könnten, sie fangen erst an etwas zu tun, wenn es ihnen selbst etwas bringt.

Das ist kein Egoismus, das ist die grundsätzliche Frage, ob sie sich einer Gemeinschaft zugehörig fühlen. Die Betrachtung von uns Menschen geht doch immer von Verallgemeinerungen aus.

Bin ich blond, homosexuell oder alt, dann bin ich verallgemeinert immer einer in dieser Gruppe. Spätestens mit dem Begriff „Mensch" fühlen sich auch die unmenschlichsten Menschen angesprochen. Was aber in der heutigen Gesellschaft nicht mehr von Interesse ist, ist die Frage nach der Menschheit. Wo will sie hin? Was ist ihr Weg? Wir Einzelnen definieren uns durch die Gruppe von Menschen aber niemals mehr als ganze Menschheit.

Da gibt es Kommunisten, Kapitalisten, Soziallisten, schwarze, gelbe und und und. Geht mir persönlich auch nicht anders.

Ich denke ich bin einer von diesen zwei steinzeitlichen Vollhirnies, der da irgendwie versucht mit drei Holzstückchen sowas wie eine neue Waffe, oder so, zu bauen und der sich komplett darüber ärgert wie sein Chef ihn behandelt, der sieht überhaupt nicht ein, dass diese neuartige Waffe demnächst den Jagderfolg vervierfachen kann und dabei die menschlichen Opfer minimiert.

Es ist schon immer so gewesen, dass die wirklich wichtigen Menschen immer verkannt werden, irgendwie isoliert von der Gesellschaft, geniale Ideen entwickelten, die keiner nachvollziehen konnte und erst Jahre oder Jahrzehnte nach

Größtenteils harmlos

seinem Tod wird erkannt welche geniale Idee er da damals hatte. Ich denke so wird es mir auch ergehen, mein potenzial kann doch in der heutigen Zeit niemand ermessen. So wird vermutlich bereits dieser steinzeitliche Frühmensch gedacht haben.

Wenn wir uns auf die Frage einlassen, wann und wie diese Menschheit ausstirbt, muss man doch zunächst festhalten, dass es nie um ein komplettes Aussterben der Menschheit geht, sondern darum wer, oder besser gesagt, welcher Bereich der Erde bis zum Schluss überlebt. Mit Schluss meine ich, bis zu dem Zeitpunkt, in dem unser Stern diesen Planeten unbewohnbar macht.

Welche Weichen sollten auf dieser Erde gestellt werden? Welche Lösungswege kann ein Aussterben der Menschheit verhindern? Ich denke, wenn man sich dann mal mit diesem Ziel beschäftigt, dann sieht man sein eigenes Dasein in einem anderen Licht. Man erkennt Verhaltensweisen in denen man gut auf der Linie liegt und man erkennt Schwachpunkte wo man in seinem eigenen Verhalten feststellt, wie blöde man doch eigentlich ist.

Soweit zu der Frage der gesamten Menschheit und meiner eigenen Position. Wo werden aber Weichen gestellt? Wie steuert sich diese Gesamtheit? Na ganz klar, in der Gesellschaft in der ich lebe. Mit Gesellschaft kann man nun ganze Kontinente meinen oder Länder, vielleicht auch Regionen?

Ich für meinen Teil nehme an, dass ich für das Land Deutschland annehmen kann, dass sich die Gesellschaft in der ich lebe zumindest auf mein Land beziehen kann. Beziehe ich mich also bei der Frage wo die Weichen zu stellen sind auf mein Land und frage weiter wie ich gesellschaftlich Veränderungen herbeiführen kann.

Dem Land, in dem ich lebe, geht es gut. Nur in dieser Situation können Veränderungen in einer Gesellschaft vorgenommen werden. Geht es einer Gesellschaft schlecht, ist das nicht möglich. Keine Änderung am gesellschaftlichen

System kann von außen erfolgen, nur mit Krieg kann man eine Gesellschaft von außen ändern. Eigentlich ganz einfach, man fährt die Rüstungsausgaben hoch, erhöht den technischen Standard seiner Armeen. Halt, so einfach ist das nicht! Zunächst sollte man vor eventuell eintretenden Sanktionen der Staatengemeinschaft Rohstoffe und Materialien horten bzw. sammeln, die im eigenen Land nicht so häufig vorkommen. Wenn die Lager und die Industriereserven auf ihrem Höchststand sind, fängt man also an seine Armeen besser auszustatten. Wenn diese bessere Ausstattung und Verbesserung des technischen Standards beginnt aufzufallen, startet man mit einer kleinen paramilitärischen Einheit einen Zwischenfall, der untermauert, dass man sich schließlich wehren können muss. Mit diesem nun Waffenerstarkten Land, das natürlich gesellschaftlich manipulativ beeinflusst wurde, kann der Staatenlenker oder die Staatenlenkerin nun anfangen kleinere Staaten und strategische Ausgangspunkte unter seine Kontrolle zu bringen. Muss aber dabei aufpassen die Infrastruktur des Landes weitgehend zu verschonen, am besten so, wie Russland die Krim annektierte.

Nach der Annektierung erfolgt der internationale Aufschrei. Es folgen Sanktionen, Beschimpfungen und andere nicht sonderlich schöne Dinge. Wie Tötungen, Folterungen. Die Gesellschaft im Annektieren Gebiet muss „gesäubert" werden. Wenn nicht ethnisch, dann ideologisch. Es folgen Jahre der Erneuerung der Infrastruktur.

Die gesäuberte Gesellschaft wird wieder zur Ruhe gebracht. Irgendwann verhallt der große Aufschrei im Staatenbund. Die auferlegten Sanktionen werden so nach und nach gelockert. Am Ende dieses Umbaus, der so ca. 10 Jahre dauert, hat dieser Staatenlenker für sich selbst und seine Nachfolger, den Machtbereich vergrößert und nachhaltig seinen Gesellschaftsplan in die Tat umgesetzt. Das ist die gesellschaftliche Änderung von außen und wird im Allgemeinen als Krieg bezeichnet.

Was aber tatsächlich danach umgesetzt werden kann, ist fraglich, denn der Krieg kann bis dahin, sämtlich erzielten Errungenschaften zerstört haben. Also nicht wirklich eine Lösung für einen Ausweg aus der gesellschaftlichen Einbahnstraße.

Um einen weiteren gesellschaftlichen Sprung in Richtung Nachhaltigkeit, Verlängerung und Verbesserung der menschlichen Lebensqualität zu erreichen ist Krieg schon einmal ausgeschlossen. Zu viele Unwägbarkeiten, zu viele Risiken und am Ende doch wieder sinnlose Vernichtung von Ressourcen dieses Planeten. Was kann man also tun? Wie ändere ich die Gesellschaft so, dass wir Alle davon profitieren und unser Planet uns noch ein paar Jahrhunderte länger ertragen kann?

Demonstrieren alleine, oder rumheulen und rummaulen, sind leider keine adäquaten Mittel zur Änderung einer Demokratie. Da aber ungefähr ein Viertel der deutschen Bevölkerung bereits einmal durch Demonstration und Rumheulen es geschafft hat etwas zu ändern, muss man sich den Unterschied der jeweiligen Situation genau anschauen. In einer Diktatur, der es nicht gut geht, kann man sicherlich mit Demonstration und Rumheulen etwas erreichen, denn es geht vielen schlecht und nur wenigen gut. In einer funktionierenden Demokratie, der es gut geht, geht es vielen gut und nur wenigen schlecht. Diese Bevölkerung einer gutgelaunten Demokratie schaut sich deine Demonstration an und schaltet danach wieder zu seiner Lieblingssendung, vielleicht einem Actionfilm oder einer Komödie. Deine Demonstration war nur eine Randnotiz, nichts Elementares.

Wenn du also etwas für dieses Land oder diesen Planeten tun willst, dann nur im System selbst. Gehe zu den Lenkern dieser Demokratie, hör auf, sie zu beschimpfen, arrangiere dich mit dessen Macken und Fehlern und arbeite im Verborgenen. Bekämpfe die Fehler von innen heraus und begehre kein höheres Amt, sondern unterstütze Denjenigen, der mit dir einer Meinung ist. Nehme nur dann ein höheres Amt an, wenn wirklich eine erdrückende Mehrheit, auch deiner Meinung ist. Nicht schon, wenn nur bei einer Abstimmung eine Mehrheit für dich war. Die Abrechnung kommt meistens am Ende einer Wahlperiode. Solltest du mal ein höheres Amt annehmen und am Ende der Wahlperiode steht die öffentliche Meinung gegen dich, dann wirst du diese Zeilen verstehen. In größeren Parteien laufen diese Entscheidungen nach diesem Prinzip. Warum erkläre ich das hier und nicht im Kapitel 10. Weil genau das, nicht der Bestandteil des gesellschaftlichen Systems ist, sondern dies wird immer so bleiben, denn Das, ist Teil der Demokratie.

Menschen mit „Arsch in der Hose" oder Menschen die einen Plan haben, haben es in einer Demokratie schwer. In der Regel haben genau diese Menschen kaum Anhänger, denn sie wollen etwas, was sonst nur wenige wollen und kaum einer kennt oder sich vorstellen kann. Sie wollen etwas verändern und die Natur des Menschen, etwas zu ändern, ist nicht sonderlich ausgeprägt. Betrachtet man mal die Größten Innovationen, in der Zeit seiner Erfindung, wie den Gummireifen von Goodyear, die elektrische Beleuchtung einer Stadt oder die Erfindung des Rades, so ist doch immer eine Erfindung oder Innovation mit einer Lebensverbesserung einhergegangen. Die Menschen, die über diese Erfindung oder Innovation entscheiden sollten, hatten immer einen Mehrwert aus dieser Erfindung. Die Erfinder selbst aber nicht. Entweder bekamen sie nicht mit wie ihre Erfindung in der Gesellschaft ankam, oder sie verarmten und starben einsam und verlassen.

Jetzt wollen wir eine Veränderung der Gesellschaft ohne Lebensverbesserung! Es wird keine Lebensverbesserung geben indem wir die Wahrscheinlichkeit zum Überleben der Menschheit erhöhen. Ohne Mehrwert für die jetzige Gesellschaft? Wie soll das gehen? Der Einzelne, der verzichtet vielleicht gerne, wenn er an etwas glaubt. Die politische Allgemeinheit, die glaubt erstmal Garnichts und es ist daher unheimlich schwer in dieser Gesellschaft etwas zu ändern ohne etwas anzubieten. Wir haben nur die magere Wahrscheinlichkeit von irgendetwas, die wir anbieten. Niemand hat etwas davon, dass sich alle planetengerecht verhalten. Warum soll ich mich als einzelner an Dinge halten, die von der Allgemeinheit sowieso als unmöglich oder viel zu spät betrachtet werden?

Damit bin ich aber auch gleich beim Stichwort „Allgemeinheit". Was ist denn die Allgemeinheit? Die Allgemeinheit sind erst einmal Alle. Dann gibt es die, die nichts mitbekommen, die fliegen schon mal raus. Dann sind also alle die in der Allgemeinheit, die am Informationsaustausch einer Gesellschaft teilnehmen, oder? Ja, ich glaube im Großen und Ganzen liege ich da richtig. Schlüssel zur Allgemeinheit hat demnach derjenige, der Informationen hat und anbietet.

So jetzt schmeiße ich erst einmal meinen Zeitstempel in meinem Kopf, weg. Denn wie wurden im Mittelalter Informationen ausgetauscht, wie im früher Industriezeitalter, wie am Ende des 20. Jahrhunderts und wie heute? Wie ich ja bereits mitteilte, bin ich 1968 Erdumrundungen nach einem vermeintlichen Wunderheiler geboren, dessen Geburt halt viele kennen und daher als Maßstab verwenden, somit kann ich über das Mittelalter und Industriezeitalter hier nicht viel schreiben, aber am Ende des 20. Jahrhunderts, also bis zu 2000 Erdumrundungen nach diesem vermeintlichen Wunderheiler, war ich zugegen und kann hier berichten. Es gab Telefon, Zeitungen und Zeitschriften. Es gab Rundfunk für Audio und Video. Es gab die sogenannte „Mundpropaganda". Erst mit dem Eintritt ins 21. Jahrhundert kam die digitale Revolution. Die zunächst nicht als Revolution erkannt wurde, sondern eher verkannt wurde, sogar teilweise verpönt war. So geht es halt auch wirklich Menschheitsverändernden Entwicklungen.

Mit aufkommender Digitalisierung der Gesellschaft, an deren Anfang sich gerade die Menschheit befindet, wurde die Informationsbeschaffung ein komplett neues Feld und die ehemalige Informationsbeschaffung verschwand oder verkam zu etwas wie einem Abklatsch der Information aus der digitalen Welt. Die Menschen in diesem Land erleben gerade eine Informationsumgestaltung mit der sie erst lernen müssen umzugehen.

In welcher Zeit war es denn so, dass die Kinder den Eltern etwas beibrachten?

In der Regel bringen die Eltern den Kindern etwas bei. Mit Einführung der Digitalisierung wird sich das dauerhaft ändern. In zukünftigen Generationen wird es immer so sein, dass die Kinder den Eltern, die neuesten Errungenschaften erklären müssen. Musste ich meinem Vater erklären was eine „Maus" ist, so musste mir meine Tochter die „sozial Media Welt" zeigen. Zukünftig wird mein Enkelkind meiner Tochter den Umgang mit einem Hirnimplantat erklären, oder so.

Was ich damit sagen will, ist, dass sich alles mit der Digitalisierung geändert hat. Nicht mit Einführung mancher Plattformen wie Facebook oder Amazone, nein, die Digitalisierung an sich, ist der Einschnitt in die Gesellschaft, der alles ändert. Informationen fließen nun in alle Richtungen und an jeden Winkel, sie sind von jedem der es gelernt hat, manipulierbar. Eine Zeitung aus dem Jahr 1980 hat auch im Jahr 2019 immer noch den gleichen Inhalt und ist nicht manipulierbar, sofern der Ausdruck an sich, nicht geändert wurde.

Der Gründer von einer der größten Plattformen der Erde, ein Student mit einer Idee, sagte, er wolle die gesamte Welt digitalisieren. Ok, wenn er es schafft, sämtliche Verlage und sämtliche Zeitungen der Welt zu kaufen, kann er sie auch digitalisieren. Ab diesem Zeitpunkt kann dieser Student sogar die Menschheitsgeschichte ändern. Denn dann ist der alte Informationsfluss komplett zum Erliegen gekommen.

Größtenteils harmlos

Nur die Mundpropaganda, die hat überlebt. Ist das denn so schlecht? Früher war es der stärkste, später der klügste oder innovativste Mensch und mittlerweile ist es niemand mehr der irgendetwas kann oder beherrscht. Es ist Derjenige, der die Daten besitzt. Dieser Mensch muss noch nicht einmal Derjenige sein, dem die Daten gehören. Es reicht vollkommen, wenn er weiß wie er an den Inhalt der Daten gelangt. Dieser Mensch wird immer recht haben. Wenn er jemals nicht recht haben sollte, wird er dafür sorgen recht gehabt zu haben. Das wird zukünftig das Schicksal der Menschheit bestimmen.

Wer hat die meisten Daten?

Wer hat mehr Informationen über die Erde, wie sie funktioniert?

Sollte nicht unser Land über Daten verfügen?

Derzeit wächst die Menschheit stetig und stetig mit höheren Zuwachszahlen. Ähnlich einem Parasiten, der einen Baum befallen hat, fangen wir an, uns gezielt die besten Ressourcen zu sichern. Da wir immer mehr werden, müssen wir immer besser auf unsere Ressourcen aufpassen. Wir errichten Zäune und setzen Überwachungstechnik ein. Irgendwann ist dann ein Punkt erreicht, an dem die Angreifer es entweder schaffen unsere Grenzen zu überwinden und konsumieren unsere Ressourcen oder unsere Grenzen halten stand und die Menschen außerhalb unserer Grenzen werden elendich verrecken.

Egal welches Szenario wir nehmen, da kommt der Zeitpunkt an dem die menschliche Erdbevölkerung nicht mehr wächst. Ab diesem Zeitpunkt ist es wichtig zu beobachten wo auf diesem Planeten noch geeignete Ressourcen vorkommen und in welchen Regionen nicht mehr.

Mit der zukünftig sich verringernden Bevölkerungsanzahl, werden ebenso die Verschmutzungsgrade und benötigten Lebensräume der Menschheit dazu führen, dass dieser Planet irgendwann einmal ein Gleichgewicht, zwischen zu ertragender Bevölkerungsanzahl und Sauerstoffproduktion, herstellt. Auch eine sich zunächst auflösende Ozonschicht, die uns Lebewesen vor tödlichen Strahlen unseres Sterns schützt wird sich wiederaufbauen. Die einzig wirkliche Bedrohung für sämtliche Lebewesen kommt aus anderen Regionen des Universums, die von den Bewohnern dieses Planeten nicht verhindert oder beeinflusst werden können. Diesen auch möglichen Hergang der Vernichtung will ich aber nicht in die engere Auswahl aller möglichen Szenarien miteinbeziehen, sondern bleibe mal beim Wunsch, das diese Menschheit sich nicht absichtlich zerstören will und alles versuchen wird, dass der Umbruch in eine dauerhafte Existenz der Menschheit als intelligente Spezies auf diesem Planeten ohne Krieg mit Not und Elend einhergeht, sondern gesittet und gerecht über die Bühne geht.

Klimaforscher haben ermittelt, dass mit der einfachen Aufforstung von einer Fläche der Größe des Landes der Vereinigte Staaten von Amerika (USA), das sind so 900 Millionen Hektar, der CO_2 Ausstoß der Menschheit zu kompensieren sei. Auf diese Mitteilung an den derzeitigen Staatenlenker des Landes Brasilien, teilte diese lapidar mit, dass ihm die sozialen Themen seines Landes näherliegen würden. Er würde nichts an den Rodungen des Dschungels ändern, denn zumindest dort würde in seinem Land gut gewirtschaftet und verdient. Die Menschen, die mit der Rodung der Urwälder ihren Lebensunterhalt verdienten, würden so zu ein bisschen mehr wirtschaftlichen Wohlstand führen, was in anderen Regionen des Landes eben nicht möglich sei. Daher müsse er sämtliche Bewohner seines Landes mit einer Schusswaffe ausstatten, damit sich überfallende Gruppierungen in seinem Land selbst ausrotten. Oh Entschuldigung, natürlich sollen die sich nicht ausrotten, sondern die angegriffenen aufrechten Bürger des Landes werden sich natürlich zur Wehr setzen und daher wird er mit dieser Maßnahme wieder soziale Gerechtigkeit in sein Land einbringen, alle werden besser versorgt, alle hätten dadurch Zugang zu sauberem Wasser. Alle hätte ausreichend Wohnraum und und und.

Aus der Perspektive dieses Mannes, den sein Volk gewählt hat, ist sein Kommentar und seine Maßnahme nachzuvollziehen. Aber auch solche Fehlleitungen der Demokratie muss eine Gesellschaft überleben, auch wenn es in dieser Situation schwer vorstellbar ist, so wird die Gesellschaft des Landes Brasilien dennoch überleben. Egal welchen geistig verwirrten Menschen die Demokratie hervorbringt, es ist immer noch besser als einen geistig verwirrten Diktator oder Monarchen gehorchen zu müssen. So marschiert ein ganzes Land, mit öffentlicher Zustimmung, in den wirtschaftlichen Ruin und die Nachbarländer lachen sich eins ins Fäustchen. Denn wenn Brasilien schwächelt, dann werden Produkte halt aus anderen Ländern geholt, scheiß doch auf Brasilien. Der Urwald ist dann weg und Brasilien lebt im ständigen Bürgerkrieg, ist dann halt so.

Leider denkt dieser gewählte Demokrat sehr kurzfristig. Vermutlich nur bis zum Ende seiner Legislaturperiode. Einfacher wäre es für die Menschheit, dem Land Brasilien und anderen Staaten mit sehr hohen Sauerstoffproduzenten etwas dafür zu zahlen, wenn die Rodungen unterbleiben. Zusätzlich könnte das Wissen aus Europa über Nachhaltigkeit und Bewirtschaftung von Forstflächen in solchen Ländern eingebracht werden um eine verbesserte wirtschaftliche Situation im Land zu erzeugen. Möglichkeiten der Hilfestellung gibt es da sicherlich sehr viele. Dann bliebe der Urwald erhalten und das Land würde nicht im gesellschaftlichen Chaos versinken. Auch wenn sie derzeit politisch und öffentlich vielleicht nicht gewollt sind, warum fährt keiner der Multimillionäre mal zu diesem gewählten Demokraten, schiebt ihm das in seinen Allerwertesten, was sich dieser so wünscht und dann wird der Laden mal aufgeräumt. Ist doch egal was sich dieser gewählte Demokrat da so einverleibt, soll der doch an Ruhm und Ehre oder anderen Sachen krepieren. Wichtig ist einzig, die Verhinderung der Rodung dieser Wälder. Es gibt echt viele dicke Probleme auf dem Planeten, aber mit Abstand das schlimmste aller Probleme ist die Rodung von den Flächen, die über Jahrhunderte brauchten, diese Atmosphäre mit dieser Menge von Sauerstoff anzureichern, damit wir als Spezies uns überhaupt entwickeln konnten. Mir ist schon klar, dies hier stark zu vereinfachen, aber ich bin ja auch kein Wissenschaftler, sondern nur ein Beobachter. Um das klarzustellen, es gibt zwei unumstößliche Ziele, der jetzt hier auf diesem Planeten lebenden Menschen. 1. den CO2 Ausstoß verringern und 2. die Wälder wieder Aufforsten und die Waldflächen um den Mehrbedarf erhöhen, den unsere Zivilisation benötigt um ein ausgeglichenes CO2 Verhältnis stabil und langlebig beizubehalten.

Jedes Land, dass sich um diese zwei Ziele nicht kümmert, oder vernachlässigt, sollte über Sanktionen, Kontosperrungen oder mit Gewalt dazu gebracht werden, diese Ziele zu beachten. Derzeit werden Länder, von denen mal irgendwann eine Bedrohung ausgehen könnte, wegen Urananreicherung oder ähnlichem, mit Sanktionen und anderen Repressalien drangsaliert. Die Gründe dafür sind nachvollziehbar und weit weniger dramatisch als das was in einem Land wie Brasilien passiert. Tagtäglich werden in Brasilien Menschheitsressourcen von diesem Planeten geplündert, damit sich irgendein obergeiles Arschloch so etwas wie ein luxuriöses Leben leisten kann.

Mein Vorschlag. So ein Land wird von der Staatengemeinschaft in keiner Weise mehr unterstützt. Sämtliche öffentliche Kanäle von Informationen und Geldern werden gesperrt. Repräsentanten des Landes, egal ob politische oder gesellschaftliche Repräsentanten, werden in deren Land zurückgeschickt. Nichts darf ein, nichts darf ausgeführt werden. Sämtliche Bürger dieses Landes, auch die Gegner dieser Plünderung, müssen in ihr Land zurückkehren. Es findet ein kompletter Ausschluss von sämtlichen Internationalen Veranstaltungen statt.

Dieser Zustand kann erst wiederhergestellt werden, wenn aus der Weltraumüberwachung festgestellt wird, dass die Plünderungen beendet wurden und eine Vermehrung des Waldbestandes erkennbar ist. Mindestens aber für eine volle Sternumrundung wird dieses Land in seinem eigenen Dreck leben müssen, die Bevölkerung, die ihre Vertreter selbst wählten, müssen die Konsequenzen tragen. Das gilt für alle Länder.

Es muss jetzt ein Bestandsjahr festgelegt werden und ab diesem Jahr müssen die Flächenanzahlen, die man als Waldfläche bezeichnen kann in die Höhe gehen. Sicherlich können die Länder Rodungen und Wirtschaft mit ihren Wäldern betreiben, sie dürfen aber nie weniger Waldflächen beherbergen als im Vorjahr. Ich bin zwar kein Freund von Quotenerfüllung, aber vorstellbar wäre auch eine prozentuale Flächenerhöhung pro Jahr, das jedes Land zu erfüllen hat. Mit der Einführung einer solchen Regelung könnte auch in der Zukunft, nach Erreichen dieser Klimaziele überwacht und gesteuert werden, inwieweit die Waldflächen ausreichen.

Kapitel 14
Meine Utopie für die Erde?

Sollte die Menschheit diesen drastisch schlechten Zustand für sauerstoffatmende Wirbeltiere des Planeten überstehen, gibt es für die Menschheit noch mehr Möglichkeiten sich selbst von diesem Planeten zu tilgen.

Die dafür notwendigen Voraussetzungen bringt unsere Spezies selbst mit.

Wir sind nicht friedlich und genügsam, leider sind wir neidvoll und benötigen Anerkennung und Zuneigung anderer. Dies ist zum einen zwar notwendig für unsere soziale Kompetenz und war auch zwingend erforderlich, damit wir uns gegen andere Spezis behaupten konnten, aber nun machen uns diese Eigenschaften es unmöglich, dass unsere Länder sich zu Kontinentsregierungen und die Kontinente sich zu einer Erdregierung zusammenschließen.

Zu viele Ziele, zu viele Interessen. Dies wäre auch eines der eher existentiellen Ziele, die diese Menschheit anstreben sollte. Ohne eine Einigkeit über unsere Ziele, wird es der Menschheit auf Dauer nicht gelingen ein ausgewogenes Maß an Anerkennung für jedes Gebiet auf dem Planeten zu erzielen.

Es wird immer Ausreißer und Querleger geben, die ihre eigenen Interessen verfolgen. Aber einmal in der Erdregierung angekommen, muss ein stabileres System etabliert werden, als das eine Demokratie es möglich macht, um diese Regierung besser und effizienter koordinieren zu können.

Dieses System darf nicht zu ungerecht und nicht Minderheitsverneinend mit einem hohen Maß an Wehrhaftigkeit ausgestattet, in der Lage sein, auf sämtliche Krisen zu reagieren.

Es muss frei von gesellschaftlichen Zwängen und moralischen Wertvorstellungen in der Lage sein, alle Erdreligionen zu beherbergen.

Größtenteils harmlos

Es darf nicht zu demokratisch sein und wie bereits in vorherigen Kapiteln beschrieben, dürfen Verantwortliche niemals über Menschen und Mittel entscheiden, die in ihrer direkten Umgebung wohnen oder existieren.

Es ist sowas wie der Inbegriff eines globalisierten Planeten in einer globalisierten Gesellschaft.

Maßstäbe, Werte und Normen sollten auf dem gesamten Planeten gleich sein. Allein Das ist für einen vergleichsweise kleinen Kontinent wie Europa mit einem Europaparlament schon echt schwierig.

Da hat das der Kontinent Asien schon erheblich schwieriger mit den unterschiedlichsten Religionen und Weltanschauungen. Welcher Bürger in welchem Breitengrad oder Längengrad zu welcher Sprache sein Leben verbringen will, ist jedem freigestellt und ist auch für die Regierungsarbeit grundsätzlich egal, wer aber durch seine Wechsel zwischen den Kontinenten einen erhöhten Energie- und CO2 Ausstoß produziert, der muss mit zusätzlichen Steuern und Abgaben rechnen. Am einfachsten wird es vermutlich für Australien, dass es nur aus wenigen Ländern besteht.

Die bisherigen Landesregierungen wirtschaften so weiter, wie sie zur Zeit ihrer Unabhängigkeit auch gewirtschaftet haben, nur mit dem Unterschied, dass sie keine Militärpräsenz mehr besitzen und über Verteidigungsfragen auch nicht mehr entscheiden müssen. Das tun die Kontinentsregierungen.

Lenker und Bedienstete dieses Staates sind für die Zeit in der sie für diese Erdregierung tätig sind, Menschen ohne eigenes Einkommen und irgendwelcher Eigentums- oder Besitzansprüchen, ähnlich wie Mönche in einer christlichen Abtei, sollen sie sich nur über Fragen der Klärung von Regierungsfragen kümmern und nicht mit dem Anhäufen ihrer eigenen Besitzstände.

Sie werden nach dem demokratischen Grundprinzip gewählt und ab diesem Zeitpunkt sind sie nur noch Angestellte der

Regierung. Sie werden auf Lebenszeit gewählt und könnten bei offensichtlichen Verfehlungen abgesetzt werden. Eine Utopie sich so etwas vorzustellen, aber denkbar.

Nehme man eine Organisation wie die UN in New York, besetze das dortige Parlament paritätisch zu den Bevölkerungsanzahlen. Lasse dort eine Regierung wählen, die sich an so etwas wie einem Grundgesetz für die Erde halten muss und schon geht die Fahrt ab.

Das Recht auf ein Veto würde entzogen werden und sämtliche Militäreinrichtungen und Einheiten würden dieser Regierung unterstellt.

Militäreinheiten, die sich dem wiedersetzen würden auf der Stelle eliminiert werden und Staaten, die sich an diesem Konstrukt nicht beteiligen oder gegen diese Konstruktion vorgehen, müssten sofort aberkannt und aufgelöst werden.

Diese Regierung hätte die dafür zugrundeliegende Legimitation der einzelnen Staaten und würde die Kontinente beauftragen ebenfalls Kontinentsregierungen zu formen. Zudem müsste die Informationsgestaltung, die Freischaltung von Internetseiten und die Zulässigkeit von Informationen in diesen Seiten in die Hände einer Erdregierungsorganisation übergeben werden. Die absolute Vogelfreiheit im Internet würde verboten werden.

Wer seine Identität in irgendeiner Weise verschleiert oder unaufrichtig ändert und darstellt, wird umgehend mit Aufgaben betraut, die ihm zuwider sind.

Bei wiederholten Täuschungen im Netz wird umgehend sein Zugang gesperrt und dieser Mensch bleibt solange offline, bis eine weit entfernte Kommission diesen Menschen wieder zulässt.

Diese Erdregierung würde zu Beginn sehr viele Grundsatzgesetze erlassen müssen, die im Rahmen der Parlamentsarbeit dazu führen, dass sämtliche Stellen, diesen Grundsatzgesetzen Folge zu leisten hätten. Regelungen, die in einem Land existieren, aber noch nicht als Grundsatzgesetz verankert sind, gelten solange weiter, bis dazu ein Grundsatzgesetz erlassen wurde. Die Hauptsächliche Führung würde weiterhin in den einzelnen Ländern stattfinden. Die Landesregierungen verantworten ihr Handeln vor den Kontinentsregierungen und vor der Erdregierung.

Nach einigen Jahren der Organisationsumbrüche und Reibungsverluste, durch Streitigkeiten innerhalb des Erdparlaments würden auch die letzten Widerstände brechen.

Die Erde stünde dann unter Kontrolle einer Alles umfassenden Gesetzgebung und alle Interessen aller Bürger dieses Planeten würden gehört und akzeptiert.

Sämtliche Bürger wären frei in ihrer Entwicklung. Ist dieser Wunsch eine Utopie? Nein, der Wunsch alleine sicherlich nicht. Ist dieses Konstrukt eine Utopie?

Ist der geschilderte Hergang tatsächlich undenkbar? Ich denke nicht, sonst hätte ich es ja auch nicht geschrieben.

Aber ich höre schon wieder diese Oberbedenkenträger dieser Gesellschaft, die in allem und jedem ein unlösbares Problem sehen und wenn am Ende irgendetwas funktioniert oder richtig war, sind das meistens die ersten, die behaupten, „Das habe ich ja immer schon gesagt", und sich sofort für höhere politische Ziele zur Wahl stellen.

Meistens sind das diejenigen, die dann auch gewählt werden.

Dann sitzen die da in ihren Gremien und blockiere jede Innovation und jede Initiative, nur um abends ins Bett zu gehen und sich selbst dabei einreden, sie hätte die Weisheit für sich gepachtet.

Entschuldigung, aber diese Art von Politikern finde ich zum kotzen und dass aller schlimmste daran ist, man findet sie in jeder Partei, man kann ihnen einfach nicht entkommen.

Größtenteils harmlos

Kapitel 15
Was Neues für die Menschheit? Oder, Peterchen's Mondfahrt?

Es gibt immer mal wieder Menschen, die eine Vision haben, oder die etwas erfinden, dass in Ihrer Zeit nicht existiert. Ein Wunsch eines Erfinders, der den Traum vom Fliegen hat und ein Fluggerät für Menschen baut. Einen Schriftsteller, der den Wunsch nach einem Unterseeboot hat und einen Roman mit einem Unterseeboot schreibt obwohl es in seiner Zeit noch keine Unterseeboote gab. Wenn in der heutigen Zeit etwas erfunden wird, dann sind das Alltagsgegenstände oder Umgangsideen, zu denen man schnellstmöglich ein Patent anmelden sollte um damit Geld zu verdienen. Es gibt kaum noch Ideen, die etwas Grundlegendes für die Menschheit bedeuten.

Eine solche Idee entwickelte sich in meinem Kopf über Jahre und bis heute weiß so ziemlich Niemand warum das nicht passierte oder in Planung ist. Die Mondlandung ist nun 50 Jahre her und seit dieser Zeit, war öffentlich, keiner mehr auf diesem Satelliten. Das verstehe weder ich, noch irgendjemand aus meiner Umgebung. Gründe, den Mond nicht zu besuchen gibt es viele. In erster Linie ist es doch aber diese ungeheure Verschwendung von Energie, die mit einem riesigen finanziellen Aufwand verbunden ist. Ich denke, dass es genügend innovative Ideen zur Erkundung des Weltraumes gab und geben wird, die nicht viel mehr Energie als ein Jumbojet benötigen um ins All zu gelangen. Es gibt sogar Flugzeuge, die am Rand der Stratosphäre fliegen und die wohl aufpassen müssen nicht ins All zu gelangen, weil sie von dort nicht wieder zurückkommen könnten.

Der Flug außerhalb unserer Atmosphäre ist demnach weniger die Hürde. Die hauptsächliche Hürde scheint also die Navigation, der Anflug an den Mond und eine präzise Landung, mit danach einwandfreiem Start vom Mond zurück zur Erde, zu sein.

Größtenteils harmlos

Daher habe ich mich immer gefragt, warum man nicht eine riesige Stange auf dem Mond aufstellt. Es gibt dort wohl weniger Schwerkraft, keine Stürme und genug mineralische Grundstoffe, die einem Bau von einem Gebäude nicht entgegenstehen. Sollte es sogar Wasser geben? Egal wie, es müsste zur Bezwingung der entscheidenden Hürde doch möglich sein ein sehr stabiles und kraftvolles Gebäude zu errichten. Zudem bohrt man ein relativ großes Loch in den Boden. In dieses Loch stellt man eine überdimensionale Stange, die am oberen Ende, in ca. 200 bis 300 Metern Höhe ein Gewinde besitzt.

Fahrzeuge, die nun den Mond anfliegen, können dort andocken und in einer Art Fahrstuhl die Personen oder die Gegenstände sicher bis zum Mond befördern.

Vorstellbar ist auch eine von dort aus weitere Verlängerung der Stange, die tausende von Kilometern lang sein könnte. Der Mond zieht seine Bahnen um die Erde in dem er uns immer seine gleiche Seite präsentiert. Mit einer Stange, die auf die Erde zielt, die einige tausend Kilometer lang ist, wäre der Mond auf direktem Weg zu erreichen und um die Kilometer kürzer, die die Stange lang ist.

Vorstellen könnte ich mir weiterhin, dass an dieser Stange in einigen hundert Kilometern Abstand, Zwischenstationen eingerichtet werden, die mit einem Antrieb ausgestattet werden um die Ausrichtung der Stange zu korrigieren. Diese Stationen sehen wie durchsichtige Muffins aus, die sich um die Stange drehen und somit eine künstliche Schwerkraft erzeugen. Transportelevatoren gleiten an dieser Stange auf und ab. Wenn sich dieses Prinzip als machbar herausstellen sollte und der Flug zum Mond an einer am Ende vielleicht 300.000 Kilometer langen Stange beginnt, so könnte man den Beginn der Stange, die dann ca. 100.000 Kilometer von der Erde entfernt ist, in knapp 12 Stunden erreichen. Dazu benötigte man Flugzeuge, die über den Rand der Stratosphäre hinaus in der Lage sind in die Atmosphäre hinein und wieder hinaus fliegen zu können. Wenn Sie dabei auch eine Ladung von zwei bis drei Tonnen Gewicht transportieren könnten, wäre der Bau einer solchen riesigen Verbindung sicherlich eine reine Zeitfrage.

Anfänglich würde nur eine kleine Crew von Leuten auf dem Mond landen und eine kleinere Transportstange mit einem ca. 10 Meter tiefen Loch errichten. Diese in die Höhe immer weiter zusammenschrauben, um erst einmal zu testen, wie es sich mit der Bodenbeschaffenheit und der Schwerkraft verhält. An dem Punkt, an dem die Stange anfängt zu wanken, würde ich diese mit Stahlseilen seitlich sichern. Wie ist der Druck auf die unteren Stangen? Welches Material verwende ich für die Stangen im Schwerkraftbereich des Mondes? Welches Material verwende ich in dem immer stärker wirkenden Schwerkraftbereich der Erde? Kann eine so lange Stange so hoch aufgestellt werden, dass an ihrem Ende die Schwerkraft des Mondes überwunden wird?

Von der Erde her wissen wir, dass spätestens bei einer Höhe von ca. 2500 Metern mit einem solchen Turm Schluss wäre. Wie ist das auf dem Mond? Wenn Mithilfe des anfänglichen Turms um diese Stange herum, langsam ein Gebäude entsteht, mit immer mehr menschlichen Annehmlichkeiten, dann entstünde doch sicherlich so etwas wie eine Euphorie, die die Motivation mehrerer Länder herausfordert um sich auch an einem solchen Projekt zu beteiligen. Sicherlich sind sämtliche Projekte im Weltall bisher immer unter Zeitdruck und Mindestvorgaben geschehen. Dieses Vorgehen würde ich innerhalb dieses Projektes nicht bevorzugen, es geht nur mit absoluter Sicherheit und nicht ohne eine vorherige Machbarkeitsstudie. Sicherlich könnte man bereits eine Horde von Mathematikern beauftragen die Fragen nach der Schwerkraft der Stange, dem Bewegungsradius des Mondes und dem Material der Stange sowie deren Verankerung berechnen zu lassen. Sicherlich sollte man nie einem Mathematiker die Entscheidung der Machbarkeit überlassen, aber er kann ja schon einmal ausrechnen mit

Größtenteils harmlos

welchen Stärken eine solche Konstruktion ausgestattet sein müsste.

Die damit einhergehende Frage der Finanzierung, eines solchen Mamut Projektes, liegt auf der Hand. Auch dazu gibt es eine doch relativ einfache Antwort. Ein solches Projekt muss logischer Weise im öffentlichen Interesse der Menschen ankommen, sonst macht die Verbindung zwischen Erde und Mond eh keinen Sinn. Da das meiste öffentliche Interesse durch Spielfilme und Kinoerfolge erzielt wird, ist der wichtigste Schritt, die Erstellung eines Kinofilms in einer bereits bestehenden Reihe von Kinofilmen. Ich stelle mir dabei einen Kinofilm vor, in dem die Lebensgeschichte eines Einzelnen erzählt wird, der dabei ist diese Idee, der Verbindung zwischen Erde und Mond zu verwirklichen, bis hin zur Erschließung des Mondes als x-ten Kontinent der Erde. Mit einer eigenen Regierung und dem Handel zwischen Erde und Mond. Diese Geschichte hat leider fast nie ein Ende, da sich aus Sicht dieser Erschließung neue Horizonte auftun. Neue Ideen entstehen.

Mit einem solchen Film als Einsteiger und einem Heer aus Wissenschaftlern und Astrophysikern, die dieses Projekt durchgerechnet haben, könnte es möglich sein, Investoren oder Staaten dazu zu bringen in diesem Projekt mitzuwirken. Wichtig für dieses Projekt ist es, dass jede Institution, jeder Investor, oder jeder Mensch, der sich daran beteiligt weiß, dass es sich um eine Infrastrukturelle Verbindung für die Menschheit handelt. Nicht um einen neuen Weg Geld zu verdienen, oder Mächte auf der Erde zu ändern. Der Mehrwert gilt der gesamten Menschheit. Keine Regierung, auch nicht die Erdregierung, wenn es sie geben sollte, hat Einfluss auf diese Verbindung. Einzig und allein eine Art Betreibergesellschaft, deren Mitarbeiter unabhängig und frei sind, können über die Nutzung der Verbindung entscheiden, quasi wie Fährbetreiber. Der Unterschied ist einzig in der Finanzierung. Bezahlt wird der Unterhalt dieser Verbindung aus den Einnahmen der Übertragungsrechte und

Filmeinnahmen. Einzelne Transporte, müssen zudem logischer Weise bezahlt werden.

Wenn nun schon eine Erdregierung keine Utopie mehr sein könnte, ist dies nun eine Utopie? Oder ist dies Tatsächlich eine erstrebenswerte Neuerung für die Menschheit? Ausgehend davon, dass dieses Planetensystem irgendwann einmal in weiter Zukunft ausgelöscht sein wird, ist es dann nicht erstrebenswert, sich in andere Sonnensysteme auszubreiten? Ist vielleicht die Überbevölkerung der Menschheit wieder nur ein Ausfluss davon, dass es die Menschheit seit 50 Jahren versäumt hat zu expandieren? Da ich relativ viel Fernsehen schaue und dabei meistens Dokumentationen über andere Völker oder andere Gesellschaftsmodele bevorzuge, musste ich vor einigen Wochen doch tatsächlich mir einen Bericht anschauen in dem berichtet wurde, dass es eine Gruppe von Menschen gibt, die der Wissenschaft zum Trotz, glauben, die Erde sei eine Scheibe. Ein solcher Bericht lies mein Glauben an die Menschheit nicht weiter tangieren. Als ich allerdings diesen Bericht verfolgte und dort berichtet wurde, dass die Anhängeranzahl derjenigen um jährlich bis zu 10% steige, da verließ mich mein Glaube. Die Menschheit wird nicht schlauer und vermehrt ihr Wissen, sondern die Missgunst, der Argwohn und die ständige Desinformation führt bei teilen in dieser Gesellschaft zu einer Art Degeneration des Verstandes. Auch wenn eine solche Glaubensrichtung nicht viel anders ist, als dass in einem Südamerikanischen Staat über 1,2 Millionen Menschen daran glauben, ein Fußballprofi, sei ein Gott, so ist doch der Glaube an einen Menschen immer noch etwas Verständlicheres als der Glaube an eine Scheibe im Weltall. Zumindest hat der Fußballprofi sogar eine staatlich anerkannte Kirche gegründet, wenn die Scheibentheoretiker erst einmal eine Kirche gegründet haben, die staatlich anerkannt wird, dann weiß ich auch nicht mehr, wie es so mit der Menschheit weitergehen könnte.

Größtenteils harmlos

Vielleicht erledigt sich ja diese Glaubensrichtung dann, wenn man als normal verdienender Bürger irgendwann mal in der Lage ist, zum Mond zu reisen.

Die Frage, wie man aus der Stratosphäre kommt ist ja schon vermutet, aber dennoch quält mich dennoch eine Frage, die ich mir nie beantworten konnte. Warum startet keine der Raumfahrenden Nationen aus höher gelegenen Regionen dieser Erde? Sicherlich muss erst alles zum Startort des Flugobjektes, dass von der Erde startet, transportiert werden. Das ist sicherlich aufwendig. Aber um beim direkten Start Energie zu sparen macht es doch sicherlich Sinn soweit wie möglich über Normal Null zu starten, oder?

Naja, es ist alles eine Frage der Technik und da ich auch kein Techniker bin, gibt es auch dafür eine einfache Antwort, die ich nicht weiß.

Ich weiß nur, dass ich mir diese Vorstellung einer Verbindung zum Mond seit Jahren ausmale und jedem den ich diese Idee erzählt habe lacht mich als durchgeknallt oder verrückt aus. Allerdings konnte mir niemand erklären, warum diese Konstruktion nicht funktioniert.

Vielleicht sollte ich mal diese Idee jemanden aus dem Land der unbegrenzten Möglichkeiten berichten und mir dort die Unmöglichkeitserklärung abholen.

Was ich vielleicht vergessen habe ist, dass die Schwerkraft der Erde zu stark auf die Stange wirken könnte. Es könnte auch die verbleibende Restrotation des Mondes sein, die die Stange letztendlich zerbricht. Die pure Entfernung von 400.000 Kilometern ist zu energieaufwendig. Also ne, ich behaupte mal, dass so ziemlich jedes Problem, das auftreten könnte, eine von meiner Seite aus erdachte Lösung hat. Die Schwerkraft der Erde ist auf der Erde an stärksten, kann also nur kleinere Auswirkungen haben, dazu gibt es die Stabilisatoren, die die Stange in ihrer Statur stützt. Zudem müssten Sensoren an der Stange, ständige Informationen über Lage und Gewichtsbelastung der einzelnen Teilstange melden. Das gilt ebenso für die

Restrotation des Mondes, diese zu kompensieren wird auch sicherlich schwierig, aber durch sich verdrehenden Verbindungen an ausgewählten Stellen der Stange, dürfte ein durchbiegen der Stange soweit erlauben, dass sich die Stange der Position des Mondes anpasst. Naja 400.000 Kilometer, das ist mal ein Brett. Zu transportieren sind vielleicht 10 Meter lange Stangen. Daher müssten pro Kilometer 100 Stangen produziert, ins Weltall transportiert und zusammengeschraubt werden. Auch nach Lage der Teilstange kann eine Stange im Umfang nicht anders sein wie der Rest der Konstruktion. Schließlich sollen ja Transportfahrtzeuge an dieser Stange hoch- und runterfahren können. So sollte es Teilstangen aus dichtem Material, ohne Flexibilität und Teilstangen mit leichtem Material, mit einem hohen Maß an Flexibilität geben. Die ersten Kilometer vermutlich aus hochwertigem schwerem Stahl und später im All aus Leichtmetall oder Kunststoff. In den Teilstangen sind jede Menge Leitungen verlegt, die beim Zusammenschrauben der Stangen dann eine Dauerhafte Verbindung eingehen. Was aber das wichtigste in diesem Rohr sein sollte sind drei verschiedene Leitungen, die ebenfalls nach dem Zusammenschrauben als Komplettleitungen fungieren. Zum einen eine Sauerstoffleitung, eine Leitung für Wasser, das allerdings zur Vermeidung von Frost stark mit Frostschutz flüssig gehalten wird. Die letztere Leitung ist für CO_2 gedacht. Denn im dauerhaften Aufenthalt an einem Ort im Weltall sollten auch Pflanzen nicht fehlen. Da der CO_2 Ausstoß einiger Astronauten sicherlich nicht ausreichen wird um größere Flächen anzubauen, müssen neben Sauerstoff und Wasser ebenfalls CO_2 Mengen zum Mond transportiert werden. Die Energiegewinnung im All besteht bereits seit Jahrzehnten aus Sonnenenergie, die entlang der Stange oder von den Transportfahrzeugen selbst produziert wird. Damit erübrigt sich die Fragen nach dem Energieaufwand und die größten der Probleme sind erledigt. Die ständige Kälte von 50 Grad minus sind natürlich auch noch zu bewältigen, aber dafür gab es ja bereits vor 50 Jahren eine Lösung, daher gibt es wohl auch heute noch eine Lösung dafür.

Zuerst dachte ich ein zusätzliches Sicherungsseil neben der Stange anbringen zu lassen, was aber zusätzliche Schwierigkeiten mitbrachte und daher von mir verworfen wurde. Das Geschwindigkeitsproblem konnte von mir auch noch nicht ganz eliminiert werden. Denn an einer Stange mit einem Gewicht von einigen Tonnen mit 800-1000 km/h entlang zu sausen stelle ich mir auch ziemlich herausfordernd vor. Aber bei den technischen Möglichkeiten eines heutigen Autos, könnte ich mir vorstellen, dass es sicherlich elektronische Helferlein geben müsste, die einen solchen Ritt an einer Stange bewältigen könnten. Ob dann auch diese Geschwindigkeiten durch einen rein elektrischen Antrieb erreicht werden können, ist die nächste Frage, aber es wird langsam ein ausgemaltes Bild, während es in meiner Vorstellung, doch ziemlich abstrakt und farblos war.

So langsam kommt bei mir wieder dieses Bild eines Zugseiles auf, dass das Transportfahrzeug bewegt. Könnte auch eine Variante sein, um mit rein elektrischen Mittel, dieses Gefährt zu bewegen.

Größtenteils harmlos

Kapitel 16
Was rettet die Existenz der Menschheit

Jeder Mensch auf diesem Planeten macht sich Gedanken über sich selbst und füttert ungemütlich sein Ego und das Ego leitet und steuert jeden einzelnen unserer Schritte. Jedenfalls ist das immer eine meiner tiefsten Überzeugungen gewesen. Nicht nur grundsätzlich, ist unser Ego für das gesamte Handeln der Menschheit verantwortlich, sondern unumstößlich ist unser Ego der Antrieb allen Handelns und das ist auch schon immer so gewesen. Erst nach dem ersten Anstoß im Kopf beginnt sich der Verstand in unsere Handlungen einzumischen.

Nach meinen Erfahrungen können Sie, egal welchen Menschen auch immer, zu sich selbst befragen und auf eine aussagekräftige Antwort hoffen. Egal in welcher Sprache auch immer. Betrachtet man sich andere Lebewesen auf diesem Planeten, so stellt man ziemlich schnell fest, dass auch bei Tieren so etwas wie ein Ego existieren muss. Es existiert in der Tierwelt ein Überlebenskampf der mit Ausnahme von Insekten so in sämtlichen Tierarten vorkommt. Nun waren wir Menschen doch auch Teilnehmer dieses Überlebenskampfes, benötigten ein starkes Ego und hatten vermutlich kaum einen Verstand. Zu dieser Zeit war unser Planet gesund und bot uns Menschen alles was wir brauchten. Wir waren nur einige Tausend Exemplare und hatten Platz. Vermutlich haben sich ganze Generationen von Frühmenschen nur mit ihren Verwandten beschäftigt und trafen auf andere Sippen oder Rudel nur im Ausnahmefall. Aus diesen Gruppen von Frühmenschen hätte so ziemlich alles werden können. Wir hätten uns als neue Wasserbewohner oder als kleine Superschweinchen in die Evolution integrieren können. Aber das Universum hatte etwas Anderes mit uns vor und gab uns einen Verstand.

Größtenteils harmlos

Passend dazu entwickelten wir einen Kehlkopf, der es uns ermöglichte diesen Verstand mit anderen zu teilen. Damit fing das alles an. Das Schicksal nahm seinen Lauf.

Erst als sich mit dem Verstand der Austausch von Informationen zur Sprache entwickelte, entstand die fließende Kommunikation die sich seitdem ständig weiterentwickelt.

Und was hat das nun mit den heutigen Problemen dieser Gesellschaft zu tun?

Ganz einfach. Das Universum hatte damals vergessen uns große Teile des Ego's wegzunehmen. Nur mit dem Verstand und der Kommunikation hätten sich diese Frühmenschen nicht zu solchen Erdparasiten entwickelt. So waren wir mit zwei sich ständig widersprechenden Instrumenten ausgestattet, für die wir bis heute noch keine vernünftige Gebrauchsanweisung vom Universum erhalten haben.

Nach einigen tausend Jahren der Entwicklung zu einer schnellen Kommunikation müsste es eine unserer leichtesten Übungen sein zu kommunizieren. Das gilt zwar für große Teile der Menschheit, aber nicht für alle Menschen. Leider gehöre ich auch zu den Menschen die Kommunikation für zu komplex und widersprüchlich halten.

Allein schon die Begrüßung ist ein Phänomen. Die meisten Begrüßungen zwischen uns Menschen beinhaltet immer die Fragen nach dem Befinden des Anderen. Sicherlich ist die Frage und auch die Antwort in unserer Gesellschaft zu einer Art Floskel verkommen und die wenigsten antworten wahrheitsgemäß. Meistens wünscht sich der Fragende auch, dass der Befragte bloß nicht mit der Wahrheit erwidert. Ein kurzes „gut" ohne „und Dir?" wäre das erhoffte Ziel.

Wenn ich nun in meinem verqueren Kopf so darüber nachdenke wie es eigentlich besser wäre eine Begrüßung vorzunehmen, kann doch eigentlich nur die Wahrheit die Lösung dieses Dilemmas sein. Aber wie würde ich antworten, wenn mich jemand begrüßt und dazu meint, dass es ihm egal sei wie es mir geht. Vermutlich würde ich ihm sagen, dass es mir ebenfalls egal sei und er sich doch jemanden anderen suchen solle, den er begrüßen könne. Ergebnis wäre also, dass keine Kommunikation entstünde. Wenn ich also jemanden begrüßen will, dessen Befinden mich nicht weiter interessiert so begrüße ich ihn kurz und knapp und trage ohne Umschweife mein Anliegen vor. Solange mein Informationsbedürfnis rein privater Natur ist, so könnte es passieren, dass mein Gesprächspartner dies ihm gegenüber als unhöflich und unaufmerksam empfindet, sein Ego wäre verletzt und mein Anliegen oder Wunsch ausschlägt. Beginne ich aber ein Gespräch mit dieser allgemeinen Floskel um nach seinem Befinden zu fragen, so hoffe ich auf eine kurze Antwort, die eine Antwort meinerseits unnötig macht und kann mein Anliegen vortragen. Sollte mir dann mein Gesprächspartner dann anfangen zu erzählen wie schlecht es ihm geht oder welches Missgeschick ihn gerade beschäftigt, dann bin ich gezwungen mit ihm seine Problematik zu erörtern, kann somit erst nach einigen Minuten mein Anliegen klären.

In solchen Situationen wünscht man sich, dass man sich tatsächlich für die andere Seite interessiert, denn oftmals wird man unehrlich zu sich selbst und unaufrichtig, was man ja eigentlich überhaupt nicht sein will. Unterbreche ich dann den Austausch von Befindlichkeiten um den Grund meines Gesprächs zu erörtern, dann bin ich wieder unhöflich und unaufmerksam.

Man kann es also für Privatgespräche halten wie man will, am Ende bleibt für mich immer dieser bittere Nachgeschmack, dass die andere Seite mich für unaufmerksam und unhöflich hält. Vielleicht ist das auch der Grund warum mich viele für arrogant und eingebildet halten. In Gesprächen während der Arbeit, die sich um Sachverhalte oder Dokumente handeln, die beiden Seiten bekannt sind, ist das gottseidank anders. „Hallo, ich bin's, kannst Du bitte mal..." und fertig. Warum muss das zwischen uns Menschen immer mit gegenseitiger

Größtenteils harmlos

Anerkennung ablaufen? Reicht es nicht, wenn ich zu meinem Nachbarn rüber renne, um sein „was auch immer" bitte und vielleicht noch die Rückgabe regele, fertig. Nein, du gehst rüber, redest über das Wetter, den Verkehr, die Politik, die neuesten Begebenheiten und nach gefühlten Unendlichkeiten kann man sich dann erlauben, die Wünsche zu äußern.

Es ist immer dieses vollkommen verblödete Ego jedes einzelnen, dass erst noch gekitzelt oder belatschert werden muss.

Dazu muss allerdings auch gesagt werden, dass ich auch Freunde habe, die dieses Verfahren nicht benötigen. Die kann man anrufen oder informieren, ohne sich dabei irrwitzige Geschichten anzuhören. Was ist da anders? Haben die kein Ego?

Natürlich haben die ein Ego, kennen mich aber und wissen, dass ich kein Freund der großen Konversation bin. Brauchen denn Personen, die mich weniger kennen, mehr Zeit um mich einzuordnen? Persönliche Kommunikation bleibt für mich ein Brief mit sieben Siegeln.

An diesem kleinen Schnipsel unserer Kommunikation entnehme ich, dass die Kommunikation zwischen uns Menschen viel einfacher und zielgerichteter wäre, wenn unser gegenüber weniger am Ego gepackt werden müsse.

Was für mich trotz dieses Versagens bleibt, ist die Tatsache, dass sämtliche Menschen ihr Handeln und ihr Vorgehen immer mit ihrem Ego abgleichen. Dabei ist doch klar, dass Verstand und Seele die intelligenteren Berater in unserem Kopf sind. Sie werden aber nicht, oder erst viel zu spät eingesetzt.

Ob ich mir die große Politik anschaue oder den kleinen Polizisten, der mich anspricht. Das Handeln wird immer zuerst durch das Ego und vielleicht später durch den Verstand dirigiert. Wenn ich zuvor geschrieben habe, dass der Leser dieses Buches seinen Geist öffnen solle, so tut er es alleine schon, wenn er in seinen Begegnungen sein Ego zum Schweigen bringt, oder zumindest dafür sorgt, dass sein Ego nicht zum Ziel kommt. Ich meine dabei nicht, dass man sich gänzlich verneint, oder nur noch für andere da ist, sondern dass man einfach seinen Verstand entscheiden lässt. Oft wird ein solches Verhalten mit Großzügigkeit oder Großmut verwechselt. Nein, niemand soll großmütig oder großzügig sein, wenn er es nicht will. So zu sagen, „Sei so wie Du sein willst", ist auch keine Lösung, sondern ist ein direkter Aufruf ans Ego.

Ich denke, dass allen damit geholfen wäre sich seine jeweilige Situation mal bewusst zu machen, sich selbst mal von außen anzuschauen und erst dann nach Verständnis und Logik seine Entscheidung zu treffen.

Als Beispiel bleibe ich mal in der Nachbarschaft und nehme die Situation an, dass mein Nachbar sich gern etwas ausleihen wolle.

Dem Nachbarn hatte ich kurz zuvor etwas kaputt gemacht und ihm Besserung gelobt, obwohl ihm eigentlich klar gewesen sein musste, dass das vor mir kaputt gemachte Objekt nicht anders von mir genutzt werden konnte. Hier weitere Details zu erwähnen würde den Rahmen sprengen.

Variante eins, ich öffne die Tür und mein Ego sagt ihm kurz, dass er sich mir gegenüber nicht korrekt verhalten hat. Daher kann er nichts mehr von mir erwarten.

Variante zwei, ich öffne die Tür und mein Verstand hört sich sein Anliegen an. Nach Prüfung meines Verstandes, dass sein Wunsch umsetzbar ist, wird sein Wunsch erfüllt.

Als Beispiel in der großen Politik kann man die Reaktion von dem Staatenlenker der USA nehmen, dem vorgeworfen wurde, dass er Politikern im Ausland die Unterstützung versagte, wenn diese Politiker ihm nicht bei einem persönlichen Problem helfen würde.

Variante eins, er stellt sich vor die Presse und schildert sein persönliches Problem als Staatskrise und behauptet seine Unterstützung dieser Politiker würde diese Krise nun beenden.

Variante zwei, er beruft eine Pressekonferenz ein, bestätigt die Unterstützung der Politiker und entschuldigt sich bei den Politikern dafür, dass man ihn falsch verstanden hätte. Die Unterstützung sei unabhängig von seinem persönlichen Problem.

Nun hatte sich dieser Präsident der USA dafür entschieden die Variante eins zu versuchen. Das war leider ein Griff ins Klo. Selbst die heutige Selbstherrliche Presse musste mehrfach nachfragen, bis sich der Präsident dazu hinreißen ließ die zweite Variante zu wählen.

Aber wenn ich gerade beim Ego als Thema bin, muss ich doch echt verwundert staunen mit wieviel Ego man in der USA Politik machen kann.

Während in früheren Jahren die Präsidenten der USA genau belegen konnten was sie taten und warum, ist in den Jahren 2017 – 2019 ein Präsident an der Macht, der so ziemlich keine seiner Entscheidungen mit logischen oder verhältnismäßigen Mitteln erklären konnte. Da ist ein Land mit so ca. 320 Millionen Einwohnern und die haben einen Menschen gewählt, der die einfachsten Zusammenhänge zwischen Ursache und Wirkung nicht versteht. Vor dreihundert Jahren sind solche Menschen meistens nicht über das 18. Lebensjahr hinausgekommen, da die Mitmenschen keinen Sinn darin sahen, diesen Menschen zu unterstützen.

Dieser Staatenlenker ist ja nicht der einzige Egomane, den seine Bevölkerung wählt. Auch der Staatenlenker des Vereinigten Königreiches Großbritannien handelt rein nach seinem Ego. Wenn solche Menschen tatsächlich ihr eigenes Leben, mit Haushalt und tagtäglicher Arbeit, organisieren müssten, wären sie hoffnungslos verloren. Den einzigen Antrieb den diese Menschen haben, ist ihr eigenes Wohl. Wenn solche Menschen vor einigen Jahrhunderten die Geschicke der Menschheit beeinflusst hätten, dann würde die Menschheit noch heute auf Bäumen hocken und in der Erde nach Würmern wühlen.

Wenn die Entwicklungen in der großen Politik nicht in den nächsten Jahren zurück zur Logik und Vernunft zurückführt, dann werden es solche Egomanen sein, die für das Ende der Menschheit sorgen werden. Ob das der Brasilianische Staatenlenker, der Engländer, der Amerikaner, der Syrer, der Türke oder der Russe ist, dies sind nur die Vorboten der Apokalypse.

Es gilt für die Zukunft so etwas wie ein internationales Gremium zu schaffen, die solche politischen Luftnummern von vornherein ausschließt.

Ganz besonders dramatisch ist diese Situation für den internationalen Stand der USA. Diese hatte sich in den Jahren nach dem 2. Weltkrieg als beschützende Nation der westlichen Nationen gemausert. Natürlich ist eine Volkswirtschaft von 320 Millionen Menschen für sich alleine schon eine Macht. Da dieses Land aber seine Interessen über ihre Landesgrenzen hinaus, nicht immer positiv für die Menschheit, vertreten hat, ist die USA so etwas wie eine Instanz für Freiheit und Wohlstand geworden.

Nun sitzt diesem Land ein degenerierter Multimilliardär vor, dessen egomanischen Züge an seiner Zurechnungsfähigkeit zweifeln lassen. Nur zur Klarstellung, dieser Mensch kann nichts dafür. Er wurde als Millionär geboren und kennt es nicht anders als rein sein Ego entscheiden zu lassen. Mittlerweile gehört es ja zur politischen Korrektheit sich über diesen Menschen zu belustigen, ihn zu beschimpfen und einfach nicht ernst zu nehmen. Zum einen ist das nachvollziehbar, allerdings vergessen die meisten dabei, dass auch dieser Mensch irgendwo einen Verstand besitzt. Aber so traurig und verhängnisvoll das auch immer ist, diesem Menschen wurde nie erklärt was er mit seinem Verstand anstellen kann. Gut ausgebildet und mit wirtschaftlicher Macht ausgestattet steuert ihn sein Ego zu immer mehr wirtschaftlichen Erfolg und die Bevölkerung der USA ist in Mehrheit diesem egomanischen Vorgehen erlegen. Sie sehen ja nur den wirtschaftlichen Erfolg. Als dieser Mensch nun sich zur Wahl als Präsident stellt ist die Versuchung groß etwas von diesem wirtschaftlichen Erfolg abzubekommen. Wen wundert es nun, dass dieser Mensch gewählt wird.

Das bedeutet für die Länder, die sich auf die Hilfe der USA verlassen hatten, dass sie verlassen sind, denn mit diesem Präsidenten ist auch das Denken und Handeln der USA egoistisch.

Auch eventuell künftige Staatenlenker der USA können diesen angerichteten Schaden am Ansehen dieses Landes nichts ändern. Sollte man nun diesem Egomanen dies vorhalten? Nicht nötig. Die Antwort würde lauten: „Vom Ansehen kann ich mir nichts kaufen". Die USA stürzt in den Rang der weltweiten Bedeutungslosigkeit ab und hat dabei einen Präsidenten der sich selbst als besten amerikanischen Präsidenten aller Zeiten betrachtet.

Nun gut. Reisende soll man bekanntlich nicht aufhalten. Die Staatengemeinschaft hat ja bereits reagiert und wird dies auch weiterhin tun. Ich hoffe, im Sinne der Menschheit.

An diesem Beispiel ist gut zu erkennen, dass sich das Universum vieles einfallen lässt um den Fortbestand der Menschheit zu verhindern. Gut das viele Menschen dies erkennen und gegen ihr Ego kämpfen um weitere Rückschritte und Katastrophen zu unterbinden.

Aber bei all diesem habe ich total aus dem Blick verloren, dass es doch eigentlich um jeden einzelnen dieser acht Milliarden Menschen geht. Genau wie bei den Vorboten der Apokalypse muss sich jeder Mensch, der in einer Gemeinschaft lebt unterordnen, einordnen in die bestehenden Strukturen. Tut der Mensch das nicht, dann fällt er auf. Neben unserem Wunsch ständig anerkannt zu werden hat die Evolution noch einige andere Charaktereigenschaften in unseren Köpfen hinterlassen, die wir unbewusst, ja teilweise wie ferngesteuert, nicht abschalten können.

Dazu gehört auch der innere Trieb, dass wir ständig anders sein möchten als der Rest. Wir erhoffen uns mehr Anerkennung indem wir auffallen. Dabei hilft es, wenn wir auf unser Ego hören würden. Daher ist es für uns Menschen auch so schwer nicht auf unser Ego zu hören. Ja, mit die wichtigsten Bestandteile unserer Gesellschaft fordern ständig unser Ego dazu auf, Dinge zu kaufen oder zu verwenden, die nur den einzigen Zweck beinhalten, aufzufallen.

Falle ich auf, so erhalte ich Anerkennung. Die Umkehrargumentation ist ebenso wirkungsvoll. Ich entziehe demjenigen die Anerkennung, der das eine oder andere Produkt nicht kauft oder verwendet. Funktioniert genauso.

Es dreht sich demnach alles nur um unser Ego, dass ohne Rücksicht auf irgendetwas genau das haben will, was zu Anerkennung und / oder Ruhm und Ehre führt.

Ich spüre förmlich die Kritik hinter dieser Aussage von Menschen, die von sich und vielen anderen überzeugt sind, sich weder durch Anerkennung oder Ruhm geschweige denn durch Werbung beeinflussen zu lassen. Ich bleibe dennoch dabei. Niemand diese acht Milliarden Menschen auf diesem Planeten kann sich von dieser Beeinflussung freisagen. Es sind die unterschiedlichsten Sinne die wir wahrnehmen und auf irgendeinem unserer sechs Sinne ist jeder verwundbar. Ob das die rote Farbe auf Verkaufsangeboten ist, oder die schöne Musik im Hintergrund, oder das super toll duftende Brot beim Bäcker, es besteht nicht nur in einer heutigen Gesellschaft diese Manipulation. Auch die Natur mit ihren Farben und Düften bedient sich dieser seit Jahrtausenden funktionierenden Vorgehensweise.

Es ist daher alles vollkommen natürlich. Der Irrwitz an Ausblühungen und Fehlleitungen in unserer Gesellschaft. Alles was mich so aufregt und alles was in unserer menschlichen Historie schiefgelaufen ist, alles hat einen natürlichen und in uns logisch angelegten Hintergrund.

Größtenteils harmlos

Soll das etwa heißen, dass wenn wir unser Ego überwinden, könnten wir vielleicht auch unsere Menschheitsprobleme lösen?

Versuchen wir es mal. Nehmen wir an, dass unser drängendstes Problem der Klimakatastrophe zu lösen ist, indem jeder Mensch sein eigenes Ego ausschaltet.

Was passiert, wenn alle Menschen auf der Erde nur noch das tun was für die Allgemeinheit gut ist?

Ausgehend davon, dass unser Ego dafür verantwortlich ist, dass wir essen trinken, atmen und schlafen, dann sollte man meine Überlegung mit der Abschaltung des Ego's nur auf die Teile des Ego's schauen, die für unser Konsumverhalten verantwortlich sind. Denn bei einem totalen Abschalten des Ego's würde ja jeder Mensch innerhalb von Minuten sterben. Das würde vielleicht die Klimakatastrophe verhindern, aber wen würde das noch interessieren, wäre ja keiner mehr da.

Also unser Konsumverhalten würde sich nur noch auf die Teile des Konsums beziehen, die eigentlich für jeden einzelnen nicht notwendig sind.

Es würden keine Luxusartikel mehr gebraucht werden, die Hälfte aller Versicherungen wären überflüssig und große Kraftfahrzeuge für Menschen aus der Stadt wäre ebenso überflüssig wie die Hälfte aller Pflegeprodukte und Haushaltsutensilien. Der Energieverbrauch würde sich drastisch reduzieren sowie die Ausgaben für Unterhaltung und Kommunikationstechnik.

Die CO_2 Emissionen würden sich in großen Schritten nach unten bewegen. Da allerdings die Menschen zu großen Teilen ihre Arbeit verlieren würden, könnte ich mir vorstellen, dass das derzeitige Wirtschaftssystem zum Erliegen käme. Mit dem Erliegen der Wirtschaft würde unsere Gesellschaft nicht mehr funktionieren.

Ok, also ist das reduzieren unseres Ego's auch kein so wirklich zielführender Plan zur Rettung der Menschheit auf diesem Planeten.

Wenn man nun aber sein Ego steuern könnte und sich bewusst machen würde welches Verhalten jedes menschliche Wesen auf diesem Planeten ohne Schaden an der Gesellschaft und dem Planeten richtig ist, dann könnte vielleicht so das Wirtschaftssystem verändert werden. Voraussetzung ist aber, dass sich alle Teilnehmer der heutigen industriellen Gesellschaften daran beteiligen. Ausgehend davon das ich als Teilnehmer der deutschen Gesellschaft ca. zu zwei Prozent am gesamten Co2 Aufkommen der Menschheit beitrage, so ist selbst bei sofortiger Einstellung sämtlicher Co2 Emissionen Deutschlands die planet weite Klimakatastrophe nicht aufzuhalten. Selbst wenn die chinesische Gesellschaft ab sofort sämtliche Klimakiller verbannen würde, dann könnte das nichts an der Erderwärmung ändern.

Die dringende und entscheidende Frage ist die Teilnahme sämtlicher Industriestaaten dieses Planeten.

Klimaziele sind derzeit in aller Munde und werden in den Medien rauf und runter diskutiert. Das zwingt die Politiker jedes Landes über dieses Thema zu entscheiden und die Forderungen in Gesetzte Grenzwerte und juristische Vorgaben umzusetzen.

Mein Kommentar dazu ist leider nur ein Tropfen auf den heißen Stein und spielt letztendlich keine Rolle, denn dieser Planet ist bereits soweit vergiftet worden, dass die Vertilgung oder Reduzierung der Menschheit unausweichlich ist.

Selbst mit dem Entstehen einer Jugendorganisation, die sich darüber beschweren, ihnen die Zukunft zu rauben konnte die große Politik nicht umstimmen. Als die Ikone der Bewegung die Vertreter sämtlicher Länder beschimpft und als ein quasi Weckruf „Wie könnt ihr es wagen?" zuraunt, selbst da nehmen die Vertreter dieser Länder das gelassen und denken immer noch an das Wohl ihres eigenen Landes. Anstatt nun endlich dieses verblödete Ego der einzelnen Staaten mal in die Schranken zu weisen und dem Verstand die Impulse zu überlassen, machen diese egomanischen Staaten, voran die USA und China, weiter mit ihrer selbstzerstörerischen Politik.

Zugegeben meine Generation und auch meine Kinder werden unter diesen Umständen kaum leiden müssen und ob die Menschheit in drei bis vier Generationen noch so sorgenfrei unter freiem Himmel spazieren gehen kann oder nicht ist mir vollkommen egal, sagt mein Ego.

Wie in diesem Buch an mehreren Stellen bereits beschrieben, gibt es im Jahr 2019 jeder Menge von Maßnahmen, die die Staatengemeinschaft starten oder ins Leben rufen könnte. Wenn keine dieser Maßnahmen ergriffen werden, ist es die Aufgabe der nächsten Generationen zumindest große Teile der Menschheit zu retten.

Da allerdings die nächsten Generationen ebenfalls mit einem Ego das Licht dieses Planeten erblicken werden ist auch die zukünftige Ergreifung von klimarettenden Maßnahmen fraglich. Wichtig ist daher, meiner Meinung nach, in erster Linie, die richtige Erziehung der zukünftigen Generationen. Denen muss bereits in den ersten Lebensjahren beigebracht werden, dass das Handeln im Sinne der Klimarettung das erste aller Grundprinzipien ist.

Ähnlich wie uns deutschen in meiner Generation eingetrichtert wurde, dass Deutschsein eine Krankheit sei, muss sämtlichen Kindern beigebracht werden, dass das erdweite Klima der Mittelpunkt allen Handelns sei.

Erst wenn dies auch tatsächlich in der großen Politik, in Gesellschaft und Wirtschaft ankommt, dann kann auf eine Abkehr der Menschheit vom Raubbau an diesem Planeten gehofft werden.

Wenn das erreicht ist, dann kann der Fehler des Universums, uns einen Verstand zu geben und dabei nicht das Ego zu reduzieren, korrigiert werden.

Der Schlüssel ist unsere Erziehung und der offene Umgang mit dem Wissen über das Wechselspiel zwischen Ego und

Verstand. So können wir auch unseren Seelen beweisen, dass die Menschen es wert sind dieses Universum weiter zu bevölkern und ggf. größere Aufgaben wahrzunehmen.

Größtenteils harmlos

Kapitel 17
Wie sinnvoll ist unsere Existenz?

Nun lebt unsere Gattung seit ungefähr 50.000 Jahren auf diesem Trabanten, aber erst seit ca. 5.000 Jahren entwickelte sich unser Verstand. Seit ca. 2.000 Jahren schufen unsere Vorfahren so etwas wie eine Grundlage für die heutige Gesellschaft. Seit ca. 400 Jahren begangen die ersten Ergebnisse unseres Verstandes unsere Lebensumstände zu verbessern. Seit 100 Jahren ist unser Verstand soweit Maschinen und automatisierte Industriegüter zu erschaffen.

Wie bereits beschrieben ist unser Verstand dazu in der Lage abstrakte Dinge und Vorstellungen zu kreieren, die dann mit Hilfe von Maschinen oder Werkzeugen in die Tat umgesetzt werden.

Alles was mittlerweile dafür benötigt wird ist Energie. Anfänglich wurden verrottete Urwälder, die sich in Kohle verwandelt hatten, ausgegraben, verbrannt und die daraus entstehende Energie wurde umgesetzt. Später war es dann Öl, dann kam Gas dazu und niemand kam auf die Idee, dass das nicht immer so weitergehen sollte.

Was dabei komplett in der Weitergabe von Informationen vergessen wird ist, dass es bereits seit dem 19. Jahrhundert im Jahr 1838 ein Christian Friedrich Schönbein die erste einfache Brennstoffzelle zur Lieferung von Energie erfunden hat. Weil sich Strom jedoch mit Generatoren leichter und billiger herstellen ließ, führt die Brennstoffzelle ein Nischendasein in der heutigen Stromerzeugung.

Obwohl allen, die mit Kohle, Öl und Gas zu tun hatten, wussten, dass fossile Rohstoffe endlich sind und deren Verbrennung schädliche Reststoffe zurückließ, hat sich über 60 Jahre niemand Gedanken über den Zustand dieses Planeten gemacht. Erst als in den 1960'er Jahren eine junge Generation erwachsen wurde, die nicht im Überlebenskampf gegen Krieg und Hunger beschäftigt war zu überleben, sondern anfing Fragen zu stellen, erst dann wurde dieser

Raubbau ein Thema. Zu diesem Zeitpunkt wäre eine sofortige Abkehr vom dramatischen Ausbeutertum ohne wirtschaftliche Probleme möglich gewesen. Das Prinzip der Brennstoffzelle mit deren Problemen hätte weiter unter Kontrolle gebracht werden können. Die Batterieforschung und nachhaltige Produktion von energiegewinnenden Blockaggregaten hätten auch erzieherisch auf sämtliche Menschen einen Einfluss gehabt.

Auf die generelle Frage, wie sinnvoll die Existenz dieses Menschen auf der Erde ist, kann also nur dann beantwortet werden, wenn man sich den Sinn der Existenz dieses Planeten nähert.

Darauf eine definitive Antwort zu finden ist nur jedem für sich selbst möglich und hängt daran inwieweit jeder einzelne von dem Sinn seiner eigenen Existenz überzeugt ist.

Mein Ansatz sich diesem Konstrukt zu nähern ist allerdings ein komplett anderer. Erinnern sie sich an meine Theorie? Es geht bei meiner Existenz um die Erziehung meiner Seele. Sie wird mich bei weitem überleben und wird von mir in einigen Jahrhunderten nur noch einen Schatten an Erinnerungen haben. Es ist daher meine Aufgabe, die ich für mich selbst entschieden habe, dieser Seele unmissverständliche Impulse zu geben. Meine Aufgabe und meine Existenz sind somit für mich klar definiert und daher habe ich für mich selbst eine Position gefunden.

Viele andere suchen ein Leben lang ihre Position und den Sinn ihres Lebens. Ich denke, dass ist auch gut so. Wenn diejenigen ohne Ergebnis aufhören nach dem Sinn und oder Ziel ihres Lebens zu suchen, dann hat die Existenz dieser Person an Bedeutung verloren und führt meistens zu einem selbstzerstörerischen Verhalten oder zu Depressionen bis hin zur Selbstverneinung.

Nun habe ich diese Probleme, für den Augenblick, hinter mir gelassen. Das soll nicht heißen, dass ich dieses Problem der Selbsterkenntnis für meine Lebenszeit weiterhin besitze. Das soll nur heißen, dass ich in dem anhaltenden und immerfort laufenden Prozess der Selbstfindung derzeit einen Platz innehabe.

Demnach ist unser Planet ein Geburtsort von Seelen, die im eigentlichen Dasein eine Aufgabe im Universum haben, die uns Menschen unzugänglich und unverständlich ist. Im Vergleich zum Alter des Universums sind unsere Seelen sehr jung und müssen erst noch einen Lern- und Ausbildungszyklus durchlaufen. Die Seele beseelen jedes Lebewesen, dafür hat das Universum diesen Planeten mit einigen Tricks für sauerstoffatmende Lebensformen bewohnbar gemacht.

In der Entwicklung dieser Lebensformen hat sich nun die Spezies Mensch zu einem sich selbst bewussten und denkenden Wesen entwickelt. Aufgrund der in diesem Buch hinlänglich beschriebenen Probleme könnte es nun sein dass sich die Menschheit nicht so entwickelt wie vom Universum gedacht, oder die Menschheit macht genau das was sie soll, aber die Existenz der Menschheit, ob Zufall oder Absicht des Universums ist nun eingetreten und es steht die Frage im Raum, ob wir sinnvoller Weise existieren, oder ob unsere Existenz vollkommen sinnlos einfach passierte.

Denn die Frage, das wir existieren, ist selbst für mich zu theoretisch und wird von mir auch nicht in Frage gestellt.

Nun ist es also sinnvoll das wir auf der Erde existieren oder nicht? In meinen bisherigen Ausführungen und dargelegten Überzeugungen hat unsere Existenz tatsächlich Auswirkungen auf den gesamten Planeten. Dies wird zwar von einigen vollkommen degenerierten Menschen verneint und solche Exemplare des menschlichen Daseins finden auch tatsächlich Wissenschaftler, die diese Behauptung unterstützen, allerdings ist die Mehrzahl der Wissenschaftler sich einig, dass unsere Anwesenheit mit nunmehr acht Milliarden Exemplaren und steigender Tendenz einen ziemlich starken Einfluss auf die Erdoberfläche hat. Dies ist auch der Bereich den wir bevölkern, zumindest bisher.

Es ist demnach zu klären ob wir im Sinne des Universums agieren oder gegen den Willen des Universums.

Betrachtet man sich nun die Entwicklungsgeschichte der Menschheit für die letzten 2000 Jahre stellt man immer wieder fest, dass es Einschnitte und Umstände gab, die unsere Existenz stark einschränkten oder uns in unserer Entwicklung zurückwarfen. War das nur Zufall? Andere Spezies wie die Dinosaurier haben diesen Planeten Millionen von Jahren bevölkert und wurden, nach unseren Erkenntnissen, durch einen Meteoriteneinschlag von diesem Planeten getilgt. Kann unser Universum das? Einfach einen Klumpen aus Eis und Gas auf einen Planeten schleudern?

Unsere Seelen sind körperlos und sind in meiner Überzeugung dennoch existent. Sie werden durch eine imaginäre Kraft geleitet oder geführt, die ebenfalls körperlos ist. Demnach kann ein solches körperlose Wesen auch kein Material steuern oder beeinflussen. Daher ist die Vorstellung, dass die Dinosaurier absichtlich durch eine imaginäre Macht vernichtet wurde nicht möglich, geschweige denn vorstellbar.

Alles was ein solches, körperloses, Wesen beeinflussen kann, sind Gedanken. Um Einfluss auf ein Lebewesen zu haben benötigt daher dieses Wesen einen Organismus der sich selbst bewusst in der Lage ist strukturiert zu denken.

Das betrifft auf der Erde in der Regel nur uns Menschen.

Ich gehe daher davon aus, dass durch die zufällige Vernichtung der Dinosaurier auf der Erde das Universum, dass in den Millionen von Jahren sein Ziel eigentlich erreicht hatte, gezwungener Maßen feststellte, dass sich aus den kleinen Nagern immer größere und intelligentere Lebewesen entwickelten. Diese Wirbeltiere erfüllten den Zweck der Beseelung ebenso wie das die Dinosaurier zuvor auch schon taten. Somit war für das Universum der Zweck der Erde nicht komplett dahin. Nun, über die Jahrmillionen entwickelten sich riesige Wasserbewohner und zu Lande immer neue Kreaturen, die die auf der Erde nicht mehr so üppigen Ressourcen miteinander teilen mussten.

Es passierte das was ich hinlänglich mehrfach beschrieben habe. Es entstand in diesem Überlebenskampf um die Ressourcen ein intelligentes, aufrechtstehendes Wesen, dass einen Verstand, eine Sprache und Kommunikation entwickelte. Das war so vom Universum nicht geplant.

Die Frage nach dem Sinn der Existenz auf diesem Planeten kann damit leider zwar nicht in Gänze erklärt werden, stellt aber unsere Existenz in das Licht, dass ich mir vorstelle.

Unser Universum ist mit der Existenz der Menschheit in der jetzigen Form ganz und gar nicht einverstanden und versucht unentwegt diese „Laune der Natur" vom Planeten zu tilgen. Es hemmt unsere Entwicklung und versucht mit den uns beseelenden Seelen in allen möglichen Gedanken zu manipulieren.

Die Erkenntnis, dass mit unserem Verstand auch ein Ego aus dem Überlebenskampf mit Tigern und anderen Raubtieren in uns überlebt hat, hilft den Seelen ungemein. Zudem überfordern wir in den heutigen Gesellschaften unentwegt unsere Widerstandfähigkeit, sowohl seelisch wie körperlich. Auch das, spielt dem Universum in die Karten.

Letztendlich ist es aber unsere Abhängigkeit von Anerkennung und Ruhm, die es dem Universum leicht macht uns zu manipulieren.

Es liegt also allein an uns als Menschheit, unserer Existenz einen Sinn zu geben. Erst wenn wir dem Universum bewiesen haben, dass wir trotz jedem Störfeuer aus Hass, Neid und Missgunst, dennoch eine langanhaltende Zivilisation beizubehalten, dann hat unsere Existenz einen Sinn im Universum.

Bis dahin erfüllen wir unsere Aufgabe so gut es geht. Derzeit steht die Tendenz allerdings auf die eigene Vernichtung. Wir sind auf direktem Weg zur eigenen Auslöschung und somit wäre der Sinn unserer Existenz nicht mehr das Thema, sondern wir würden aufhören zu existieren und das

Universum würde abwarten, welche Spezies nach uns die Seelen großzieht.

Die Frage nach unserer Sinnhaftigkeit müsste also mit den Worten: „Ja, derzeit erfüllen wir noch einen Sinn", beantwortet werden.

Dass das so bleibt, erfordert, dass wir eine bessere Spezies werden, also das jeder einzelne von uns besser wird um diesen Sinn der Existenz weiter erfüllen zu können.

Kapitel 18
Wie muss ein besserer Mensch sein?
Was ist denn eigentlich „Besser"? Besser in welchem Sinn?
Besser kann sowohl das Ego eines Menschen oder einer
Gesellschaft sein, aber auch der Verstand und das
Verständnis kann besser sein.
Mit „Besser" oder „besserer" meine ich hier ganz klar, dass
was besser im Sinne dieses Planeten ist. Abgesehen davon,
dass die Vernichtung der Menschheit das Beste für diesen
Planeten ist, meine ich logischer weise, was besser für den
Planeten ist, wenn wir als Menschheit weiterhin hier leben
wollen und dabei unseren Lebensstandard im weitesten
Sinn beibehalten wollen.
Denn kurz und gut könnte man sagen, dass es besser wäre,
wir würden auf all unsere Errungenschaften verzichten,
würden sämtlichen zivilisierten Standard zerstören und uns
wieder als Jäger und Sammler in die Natur einreihen. Damit
wären das Universum und auch dieser Planet sicherlich
längst möglich gerettet. Da ich in meiner Dekadenz und
Überheblichkeit aber nicht davon ausgehe, dass dies unser
Wunsch sein kann, gehe ich davon aus, dass „Besser" sich
sowohl auf den Erhalt der Erde, als auch auf den Erhalt des
menschlichen Lebensstandards bezieht.
Zum Thema Lebensstandard beziehe ich mich nicht nur auf
Errungenschaften und Erfindungen, sondern auch auf die
gelebte Zufriedenheit, die wir Menschen mittlerweile für uns
selbst erreichen. Auch wenn es Statistiken und
Veröffentlichungen gibt, die einen Rückgang des Glücks
innerhalb unserer Gesellschaft feststellen, so sind wir doch
um einiges glücklicher als dass unsere Vorfahren waren. Wir
nutzen unsere Möglichkeiten die uns die
Kommunikationstechnologien bieten um unsere
Zufriedenheit zu steigern während vorangegangener
Generationen nur eingeschränkt oder verbal kommunizieren
konnten. Das uns in unseren Medien vermittelt wird, dass
früher die Menschen glücklicher waren, grenzt an

Selbstironie der Medien, denn schließlich sind es die Medien, die uns im Grunde genommen glücklicher werden lassen.

Wie die Menschheit als Ganzes überlebt, ist für jeden einzelnen der acht Milliarden im Grunde genommen egal. Jeder einzelne ist im Grunde nur sich selbst gegenüber treu und kann für die Menschheit als Ganzes nichts ausrichten. Jeder einzelne kümmert sich um sich und seine Familie, so wie das der Großteil der anderen Lebewesen auf diesem Planeten auch tut. Je nach dem in welcher Zeit man geboren ist wird man in eine wie auch immer geartete Gesellschaft hineingeboren. Der Geburtsort, sein Geschlecht und der gesellschaftliche Stand sind maßgebend dafür verantwortlich welche Erziehung man erhält und welches Wissen einem vermittelt wird. Mit der Geburt eines Menschen sind die grundlegenden Sachverhalte festgelegt und jeder Mensch versucht Zeit seines Daseins mindestens „das Beste daraus zu machen". Viele versuchen mehr aus sich zu machen, als es zur Geburt festgelegt wurde.

Aufgrund meiner Erziehung und der Gesellschaft in der ich lebe, kann ich nur, dass aus meinem kleinen Blickwinkel die Teile des Planeten, oder der Gesellschaft, kommentieren, die ich erlebt und durchlebt habe. Mich jetzt für sämtliche Gesellschaften dieses Planeten darüber zu äußern was einen zu einem besseren Menschen macht halte ich für Quatsch, denn das was in meiner Gesellschaft vielleicht vollkommen vernachlässigt wird, wird vielleicht in einer anderen Gesellschaft als wichtiges Ziel erachtet und umgekehrt.

Zudem kann ich nur Berichten und skizzieren kann ich allgemein über den Menschen der als Idealbild für diese Menschheit sein Dasein so gestaltet, dass es die Weiterentwicklung der Menschen im Allgemeinen nicht behindert wird. Der dabei zu einer Art Zufriedenheit Aller beiträgt.

Größtenteils harmlos

Damit wären wir bereits beim Kern des Idealbilds. Im Grundsatz muss der Mensch sein eigenes Wohl unter dem Wohl der Allgemeinheit verinnerlichen. Ein Mensch der sich selbst als zu wichtig und entscheidend betrachtet, erreicht nicht im Ansatz die Fähigkeit glücklich zu werden oder andere glücklich zu machen. Somit wird er auch nicht zur Zufriedenheit einer Gesellschaft beitragen. Wenn eine Gesellschaft unglücklich oder unzufrieden wird, so bin ich der Meinung, dass die Weiterentwicklung gestört wird.

Eigentlich ist das auch jedem klar. Vereinfacht betrachtet muss man sich einfach vorstellen das Alle Menschen in der Zeit als sie noch Affen waren, jeder Affe für sich auf einem anderen Ast des Baumes saßen und alle nur an ihren eigenen Hunger und Durst dachten. Sie hätten sich dann einzeln auf die Suche nach Essbarem und Wasser gemacht. Solche Affen hätten keine Chance sich weiterzuentwickeln. Entweder säßen sie auf ihrem Bäumen und wären mit ihrem eigenen Glück beschäftigt, oder sie wären auf Nahrungssuche. Es bliebe ihnen keine Zeit sich um andere Dinge zu kümmern, sie wären komplett mit sich selbst beschäftigt.

Arbeiten aber alle Affen gemeinsam an der Nahrungssuche und würden ihre Aufgaben teilen, so hätte jeder Einzelne weniger zeitlichen Aufwand und es bliebe noch Zeit sich um andere Dinge zu kümmern. Sie würden dann nach dem Grundsatz: „Wenn ich das tue, dann tust Du das, dafür gebe ich dir das und du mir das" leben, würden sich als Gruppe definieren und auch agieren.

Nun kann man dieses Beispiel aus der menschlichen Vorzeit nicht eins zu eins auf den Westeuropäer des Jahres 2019 übertragen, da die Aufgaben bereits verteilt sind, aber im Grunde ist es genau die Sichtweise, die nur noch wenige von uns erkennen. Wir Menschen organisieren uns bis in die Spitzen und nachdem alles organisiert ist, vergessen einige wieder warum das eigentlich so ist.

Mit einem staatlich föderalistischen System, einer Gewaltenteilung, dem demokratischen System und der Aufteilung in Sozialversicherungs-zweige ist dieses Grundprinzip: „Wenn ich das tue, dann tust Du das, dafür gebe ich dir das und du mir das", nicht mehr für jeden erkennbar.

Wir nehmen, jeder für sich, unsere Aufgabe und Berufe wahr und haben den Eindruck, dass die anderen nichts für mich tun und sich auch nicht für mich interessieren.

Dabei ist alleine schon das Ergreifen eines Berufes und oder arbeiten in einem Job der Anteil der Anerkennung die ich allen anderen in meiner Gemeinschaft zuteilwerden lasse. Darüber hinaus fordert diese Gesellschaft nicht viel, aber das Engagement in einem Verein oder das Organisieren von Familien- und oder Freundesgruppen hat eine fast ähnliche Bedeutung.

Neben dem Grundsatz, sich nicht so wichtig zu nehmen, kann also festgehalten werden: Wichtig ist für das Idealbild eines Menschen, das dieser einer regelmäßigen und gesellschaftlich förderlichen Beschäftigung nachgeht. Das da gelegentlich auch mal Menschen ohne eine Beschäftigung dastehen ist in den meisten Gesellschaften des Menschen geregelt und solange der beschäftigungslose Mensch, bei 100% seiner Leistungsfähigkeit, nie länger als einige Wochen ohne Arbeit bleibt, ist das, selbst für das Idealbild eines Menschen, aus meiner Sicht, unerheblich.

Kommt ein Mensch dennoch bei 100% seine Leistungsfähigkeit nicht in eine Beschäftigung zurück, verlässt dieser Mensch das Ansehen des idealen Menschen und sollte dann von der Gesellschaft emotional und wirtschaftlich wieder in die richtige Bahn gelenkt werden. Zumindest wirtschaftlich tun das heutzutage bereits die meisten mir bekannten Gesellschaften.

Diejenigen Menschen, die sich dann wissentlich nicht wieder in die richtige Bahn begeben sollten dann auch von einer Gesellschaft dafür bestraft werden.

Soweit zu dieser zweiten Unabdingbarkeit für einen Idealen Menschen.

Als dritte Eigenschaft sollte der ideale Mensch einen offenen Geist haben und innovativen Ideen positiv gegenüberstehen. Konservatives Verhalten, also in die Vergangenheit gerichtetes Denken, schadet jeder Entwicklung.

Wenn Menschen sich vor einigen tausend Jahren nicht auf dem Weg aus der afrikanischen Tiefebene herausgemacht hätten, weil sie die Idee eines Einzelnen für Quatsch gehalten hätten, dann hätten sie nie die Euphrat und Tigris Region erreicht und festgestellt, dass Ackerbau und Viehwirtschaft funktionieren kann.

Wenn in der heutigen Zeit niemand mehr erkennt, dass es ein Problem mit der Gesetzgebung gibt und weiterhin niemand mehr Ideen zur Verbesserung diese Gesetzte hat, so überholt die Gesellschaft ihren eigenen gesetzlichen Rahmen und zwingt die Gesellschaft sich nicht weiter zu entwickeln.

Als Beispiel könnte man für Deutschland die fehlenden Anpassungen in der Sozialpolitik nehmen, die neben dem demographischen Wandel der Gesellschaft auch die wirtschaftlichen Entwicklungen vollkommen außer Acht lässt. Während man bei der Einführung von dem Gesetz SGB II noch davon ausging das vorhandene Menschen aktiviert werden müssten, so müsste mittlerweile die nur noch wenigen verbliebenen Beschäftigungslosen mehr motiviert werden.

Es fehlt daher in der Politik die Idee und der Wunsch innovativ diese Situation zu ändern. Das wiederum liegt daran, zu wenige innovativ denkende Menschen in der Politik ihre Zukunft sehen. Zwar sind die heutigen Politiker auch bereits ideale Menschen im Sinne der Menschheit, aber sie haben keine eigenen Ideen und sind auch nicht offen dafür, dass man auch mal unpopuläre Entscheidungen treffen könnte.

Es ist also nicht sonderlich schwer ein idealer Mensch für den Fortbestand dieser Menschheit zu sein. Selbst wenn ich gegen meine eigene Gesellschaft kämpfe, sie kritisiere und an Kundgebungen gegen das vorherrschende System teilnehme, gehöre ich ihr an. Erst wenn ich beginne Gewalt als ein probates Mittel zu erwägen, verlasse ich diese Gesellschaft.

Damit meine ich sämtliche Sympathisanten und Mitläufer von Organisationen, die in dieser Gesellschaft Gewalt ausüben, aber dafür von der Gesellschaft nicht beauftragt oder legitimiert wurden.

Bei solchen Organisationen stellt man sich die Frage, warum die überhaupt nicht bemerken, dass sämtliche Äußerungen bis ins Mark verlogen und unaufrichtig sind.

In den meisten Gesellschaften herrscht der Grundsatz der Freizügigkeit. Dies bedeutet, jeder hat das Recht die Gesellschaft zu verlassen. Wenn eine Gruppe von Menschen nun der Meinung ist, dass die Gesellschaft in der sie leben, mit Gewalt geändert werden muss, weil die Gesellschaft nicht so funktioniert wie sie es gerne hätten, dann könnten sie doch einfach diese Gesellschaft verlassen. Entweder sie finden dann eine Gesellschaft, in der sie das so leben können wie sie es gerne hätten, oder sie errichten auf diesem Erdball eine eigene Gesellschaft wo noch keine ist.

Das hat zwar primär nichts mit einer Idealen Gesellschaft zu tun, ist aber eine Möglichkeit Gewalt zu vermeiden.

Jede Art der Gewaltvermeidung ist auch die vierte Eigenschaft des idealen Menschen. Gewalt und die damit einhergehende Zerstörung von Gegenständen oder Lebewesen war zu früheren Zeiten aus der Frühgeschichte der Menschheit oftmals ein Mittel zum Zweck der Erhaltung der Menschheit. Die in unseren Köpfen immer noch existierende Gewalt, oder der Wunsch nach Gewalt ist ein wichtiger Bestandteil unseres Ego's.

Gewalt war über Jahrtausende notwendig um selbst zu überleben.

Heute ist Gewalt ein notwendiges Übel, dass alleine von der Gesellschaft ausgeübt werden sollte. Eine Gesellschaft die sich nicht wehrt ist keine Gesellschaft, sondern eine Ansammlung von Menschen, die wie Opfer auf einer Schlachtbank sitzen und warten das sie endlich drankommen.

Daher ist nur ein grundsätzlich gewaltfreier Mensch ein idealer Mensch. Er kann seine gewalttätigen Gedanken kontrollieren und kanalisieren. Aber auch der ideale Mensch kann sich wehren. Ohne seine eigene Wehrhaftigkeit bleibt er Zeit seiner Existenz ein Opfer in seiner Umgebung, innerhalb seines eigenen selbst.

Die Kurzform eines idealen Menschen, so wie ich ihn mir vorstelle ist also:

-selbstbejahend aber dennoch selbstlos

-einer Beschäftigung im Sinne der Gesellschaft nachgehend

-offen für neue Ideen und Vorstellungen

-gewaltfrei aber dennoch wehrhaft

Kapitel 19
Wie werden wir bessere Menschen?

Eigentlich ist es einfach ein besserer Mensch für diesen Planeten zu sein. Selbst in den heutigen Gesellschaften ist dieses Idealbild für uns fast überall Standard. Allerdings fehlt es zumeist an der offenen Einstellung der Menschen. Diese offene Einstellung, die durch Glaubens- oder Überzeugungshemmnisse oftmals fehlt, muss anerzogen werden und kann in einer bestehenden Generation nicht einfach erzeugt werden.

Das versteht man alleine, wenn man zum Beispiel die Aussage der christlichen Kirchen „Macht die Welt euch Untertan" genauer versteht und hinterfragt. Es kann also nicht ausgeschlossen werden, dass ein besserer Mensch nur der sein kann, der keiner der Erdreligionen folgt oder diese als Grundlage seines Handelns lebt.

Ich denke allerdings nicht, dass man für die Zukunft der Menschheit seinen Glauben opfern sollte. Ich bin ja selbst ein Kind einer Glaubensgemeinschaft und kann mir kaum vorstellen, dass jemand seine Überzeugungen über Bord wirft nur, weil damit in einigen hundert Jahren vielleicht ein Menschheitsziel schneller oder besser erreicht werden kann. Allerdings ist es oftmals eine religiöse Einstellung und oder Überzeugung, die aus uns Menschen, Monster und Tyrannen macht, die eine Weiterentwicklung einer Gesellschaft unmöglich werden lässt.

Sollten jetzt irgendwelche Leser anfangen mich als Ungläubigen oder Atheisten beschimpfen zu wollen, so sei denen hier erklärt, dass ich stolz darauf bin keiner solchen Glaubensrichtungen anzugehören. Es ist also für mich keine Beleidigung oder Beschimpfung mich als Ungläubigen oder Atheisten zu nennen.

Sofern man selbst für sich erkannt hat, dass man das Idealbild eines Menschen noch nicht erreicht hat, oder der Meinung ist, dieses Idealbild nicht erreichen zu können so gratuliere ich Ihnen zunächst dafür, dass sie selbstkritisch

Größtenteils harmlos

mit sich selbst ins Gericht gehen, aber die Messlatte liegt nicht sonderlich hoch und daher ist dieses Idealbild eines Menschen relativ einfach zu erreichen. Was im westlichen Europa allerdings einfach zu erreichen ist, ist aber in Nordwest Afrika nur sehr schwer zu erreichen. Hier in Deutschland heißt es für viele Konsumenten ein Downgrade zu vollführen und in beispielsweise Mali müssen die Menschen versuchen ein Upgrade zu erreichen.

Einschränkungen, die verhindern, dass man dieses Idealbild erreicht können nur in gesundheitlichen oder willentlichen Gründen liegen. Diejenigen, die aus gesundheitlichen Gründen zur Allgemeinheit nichts beitragen können sind zwar nicht in der Lage dieses Idealbild zu komplettieren, sind aber in den meisten Gesellschaften aufgefangen und versorgt. Zudem können sie dennoch wertvolle Mitglieder sein, sofern sie es wünschen. Je nach gesundheitlicher Einschränkung, obliegt es jedem Individuum für die Allgemeinheit tätig zu werden.

Nun sind wir aber alle mit einem Ego ausgestattet. Dieses Ego schreit uns fortwährend an, wir sollten doch lieber unseren eigenen Vorteil suchen. Für die Allgemeinheit etwas zu tun, davon hält unser Ego nicht viel. Es ist ja sowieso den ganzen Tag und auch in der Nacht dabei uns zum Essen und atmen zu animieren. Es sorgt dafür, dass wir ausreichend schlafen und uns pflegen, es sucht unentwegt nach möglichen Verbesserungen unserer Lebensumstände. Die Grenzen sind fließend. Da zu erkennen, wann ich etwas nur für mich selbst und wann ich etwas für die Allgemeinheit tue, sind oftmals nur schwer zu erkennen. Menschen, die einen oder mehrere Partner in ihrem Leben haben, haben zusätzlich das Problem sich mit einer Art Gemeinschafts-Ego auseinander zu setzen. Auch die Frage ob eine Handlung im Sinne meiner Familie oder für meine Gemeinschaft eine Handlung im Sinne der Allgemeinheit ist, ist nicht wirklich leicht zu beantworten.

Größtenteils harmlos

Es geht um Dinge des alltäglichen Lebens, um Dinge die im Grunde genommen automatisch passieren. An welcher Stelle werde ich manipuliert, an welcher Stelle handele ich als ich selbst und an welcher Stelle sind meine Handlungen von jemanden oder der Gesellschaft festgelegt worden?

Es gibt in der heutigen, zivilisierten und aufgeklärten Gesellschaft diese Globalisierung. Was ist denn das schon wieder?

Was macht denn die Globalisierung mit mir persönlich? Die Globalisierung steuert mich. Ohne dass ich etwas dagegen unternehme finden viele Tätigkeiten von mir nur deswegen so statt das sie mir quasi auferlegt sind. Ich bin eine Fahne im Wind. Ich kann aus eigenem Antrieb heraus nicht anders als den von der Globalisierung vorgezeichneten Weg gehen. Sicherlich, ich könnte mich auch dafür entscheiden nicht bei den größten Anbietern von Nahrungsmitteln und Konsumgütern zu versorgen. Aber wenn ich das nicht tue, dann nur zu weitaus schlechteren Bedingungen. Wenn ich nicht die Angebote eines amerikanischen Großkonzerns nutze, dann muss ich für meinen Konsum unverhältnismäßig mehr bezahlen. Wenn ich nicht zu einem der Großdiskounter fahre um meine Lebensmittel zu kaufen, sondern zu einem kleineren regional existierenden Anbieter, dann zahle ich mehr. Wenn ich meine Kommunikation ohne die Angebote der amerikanischen Großanbieter im Internet nutze, dann muss ich nicht nur eine Plattform zur Kommunikation nutzen, sondern mehrere.

Ich bin also in fast sämtlichen Nutzungswegen meines Alltags genötigt Angebote von Großanbietern zu nutzen. Zwar bin ich in der Lage, meinen Bedarf über andere Wege zu stillen, hat aber immer irgendeinen Nachteil. Das Wort Nachteil ist etwas, was mein Ego überhaupt nicht hören will. Zwar sagt mir mein Ego das ich mich vom Rest der Menschheit abheben soll, aber im Falle einer alltäglichen Versorgung soll es doch bitte so schnell, einfach und günstig sein wie es im Allgemeinen möglich ist.

Größtenteils harmlos

Es stellt sich demnach mehrfach täglich die Frage inwieweit ich auf mein Ego höre und meinen Konsum einfach, schnell und günstig befriede und in wieweit ich auf meinen Verstand höre, der mir sagt, sei ein besserer Mensch und sorge für Ausgeglichenheit.

In der engeren Definition eines besseren Menschen ist diese Frage nicht gestellt und hat auch nominell nichts damit zu tun, aber es geht dabei immer mehr darum, wie meine Konsumgüter produziert wurden und was ist nun naturbewusster hergestellt worden. Oftmals ist es eine Lenkungsfunktion, die unser Konsumverhalten mit sich bringt. Mit der Abkehr von den Großanbietern sorge ich dafür, dass sich diese Großanbieter an den Markt anpassen müssen. Letztendlich schade ich dem Großanbieter nicht, denn dieser stellt sich darauf ein und wird zusehen seine Produkte immer weiter an meine Bedürfnisse anzupassen.

Dieser Großanbieter hat auch wesentlich mehr Möglichkeiten um seine Produktion umzustellen als ein kleinerer regionaler Anbieter. Also was mache ich jetzt um im Sinne dieses Planeten alles richtig zu machen?

Wenn ich immer nur auf mein Ego höre, dann werden die Großanbieter immer größer und bestimmen in grauer Zukunft den Markt, die Kleinanbieter verschwinden vom Markt und irgendwann habe ich keine Wahl mehr, ob ich auf mein Ego hören will oder nicht.

Wenn ich vernünftigerweise Anbieter nutze, die es mir umständlicher und teurer machen meinen Bedarf zu stillen, dann unterstütze ich meine Region und sorge für weniger natureinschränkende Emissionen, ich bin unter Umständen ein besserer Mensch. Gleichzeitig erkennt der Großanbieter, dass er weniger erwirtschaftet und um diesen Verlust von Kunden zu vermeiden, prüft er ob er seine Produkte nicht emissionsfreier auf den Markt bringen kann.

Diejenigen, die sich immer weiterhin an den Großanbieter gehalten hatten, erhalten daher auch irgendwann Emissionsreduzierte Waren und der gesamte Konsum richtet sich nicht mehr nach dem Prinzip des Preises, sondern nach dem Prinzip der Naturverträglichkeit aus.

Genau das ist ja unser Ziel. Wir wollen doch bessere Menschen für unsere Erde sein und mit möglichst wenig naturschädlichen Mitteln den größtmöglichen Lebensstandard erzielen.

Neben dem Grundprinzip eines besseren Menschen, generell ist das Konsumverhalten in den westlichen Industriestaaten ein wesentlicher Bestandteil und Anteil am Emissionsaufkommen auf der Erde.

Nicht nur mein grundsätzliches Profil als Mensch ist entscheidend, auch mein individuelles Verhalten im alltäglichen Konsum, sowie in einmaligen Anschaffungen und Vergnügungsaktivitäten, entscheidet über den Fortbestand meiner Spezies.

Ist es also schwer ein besserer Mensch zu sein? Nicht grundsätzlich, aber im Alltag kämpft da unser Ego fortwährend dafür, dass wir es nicht sind. Je nachdem ob ich mein Ego im Zaum halten kann oder eher weniger umso leichter ist es ein besserer Mensch zu sein.

Ist es mir wichtig ein wirklich großes Auto zu fahren, oder reicht mir da eine kleine Knutschkugel, die mich von A nach B bringt? Ist mir ein Urlaub im Heimatland Entspannung genug oder muss ich in den Pazifik fliegen um Entspannung zu finden? Ist mir eine fünf minütige Fahrt mit dem Fahrrad, zum Besuch meiner Eltern möglich, oder fahre ich lieber 50 Sekunden mit dem Auto? Antworte ich auf jede auch nur noch so kleine Nachricht, oder kommentiere ich nicht jeden Schwachsinn.

Jede einzelne Entscheidung, eines jeden, der acht Milliarden Individuen auf diesem Planeten entscheidet darüber wie lange dieser Planet den Parasiten Mensch noch erträgt. Es ist wie das Befüllen einer Flasche. Passt da noch was rein, oder lasse ich das lieber.

Größtenteils harmlos

Kapitel 20
Was ist realistisch?

Heere Ziele, die ich mir da denke. Ständig und überall hat jeder sein Ego im Griff. Der Verstand hat das sagen. Wir sind alle strebsam und haben nur dieses Ziel, auf das alle hinarbeiten. Fabrikbesitzer wie Fabrikarbeiter ziehen am selben Strang. Die Medien, die Verwaltungen, ja selbst die Großkonzerne sind alle darauf ausgelegt, dass das große Ziel, die Rettung der Erde, als oberste Doktrin sämtlichen Handelns gelebt wird. Das Wirtschaftssystem hat reagiert und als oberstes Ziel einer Unternehmung wird nicht mehr der Gewinn, sondern die Naturverträglichkeit erachtet. In sämtlichen Berufen und Studiengängen verinnerlichen sämtliche Generationen nur noch das was unserer Erde guttut, bevor es einer Gesellschaft guttut.

Abgesehen davon, dass meiner Meinung nach, die Automatismen dieses Planeten nicht mehr so einfach gestoppt werden können und selbst die sofortige Abkehr vom Raubbau an den Ressourcen und deren Verbrennung nichts mehr daran ändern können, dass die Erde die Menschheit abschüttelt, ist die Frage ob eine solche Umstellung innerhalb unserer Gesellschaften überhaupt von statten gehen könnte.

Ich denke, sicherlich ist das möglich, aber sicherlich nicht für sämtliche Gesellschaften. Die Anstrengungen, die in Westeuropa vielleicht dazu führen, dass jeder sein Ego so in den Griff bekommt, dass die Vereinbarkeit zwischen Erde und Mensch funktioniert, würde in Osteuropa vielleicht gerade mal die Menschen dazu bringen sich am Hinterkopf zu kratzen. Es ist absolut unmöglich alle Menschen rund um diesen Globus dazu zu bringen ihre Einstellung zum Leben und sich selbst derart neu auszurichten.

Die Frage wie viele Menschen und wo sind auf den Kurs zu bringen muss ich gar nicht klären, vielleicht reicht es die Politik zu überzeugen?

Pustekuchen, das hättest du wohl gerne. Einfach mal die Politiker wachrütteln und schon sind die ganz bei der Sache. So ein Quatsch. Irgendwelche Politiker zu irgendetwas hinzureißen, ist vollkommen illusorisch. Ich habe Meinungsänderungen in der großen Politik bisher nur ein einziges Mal erlebt. Das war als sich der deutsche Staatenlenker zunächst für die Atomindustrie aussprach und nach einem verheerenden Atomunfall verkündete, dass Deutschland sich komplett aus der Atomindustrie verabschieden würde. Ein anderer Sinneswandel ist mir unbekannt. Ok, dieses Wechselbäumchen von einem britischen Staatenlenker der hin zum Brexit, weg von Brexit propagierte, aber der wusste ja selbst zu keiner Zeit was er eigentlich will.

So jedenfalls in der Politik einen Sinneswandel erzeugen ist genauso sinnvoll als wenn man versuchen wolle ein Stahlseil in eine Nähnadel einzuführen. Jeder sieht, dass das nicht geht und alle ermuntern einen dazu. Aber das das nicht geht legt unser politisches System doch fest. Kein gewählter Politiker wird seine Meinung zu einem Thema einfach so ändern, mal ganz abgesehen, dass Interessenverbände eine Heerschar von Lobbyisten auf die Politiker ansetzen, ist es für den Politiker unmöglich eine Meinung zu ändern. Zum einen gibt er mit seiner Meinungsänderung zu, dass er zuvor falsch gelegen hatte und zum anderen stößt er damit seinen bisherigen Wählern vor den Kopf. Er kann ja nicht sehen ob seine Wähler ihre Meinung geändert haben oder ob seine Wähler überhaupt irgendwas wollen, denn er weiß ja nicht wer ihn gewählt hat. Ihm suggerieren ständig irgendwelche Berater und Souffleusen irgendetwas. Woher die ihre Informationen haben, keine Ahnung. Wichtig ist, dass jeder weiß, dass eine Bewusstseinsänderung zwar in der Politik stattfindet, aber niemals ein kompletter Kurswechsel, der sofort und unumstößlich Auswirkungen auf den Alltag der Menschen hat.

Größtenteils harmlos

Als Beispiel brauchen sie sich einfach nur die geschichtliche Entwicklung in Deutschland zu den Zeiten der Weimarer Republik anzuschauen. Die Menschen damals waren gemäßigte Demokraten, sie waren ein wählendes Volk das nach einem verlorenen Krieg in wirtschaftlichen Problemen steckte. Aufgrund eines Fehlers in der Verfassung konnten sich auch extremistische Parteien in die große Politik einmischen. Es bildeten sich zwei extreme ab. Die einen die sich dem Verstand und der Einsicht hingaben, dass wir uns gegenseitig unterstützen mussten und die anderen, die ganz dem Ruf ihres Ego's unterwarfen und der Meinung waren sie sollten Andersdenkende oder anders Glaubende unterdrücken und sich nur mit sich selbst beschäftigen.

Als sich die Wirtschaft langsam erholte hatten die Egomanen mittlerweile feste Bestandteile der großen Politik unterminiert und führten dieses Land in einen Untergang, der geschichtlich einmalig war und heute als drittes Reich bezeichnet wird.

Diese Entwicklung findet derzeit in ganz Europa auch wieder statt und auch wenn die Erfahrungen aus dem dritten Reich jeden bekannt sind, erkennen selbst die Heerscharen von Sozialwissenschaftlern nicht, was ihnen ihre Statistiken und Befragungen sagen. Es ist eine klare Sicht, die ihnen fehlt.

Als 2019 in einem Bundesland eine Wahl zum Landtag stattfand hatten die Nachfolger dieser beiden Strömungen sich ein Kopf an Kopfrennen gegeben und 54 Prozent der Wähler wählten den Verstand und 23 Prozent waren den Versuchungen der Egomanen erlegen. Da sich die 54 Prozent aufteilen, in Parteien, die unterschiedlicher Meinung sind wie man seinen Verstand einsetzt, haben die Egomanen, die eigentlich keine Antworten auf die Probleme des Landes haben, leichtes Spiel ihren Hass und Unfrieden in dieses Landesparlament einzubringen.

Es ist wie überall, den Verstand einzusetzen und zu ignorieren was das Ego von uns will, ist schwer und schwierig. Diejenigen, die diesen innerlichen Kampf entweder nicht führen wollen oder die den Horizont nicht besitzen um zu erkennen, dass es diesen Kampf überhaupt gibt, die folgen, mit oder ohne Gewaltanwendung diesen egomanischen Strömungen.

Also, solange in der Politik die gewählten Vertreter den Interessen der Ausbeutung und Vernichtung der natürlichen Ressourcen weiter nachgehen macht es kaum einen Sinn zu versuchen, die Politik zu überzeugen. Die Einsicht in die dramatische Situation dieses Planeten kann einzig und allein von zukünftig zu wählenden Politikern in Gesetze und Verordnungen hineingebracht werden. Dies kann lediglich über ein Umdenken der gesamten Gesellschaft erfolgen.

Eine Bewusstseinsänderung wird heutzutage über Medien erzeugt und in unseren Schulen und Universitäten vorbereitet. Nun gibt es bereits über unsere Medien Veröffentlichungen die diese dramatische Situation schildert und erläutert. Die Erwärmung der Polkappen dieses Planeten ist auch hinlänglich erwiesen und nicht mehr fraglich. Warum kommt diese Information nicht an? Warum ignorieren die Gesellschaft und die Politik diese Tatsachen? Offen gesagt, ich weiß es nicht.

Dramatische Aufnahmen von Seelöwen in und um den Nordpol, die zeigen wie sich zentnerschwere Kolosse in die Tiefe stürzen müssen, weil ihnen die Eisflächen fehlen um sich auszuruhen, oder ertrinkende Eisbären die keine Eisflächen mehr vorfinden, wo noch vor zehn Jahren riesige Eisflächen existierten. Es gibt einen Haufen von Beweisen und Indikatoren, die jeden einzelnen von uns die Scharmröte ins Gesicht treiben müssen. Selbst diese Informationen verfehlen ihr Ziel. Was kann die Wahrnehmung und Verhaltensänderung unserer Gesellschaften ändern? Was ist realistisch umzusetzen?

Die Realität ist zum Thema Umweltschutz eine der größten Verarschungen in unserer heutigen medialen Gesellschaft. Es gibt diese Strömung des Umweltbewusstseins seit 1982 in diesem Land. Vertreter dieser Strömung sitzen in fast sämtlichen Länderparlamenten und im Bundesparlament und solange diese nicht in politische Verantwortung gewählt sind, so kämpfen und streiten sie mit den Vertretern des zerstörerischen Gesellschaftssystems. Sobald sie aber in Verantwortung stehen und tatsächlich umweltpolitische Entscheidungen treffen, so korrumpiert sie das System zu heuchlerischen Quacksalbern. Sie treffen hier einen Kompromiss und machen dort ein Zugeständnis.

Die erste Generation dieser Heuchler hat es auf die Regierungsbank geschafft und hat weniger naturerhaltende Entscheidungen getroffen als das die Vorgängerregierung getan hätte. Daher bin ich der Meinung, dass es kein Sinn macht die heutigen Politiker einzustimmen und zu versuchen mit denen einen Politikwechsel zu erreichen.

Realistisch ist, mit Werbung und Informationssendungen im Internet wie auch im Fernsehen diese Weltbevölkerung in sämtlichen Ländern über den tatsächlichen Zustand dieses Planeten aufzuklären. Es geht bei diesen Aufklärungs- und Informationstrailern nicht darum zu zeigen wie schlecht wir Menschen sind, sondern darum wie der Zustand derzeit ist und welche Auswirkungen ganz konkret eingetreten sind. Es soll nicht eine düstere Zukunft gezeichnet werden, die in irgendwelchen Generationen zeigt wie die Menschheit immer mehr auf diesem Planeten zusammengetrieben wird und immer größere Bereiche für den Mensch nicht mehr bewohnbar werden, sondern um das was sich jetzt auf die Menschen bereits auswirkt und welche Lebewesen auf diesem Planeten bereits verlieren oder verloren haben.

Realistisch dazu wäre das die staatlich geführten Medienanstalten auf diesem Erdball ihre Sender verpflichten in der Hauptzeit, oder englisch bezeichnet in der Primetime, gewisse Zeiten nur durch Sendungen zur Aufklärung der Bevölkerung zu senden. In Ländern, in denen kein staatliches Fernsehen oder Radio existiert, sollten die Privatsender gesetzlich verpflichtet werden.

Realistisch wäre ein politischer Vorstoß im Rahmen der UN, der Ländern verpflichtet eine Liste der Naturgebiete, die zur Erhaltung der Menschheit relevant sind, zu erstellen. Dazu benennt jedes Land eine Fakultät ihrer Wahl, die berechtigt ist die Wissenschaftler zu bestimmen die diese Liste einreichen.

Sagen wir, die Liste dieser Gebiete wird komplettiert mit den internationalen Gebieten, die einer von der UN bestimmten Fakultät festgelegt werden. Im Anschluss, wenn sämtliche Gebiete festliegen, werden die Staaten von der UN unterrichtet welche Gebiete das sind und das in diesen Gebieten ab einem Stichtag keine natureinschränkenden Maßnahmen mehr beobachtet werden dürfen. Werden solche Maßnahmen aber dennoch festgestellt, werden Sanktionen gegen diesen Staat verhängt. Werden in den internationalen Gebieten natureinschränkende Tätigkeiten wie zum Beispiel Ölverklappung festgestellt, dann wird das Land, das zuletzt in dieser Region beobachtet wurde zur Rechenschaft gezogen.

Die in der UN bereits heute bestehenden Rechte müssten dies möglich machen. Wie bereits erwähnt gibt es innerhalb der UN ein Vetorecht und betrachtet man sich die unterschiedlichsten Interessen der ölfördernden Länder oder den südamerikanischen Staaten, die im offenen Tagebau Rohstoffe abbauen und exportieren um zumindest kleine Teile ihre Bevölkerung zu befrieden, so ist der Einsatz dieses Vetorechts innerhalb der UN nicht verwunderlich. Es ist zwar unrealistisch dieses Vetorecht zu kippen, aber vielleicht ist es realistisch, dieses Vetorecht zu verändern. Länder, die dieses Recht innerhalb der UN verwenden wollen müssen den Grad dieses Rechtes dazu benennen. Handelt es sich um ein Veto, dass unabdingbar durchgesetzt werden muss, dann ist es ein Veto 100%. Handelt es sich um ein Veto um zu zeigen, dass mit weiteren Verhandlungen dieses Veto zurückgezogen werden könnte handelt es sich um ein Veto 25 oder 50 %. Damit könnte

Größtenteils harmlos

erreicht werden, dass innerhalb der UN mehr Entscheidungsmacht, also mehr Handlungsfreiheit bestünde.

Wenn es dann in der Staatengemeinschaft dann noch erreicht werden würde, dass eine gemeinschaftliche Doktrin zur Erhaltung der Menschheit auf den Weg gebracht werden würde, dann wären diese nicht unrealistischen Schritte hin zur Rettung der Menschheit ein kleiner Hoffnungsschimmer am Horizont.

Größtenteils harmlos

Kapitel 21
Worauf muss sich die Gesellschaft einstellen?

Während wir diese realistischen Schritte gehen, treten innerhalb der unterschiedlichen Gesellschaften Widerstände ein. Personen oder Personengruppen, deren Ziel es ist, ihren Gewinn zu mehren, werden gegen die von der UN und von den Ländern neu aufgestellten Regeln abweichen. Sei es mit oder ohne Gewalt werden mediale oder körperliche Maßnahmen regional und International versuchen diesen eingeschlagenen Weg zu unterminieren. Es wird immer die ewig gestrigen in ihren Traditionen verhafteten kleingeistigen Gestalten innerhalb unserer Spezies geben. Sie werden immer Anhänger und Sympathisanten finden. Kurz gesagt, zur Rettung der Menschheit muss der noch verbliebene Restwiderstand zum Stillstand gezwungen werden. Die eingeleiteten Maßnahmen müssen daher prüfbar und wehrhaft ausgestattet sein.

Problematisch ist, dass mit dem Leben im Einklang mit der Natur, plötzlich jeder, der Lust dazu hat anfangen kann die Gesellschaft zu erpressen. Jeder der will, kann mit zehn Liter Benzin in den nächsten Wald fahren und diesen abfackeln. Jeder der nichts auf den Erhalt dieser Menschheit auf diesem Planeten gibt und jeder der sein eigenes Bestreben nach Macht und Wohlstand als wichtiger erachtet wird sich den Regeln und Bestrebungen widersetzen.

Ganze Berufsgruppen und feste Bestandteile der Gesellschaft werden alles nur Erdenkliche unternehmen um den Erfolg dieser Bestrebungen zu verhindern.

Die Ächtung und negativ Darstellung von der Verbrennung der fossilen Brennstoffe wird Spaltungen und tiefe Risse in weite Teile der Gesellschaft reißen. Ganz ehrlich gesagt bin ich persönlich auch nicht sonderlich davon angetan auf Annehmlichkeiten und Errungenschaften meiner Gesellschaft zu verzichten. Aber es hilft ja nichts. Das in meiner oder der nächsten Generation ein einsichtiger

Konsens über die auf uns zukommenden Herausforderungen vorliegt halte ich für fraglich, wenn nicht unmöglich.

Mit dem Blick auf die Tätigkeiten von mir selbst, weiß ich das mein Alltag zu 50 Prozent aus Handlungen wider die Natur besteht. Ob ich einen Lichtschalter betätige, obwohl das restliche Licht noch ausreicht, oder ob ich in mein benzinbetriebenes Kraftfahrzeug steige um einen sportlichen Wettkampf in sechs Kilometern Entfernung zu erreichen. Es sind eben diese eingetretenen Kleinigkeiten, die sich in den letzten 60 Jahren dieser Gesellschaft als normal entwickelt haben. Während es für meinen Vater noch normal war den Weg zu den öffentlichen Verkehrsmitteln mit dem Fahrrad zu bestreiten ist es für meine Tochter vollkommen normal, diesen Weg mit einem Kraftfahrzeug hinter sich zu bringen.

Diese, wie zuweilen auch als spaßbefreit bezeichneten, naturgemäßen und Co2 neutralen, Verhaltensweisen sind aber auch Bestandteil des neuen Denkens, dass erforderlich wird. Daher wird der Widerstand flächendeckend sein und nach demokratischen Gesichtspunkten keine politische Mehrheit, in keiner Gesellschaft, erreichen.

Auf die Frage worauf sich die Gesellschaft in erster Linie einrichten muss, kann ich nur sagen, dass die politischen, demokratischen Grundregeln in Bezug auf die freie Meinungsäußerung und Zusammensetzung der politischen Gremien verändern muss.

Die Fragen nach der Natur und nach dem was für die natürlichen Prozesse auf diesem Planeten betreffen, muss in sämtlichen Gesellschaften als diktatorische Grundregeln vorliegen. Das Zivil- und Strafrecht erhält, ohne Einfluss der regionalen Regierung, Gesetze die Handlungen, die naturschädigend sind als straffällige und zivilrechtlich zu ersetzenden Zuwiderhandlungen gegen die Natur. Das heißt, dass sobald Handlungen die gegen die Entwicklung der Natur stehen, oder Handlungen, die die Natur zerstörerisch schädigen, werden im Strafgesetzbuch aufgenommen. In einigen Gesellschaften gibt es bereits solche Regelungen, wie zum Beispiel in Deutschland das Zerstören eines Bienen- oder Wespennestes bereits unter Strafe gesetzt wurde, was aber meiner Meinung auch zeigt, dass solche Bestimmungen es sind, die zu großen Teilen unverhältnismäßig sind. Es geht zum Beispiel nicht, dass zwei Privatpersonen, die nur für den Eigenbedarf zu viele Steinpilze im Wald sammelten und mit mehreren Tausend Euro dafür bestraft wurden. Der Grundsatz der Verhältnismäßigkeit muss gewahrt bleiben. Dazu halte ich den Einsatz von Kommissionen oder Ratsgruppen als sinnvollstes Instrument.

Als ein weiteres Konzept zur Durchsetzung dieser Regeln, halte ich es für wichtig, dass solche Kommissionen oder Ratsgruppen niemals regional mit dem Ort des Geschehens in Verbindung stehen darf. Ein Gremium zur Entscheidung einer Verfehlung, die diesen Planeten betreffen sollte immer dort zusammentreffen, wo diese Tat keinen direkten Einfluss auf die Natur mehr hat.

Begradigt eine Region zum Beispiel einen Fluss, was sich als naturschädigendes Fehlverhalten herausgestellt hat, dann sollte niemals eine Region unterhalb dieses Flussbettes die zuständige Kommission zusammenstellen. Auch der Grundsatz der Unparteilichkeit muss gegeben bleiben. Das verstößt auch gegen eine der heute existierenden Regeln in der Justiz. Was für andere Delikte als zwingend erforderlich gilt, wie der Gerichtsstand, muss im Rahmen der Regelungen zum Erhalt der Natur genau umgekehrt betrachtet werden. Am besten wäre sogar eine Internationale Regelung.

Die Art und die Heftigkeit des Verstoßes müssen auch berücksichtigt werden. Handelt es sich um ein häusliches und geringfügiges Vergehen, so halte ich eine regionale Ermahnung zum richtigen Verhalten für förderlicher. Handelt es sich um ein häusliches Vergehen, dass Auswirkungen auf weitere Bereiche der Gemeinde haben, so sollte sich dies in der Tat eine überregionale Kommission anschauen und entscheiden. Wenn zum Beispiel ein Privatfahrzeug an einer Position ohne Ölabscheider oder mit naturunverträglichen Mittel gewaschen wird, dann sind die Auswirkungen auf die Reinigungsstellen innerhalb der Kanalisation nur schwer absehbar und müssen mit abschreckenden Strafen verhindert werden. Landet das Abwasser aber nicht in der Kanalisation, sondern versickert im Grundstück, so könnte der Verursacher gezwungen werden innerhalb einer Frist, die Entsorgung und Wiederherstellung seines Grundstücks nachzuweisen. Das könnte dann auch regional entschieden werden.

Die Auswirkungen auf unsere gesamten Gesellschaftsstrukturen wären immens und ich besitze nicht annähernd genügend Wissen und Vorstellungsvermögen um mir sämtliche Fallstricke auszumalen, aber unsere Gesellschaft würde über ihr Limit hinaus auf die Probe gestellt werden, aber mit jedem Jahr das diese Gesellschaft übersteht und mit jeder gewonnenen Überzeugung würde sich die Wahrscheinlichkeit das unsere Menschheit überlebt, erhöhen.

Kapitel 22
Wie erhalte ich die Sicherheit?

Sicherheit? Was ist Sicherheit? Ist es meine eigene, ganz persönliche Sicherheit, oder die Sicherheit in der zukünftigen Gesellschaft, die hier fraglich wird?

Wenn Sie es bisher geschafft haben alle Artikel dieses Buches zu lesen und nicht zwischendurch mal vorgeprescht sind, weil der spaßgehemmte Faktor des Themas sie überkam, dann stehen wir hier mit der Erkenntnis über uns, unserer Position und an welchem Punkt in der Menschheitsgeschichte.

Auch wenn der Scheideweg zwischen weiterer Existenz und unweigerlichem Untergang bereits seit einigen Jahrzehnten an uns vorübergezogen ist, so ist es meiner Meinung nach nicht vollkommen unmöglich, dass die Menschheit den richtigen Weg einschlägt.

Unabdingbar ist dazu das sich jederzeit und jedes der menschlichen Wesen kollektiv und individuell sicher fühlt. Ohne dieses Gefühl der Sicherheit gewinnt immer unser Ego über die Entscheidung zum nächsten Schritt und führt unsere Entscheidung zu einer subjektiv vernebelten und unvernünftigen Verhaltensweise. Die wirtschaftliche Sicherheit und mein persönliches Empfinden, auch noch in den nächsten Monaten zu überleben, bieten mir die gesellschaftlichen Regeln und sozialpolitischen Muster. Sie erinnern sich? „Wenn ich Dir das gebe und Du mir das…“. Ich setze diese Sicherheit voraus, denn ohne diese subjektive Sicherheit über meine Existenz gibt es eh keine Entwicklung.

Die kollektive Sicherheit. Kollektiv gesehen muss sich der Dorfbewohner eines Urwaldstammes in Argentinien anders fühlen als ein Broker der New Yorker Börse, oder? Je nach dem in welchem Umfeld sich eine Gesellschaft befindet, so liegen dieser Gesellschaft auch immer andere Informationen über den Stand der Sicherheit vor. Der Dorfbewohner kümmert sich zumeist um die Sicherheit seines Stammes und hat die meiste Zeit damit zutun Nahrungsmittel und Versorgungsgüter in sein Dorf zu bringen. Er hat demnach wenig Zeit sich zu informieren und etwas über die Sicherheit außerhalb seines Dorfes zu erfahren. Der Broker lebt von Informationen und macht im Grunde genommen nichts Anderes als mit der Sicherheit anderer zu handeln, denn er hat Informationen, die dem Rest seiner Gesellschaft entweder nicht kennt, oder erst in einigen Stunden erfährt. Er wird auch der erste sein, der erfährt, wenn es in einer Gesellschaft unsicher wird.

Diese beiden Extreme bilden aber nicht den Kern, sondern den Rand dessen was auf unsere Gesellschaft zukommt. Während der Dorfbewohner im Amazonas von den zukünftigen Änderungen hoffentlich nichts merkt, so wird sich für den Broker so ziemlich alles ändern. Mit den von mir erwarteten Änderungen, ändern sich die Grundregeln des Handels auf der gesamten Erde. Dabei wird es Gewinner und Verlierer geben. Wenn eines in uns allen immer das gleiche Grundprinzip bleibt, so ist das der Überlebenswille, der bis auf einige Ausnahmen abgesehen, grundsätzlich zu Spannungen und Übergriffen zwischen uns Menschen geführt hat. Nun habe ich im Kapitel 21 beschrieben was realistisch wäre und ziemlich zeitnah umzusetzen.

Diese Maßnahmen, unter der Voraussetzung sie würden wehrhaft und tatkräftig durchgesetzt worden, haben derart weitreichende Auswirkungen, dass die Wehrhaftigkeit selbst zu einer naturzerstörerischen Tätigkeit wird. Waffen- und Munitionsherstellung sind per se naturfeindlich und deren Nutzung, ob staatlich angeordnet oder paramilitärisch indiziert, sowieso. Ist also die Frage, wenn niemand mehr Waffen und Munition produziert, geschweige denn besitzt, wie kann dann noch irgendjemand die Sicherheit auf diesem Globus garantieren? Es muss also so etwas wie ein Waffenmonopol geben. Dieses Waffenmonopol in die Hände von irgendeinem Land zu legen, ist schwierig. Wer ist denn zukünftig für die Sicherheit zwischen den Ländern verantwortlich?

Ausgehend davon das die Einsicht in den Erhalt der Menschheit kompletten Einzug in sämtliche Länderparlamente gehalten hat, dass sämtliche Diktatoren unterworfen wurden und sich sämtliche kommunistischen Regime in wirtschaftlichen Wohlstand bringende Demokratien entwickelt haben, so könnte es doch eigentlich unproblematisch sein, wenn sämtliche Länder ihr Militär und Verteidigungswissen an die Staatengemeinschaft abtreten. Die Stationierung der Soldaten würde sich nicht ändern, die Bedrohungslage, von Nachbarländern überfallen zu werden, würde sich auflösen und die Soldaten hätten nur noch den Auftrag diese Erde und dessen Natur zu sichern. Eine globale Sicherheit bestünde ohne Einschränkung.

Ok, eine Einschränkung die es da gebe ist die diktatorische Haltung der Staatengemeinschaft. Nichts hätte mehr Gewicht als eine Entscheidung der Staatengemeinschaft. Kein Landesparlament könnte gegen den Willen der Staatengemeinschaft agieren.

Nichts Neues! Ein ähnliches Konstrukt hatte sich Georg Lukas für seine Serie „Star Wars" einfallen lassen. Das da die Gemeinschaft unterminiert wird und ein diktatorisches Imperium über mehrere Welten herrschen will ist vollkommen unvollständig und nicht nachvollziehbar, denn welchen Zweck oder Sinn könnte denn eine Gruppe von Menschen haben eine Staatengemeinschaft zu regieren, deren Hauptaufgabe darin besteht Kriege zu verhindern und die Gesunderhaltung dieses Planeten zu sichern.

Die einzelnen Regierungen wären immer noch die Träger der wirtschaftlichen Macht und hätten den Einfluss auf Wohlstand und Reichtum, während in der Staatengemeinschaft weder die Wirtschaft noch die Güterverteilung beeinflusst werden könnte. Somit hätte kein egomanisches Grundkonzept auch nur den Hauch eines Wunsches diese Staatengemeinschaft zu übernehmen, zumal kein einziger Soldat oder kein einzelner Bestandteil dieses gesamtstaatlichen Konzepts auf die Weisungen eines Egomanen hören würde.

Größtenteils harmlos

Kapitel 23
Wehrhaftigkeit oder Terror

Dennoch bleibt die Frage ob sich das Verhalten dieser Staatengemeinschaft als heilbringender Engel oder als unheilstiftender Tyrann erweisen würde. Ganze Industrien und Wirtschaftszweige, die sich auf das Grundkonzept zur Zerstörung dieses Planeten vereinigt hatten müssen ihre Vorgehensweisen und Grundlagen ablegen. Dies führt in riesigen Regionen dieses Planeten zu Aufständen und bürgerkriegsartigen Reaktionen. Es wird Bombenattentate und andere Angriffe gegen öffentliche Einrichtungen geben. Infrastrukturell wird es zu Massendemonstrationen und Protesten, zu Blockaden und Aussperrungen kommen.

Medial und öffentlich wird das Verhalten der Staatengemeinschaft kritisiert und die Autorität wird aberkannt. Die Staatengemeinschaft wird reagieren und einschreiten. Ihr Auftrag die Erde zu retten beinhaltet eben auch den Parasiten zu bekämpfen. Ebenso wie die Regeln der Natur muss diese Staatengemeinschaft auch unbarmherzig und konsequent für die Rechte dieses Planeten eintreten.

Der vielleicht einige hundert Jahre andauernde Erfolg von Erzgewinnung und Bergbau steht in keinem Verhältnis zu Jahrhunderten des Lebens von Millionen von Menschen. Die Verschwendung von nachwachsenden Rohstoffen steht in keinem Verhältnis zur dauerhaften Gewinnung von Sauerstoff.

Der Auftrag der Staatengemeinschaft ist die Polizei der Erde zu sein. Mit dem ausgewogenen Verbrauch von nachwachsenden Rohstoffen und dessen Anbau, bis hin zur Produktion von Sauerstoff sollen ja nichts anderes bewirken als den Verlust von Eisflächen und die Erwärmung des Planeten aufzuhalten.

Dabei ist vollkommen unerheblich, ob die Erwärmung tatsächlich durch den Menschen erfolgt oder die Erwärmung ein Entwicklungsprozess dieses Planeten ist. Die

Erwärmung selbst ist das Problem und die Staatengemeinschaft ist durch sämtliche Länderparlamente autorisiert alles dazu zu unternehmen weitere Zuwiderhandlungen, die die Erwärmung des Planeten fördern zu verhindern.

Stellt sich die Frage, ob es sich bei der Durchsetzung um einfache Wehrhaftigkeit oder um Terror handelt. Ähnlich wie bei der Frage ob das jagen eines Löwenrudels grausam ist oder nicht. Die Staatengemeinschaft muss zwingend alles unternehmen, ungeachtet moralischer Prinzipien oder religiöse Überzeugungen werden die Verursacher, egal welcher Zuwiderhandlung auch immer in ihre Schranken verwiesen. Wie eine Urgewalt hat die Staatengemeinschaft das Recht legal oder illegal eingesetzten Baggern im Regenwald Einhalt zu gebieten. Welche Gewalt sie dafür als notwendig erachtet obliegt den entsendeten Truppen, die nur einen Auftrag kennen, die Erde gegen Angriffe zu verteidigen.

Die Staatengemeinschaft braucht für dieses Eingreifen keinen Gerichtsbeschluss oder irgendeine Verfügung. Weder ein Staatenlenker noch irgendwelche Verantwortliche vor Ort können die Gewalt der Staatengemeinschaft aufhalten.

Das hört sich für einige unter uns als ein Terrorregime an, die einfach ankommen und die Gesellschaft schädigen. Aber genau das ist ja die Absicht, die da hinter steht. Die Erde benötigt ein Sprachrohr, eine Stimme, die von den Menschen gehört wird. Da die Menschheit mittlerweile Maschinen und Instrumente entwickelt hat um die Erde gewaltsam zu vernichten, ist es zukünftig auch das gute Recht der Erde mit ebenbürtigen Mitteln zurückzuschlagen. Damit diese Staatengemeinschaft sich nicht zu einem Menschheitsvertilgenden Monster entwickelt sind die Rechte, zwar nicht in ihrer Anwendung, aber dafür in ihrer Zuständigkeit stark eingeschränkt. Bevor eine gewaltsame Zurückweisung von Fehlverhalten stattfinden kann, ist seitens der Staatengemeinschaft sicherzustellen, dass sämtliche gewaltfreie Optionen ausgeschöpft wurden. Dabei geht es nicht um Verhandlungen oder gerichtliche Entscheidungen, sondern darum, dass die Staatengemeinschaft für sich selbst, diese Entscheidung abwägen darf.

Um daraus resultierenden Terror zu verhindern sind innerhalb dieser Staatenvereinigung Regularien und Mechanismen zu entwickeln, genau das verhindern. Einzig die Kompetenz zur Erhaltung der Natur ist Inhalt dieser Macht. Jeder Mitwirkende dieser Institution verpflichtet sich gegenüber diesem Planeten und kein politisches Gremium das außerhalb dieses Konstrukts sitzt hat Einfluss darauf was im Inneren passiert.

Ich sage nicht, dass eine solche Organisation realistisch umzusetzen ist. Ich sage nur, dass es eine solche Umweltpolizei für diesen Planeten geben muss.

Nur mit gut gemeinten Ratschlägen, Grenzwerten und Sanktionen ist es nicht getan. Die Menschen werden, solange sie auf diesem Planeten wandeln, immer dazu tendieren die Erde zu verletzen. Sicherlich sind die ganz normalen Verhaltensweisen, die uns naturgemäß zugestanden wurden, nicht das Problem. Problematisch werden die zur Massengestaltung notwendigen gesellschaftlichen Einschnitte, die in Produktion und Zusammenleben auf engsten Raum mit Kommunikation und Verkehr einhergehen.

Größtenteils harmlos

Kapitel 24
Fazit

Es ist schwer für meinen Zustand von mir persönlich ein abschließendes Fazit zu finden. Mein Zustand kann nur in diesem Augenblick und nur in diesem Lebensabschnitt beurteilt werden. Für mich persönlich ist die Erkenntnis, dass mein Ego tatsächlich von mir definiert werden konnte eines der entscheidenden Wissenserweiterungen. Zudem ist die Manifestation meiner Theorie über das Leben und den Rest auch eine tatsächliche Erkenntnis. Bevor ich mir schriftlich vor Augen führte in welchen Bahnen ich meine Erkenntnisse gewinne, war die Theorie ein loses und zusammengewürfeltes Etwas. Nachdem ich nun meine Theorie schriftlich zugrunde gelegt habe, ist die Theorie etwas tatsächlich existierendes und ein strukturiertes Konstrukt das mir mehr Stabilität und Sicherheit bringt.

Dieses Buch hat meine Wahrnehmung geschärft. Meinen Blick in vielerlei Hinsicht zu meinen Mitmenschen komplettiert. Fehlendes Verständnis zu Handlungen anderer wandelte sich in Verständnis und wohlwollen. Niemals hätte ich begriffen, dass die anderen Mitmenschen genauso ticken wie ich. Ich war fest davon überzeugt, dass nur ich so denke und das meine Intelligenz nur falsch verstanden wird. Nicht das Schreiben war der letztendliche Schritt zu diesen Erkenntnissen, sondern das Reden über das Schreiben. Die Diskussionen darüber, was ich schreibe und warum, haben die Sinnhaftigkeit verstärkt und vertieft.

Neben meinen Erkenntnissen über mich selbst und den damit einhergehenden Lebensqualitätsverbesserungen sind die Erkenntnisse über die Gesellschaft, oder die Menschheit doch eher ernüchternd, wenn nicht schockierend.

Zum Anfang dieses Buches schrieb ich, dass das Überleben der Menschheit für mich selbst keine Antriebsfeder ist oder relevant für mein „Seelenheil" sein könnte. An dieser Situation hat sich grundlegend auch nichts verändert. Nur meine Rolle in dem Spiel hat sich geändert. Wenn die Zellen in meinem Körper ihre Reproduktion eingestellt haben und mein Dasein schwindet, dann ist diese Menschheit, sofern sie sich nicht gewaltsam selbst vernichtet, noch auf diesem Planeten unterwegs.

Wenn ich mir allerdings die zukünftige Geschichte der Menschheit mir so vor Augen führe, so wie ich sie mir vorstelle, dann weiß ich eines ganz bestimmt. Das Gedächtnis der Menschheit wird besser. Vieles das früher einmal passierte ist im Gedächtnis der Menschheit falsch weitergegeben worden oder komplett vergessen worden. Das wird in

den zukünftigen Generationen nicht passieren. Die Generation, die tatsächlich den Untergang der Menschheit erleben wird, weiß geschichtlich genau und präzise wie dieser Untergang eingeleitet und weiter vorangetrieben wurde. Man wird wissen wer mit welcher Entscheidung zu diesem Untergang beigetragen hat.

Ich will einfach nicht, dass die Kindeskinder meiner Kinder und vielleicht deren Kinder wissen, dass es mich im Stammbaum gab und ich nichts gegen diesen herannahenden Untergang unternommen habe.

Triebfeder der meisten Menschen ist doch, so Etwas wie „unvergessen" zu bleiben. Eine der höchsten Ehren in der christlich-katholischen Glaubensgemeinschaft ist die Heiligsprechung oder im weltlichen ist es der Nobelpreis der den jeweiligen Menschen eine Ehre der Unvergessenheit zuteilwerden lässt.

Es ist auch für die Tyrannen der Geschichte immer ein Antrieb gewesen eine Gesellschaft zu errichten, die nicht nur materiell das eigene Wohlbefinden steigert, sondern auch das Andenken an diesen Staatenlenker verewigt und ihn in die Geschichtsbücher dieses Planeten befördert.

Ich will zwar nicht in die Geschichtsbücher dieses Planeten, aber ich möchte, dass meine Nachfahren sehen, dass ich es nicht war, der diese Situation stillschweigend zur Kenntnis genommen hat. Das für mich mögliche und mir zur

Größtenteils harmlos

Verfügung stehende habe ich unternommen um ein besserer Mensch für diesen Planeten zu sein. Ich habe dabei keine Gewalt angewendet, sofern sie das Lesen dieses Buches nicht als Gewaltakt betrachten. Ich fahre ein altes Auto und erzeuge meinen Strom mit einer Fotovoltaik Anlage.

Ich verbrauche wenig Energie, wenig Wasser. Somit, so rede ich es mir jedenfalls ein, bin ich ein echter Gegner des Klimawandels und trage dazu bei, dass der Untergang der Menschheit nicht aktiv von mir gefördert wird.

In den beschriebenen Zustandsmitteilungen über Bereiche der Gesellschaft, die aus meiner Perspektive erkennbar sind, kann man unschwer erkennen, dass das rein egomanische Verhalten einiger Länder Auslöser und Förderer zum Untergang dieser Menschheit sind.

Ein einzelner Mensch kann an dieser doch sehr fatalen Situation nichts ausrichten. Erst mit Anpassung der erdweiten erzieherischen Erkenntnisse zum Klimawandel und zur Unterstützung von Drittwelt Staaten kann es zukünftigen Generationen gelingen eine erdweite Abkehr vom Raubbau an unseren Ressourcen zu erreichen.

Ob es dann rechtzeitig gelingt, oder klimatische Automatismen diese Planeten bereits unaufhaltbar diesen Planeten unbewohnbar machen ist selbst den renommiertesten Fakultäten dieser Erde unbekannt.

Daher ist es unmöglich ein Fazit oder eine Prognose darüber zu erstellen ob und wie die Menschheit zukünftig überlebt.

Alles was bisher falsch von uns Menschen an diesem Planeten vorgenommen wurde kann nicht in einer Entscheidung oder einer Generation von Entscheidungen rückgängig gemacht werden.

Es kann auch sein das in den nächsten Jahren bereits eine unabdingbare Voraussetzung für sauerstoffatmende Lebewesen auf diesem Planeten verschwindet. Sei es das schützende Magnetfeld der Erde, oder die Ozonschicht. Es kann urplötzlich ein Ungleichgewicht durch interstellare Ereignisse auftreten, die uns Menschen auslöscht.

Also was können wir tun?

Jedenfalls nichts, was eine sofortige oder unumstößliche Veränderung des Zustands der Erde bewirkt.

Vor einem Handeln, dass wir uns wünschen, ist zunächst das Bewusstsein über den Wunsch und die Gewissheit darüber, dass ein Handeln erforderlich ist. Wir brauchen daher diese Gewissheit und dann den Wunsch, dass ein Handeln erfordert.

Da liegt schon der Hund begraben. Die Menschheit hat bisher noch nicht die erdweite Gewissheit darüber, dass die von mir hier, in diesem Buch, beschriebenen Zustände verursacht hat und das ein Handeln der Menschheit erforderlich ist.

Ist diese Gewissheit vielleicht erreicht ist der Schritt zwei, dass es der Wunsch der Staatengemeinschaft ist, diese Menschheit zu retten. Ohne Gewissheit auch kein Wunsch.

Gibt es im Jahre 2019 ein Menschheitsgremium, dass in der Lage ist, aus allen Staaten dieser Erde, diese Gewissheit und diesen Wunsch zu artikulieren? Sicher gibt es Gremien die sich um Erdpolitische Themen kümmern.

Können dort, in den bestehenden Strukturen Entscheidungen, bindend für jeden einzelnen Staat, getroffen werden?

Solange es das Vetorecht einzelner Staaten zu Resolutionen gibt, ist das nicht der Fall. Ist ja bereits in den vorherigen Kapiteln hinlänglich beschrieben worden.

Mein Vorschlag und erstes Fazit ist daher die Aufhebung sämtlicher Vetorechte sämtlicher Staaten in sämtlichen internationalen Gremien dieser Erde.

Nach der Auflösung dieses Vetorechtes wird ein wissenschaftlicher Plan und eine gesellschaftliche Doktrin für jedes einzelne Land erstellt.

In diesem Plan geht es nicht um die Einhaltung errechneter Grenzwerte oder irgendwelcher Vorgaben, die eh nur

Vorgaben sind, sondern um Ergebnisse. Ergebnisse, die vom Gremium selbst überprüft werden und bei Nichteinhaltung zu Repressalien an diesem Staat führen. Die Staaten verpflichten sich vor Festlegung der Ergebnisse, dass sie mit sämtlichen Repressalien einverstanden sind und damit sind die Voraussetzungen zumindest auf dem Papier und in der Willensbekundung zum Überleben der Menschheit gegeben.

Nun geht es nur noch um die Umsetzung dieser Doktrin, was das schwerste und langwidrigste in diesem Prozess sein wird. Schafft die Menschheit diese Umsetzung, ohne sich zu zerstreiten und ohne Kriege, dann ist ein Überleben sichergestellt. Aber selbst dann verschwindet dieser Wunsch und die Gewissheit über das Fehlverhalten der Menschheit wieder aus den Köpfen der Menschen und die Menschen könnten wieder anfangen diesen Planeten zu verwüsten. Es ist daher für alle Zeiten sicherzustellen, dass dieser Wunsch und diese Gewissheit bestehen bleibt.

Wenn ich von allen Zeiten spreche, dann doch nur für die Zeiten in denen dieser Planet noch in diesem Sonnensystem und dieser Galaxie Bestand haben kann.

Bei der Sonnenausdehnung unseres Sternes die er bis zu seinem Ende durchlebt, wird die Erde unweigerlich in einigen tausend Jahren ausgelöscht.

Es ist zum Fortbestand der Menschheit also unabdingbar, dass die Menschheit in den nächsten Jahrhunderten lernt, diesen Planeten zu verlassen. Das fängt mit der Erkundung unseres Mondes an, führt uns zur Eroberung dieses Sonnensystems, bis hin zur Verbreitung in andere Sonnensysteme, deren Sonnen noch weiterhin Kraft und Licht spenden ohne uns zu verbrennen.

Sicherlich ist das alles Zukunftsmusik und klingt in unseren Ohren wie ein totaler Wahnsinn, der jegliche Realität vermissen lässt. Aber als vor ca. 140 Jahren da ein Ingenieur und Fantast anfing ein Gefährt zu bauen, das es uns ermöglichen sollte schneller als ein Pferd zu sein, da haben auch die Ohren der meisten Menschen angefangen zu klingeln. Als einige Jahrzehnte später ein Ingenieur auf die Idee kam mit Radiowellen Informationen hin und herzuschicken, dachten auch viele Menschen wie blödsinnig das sei. Vollkommen unnötig, so ein Quatsch. Aber was haben wir daraus gelernt?

Anscheinend nichts.

Noch immer denken die Menschen in ihrer Zeit, sie seien modern, aufgeschlossen und noch mehr zu erreichen sei unmöglich.

Auch das muss endlich ein Ende finden. Genauso, wie wir unseren zukünftigen Generationen eine Erziehung zum Einklang mit der Natur und diesem Planeten einhämmern müssen, so müssen wir ebenfalls für einen offenen Geist und der Verneinung sämtlicher rückwärtsgerichteter Gedanken sorgen.

Gesellschaftlich und politisch werden Traditionen und Rituale hochgehalten, die ein in die Zukunft gerichtetes Denken oftmals entweder verbietet oder vermeidet. Auch das muss ein Ende haben.

Die Entstehung von den unterschiedlichsten Glaubensrichtungen hatte den Zweck das die Staatenlenker und Glaubenslenker eine stabile Gesellschaft formen konnten. Der Glauben verband die Menschen.

Er war für die Entstehung von Wohlstand und Sicherheit notwendig.

Ich glaube ja selbst auch und bin mit meinem Glauben alleine.

Dennoch beginne ich keinen Krieg in meinem Umfeld. Sollte es so sein, dass Glauben und Frömmigkeit der einzige Weg ist um eine Gesellschaft zu erhalten, dann halte ich nichts davon, diesen Glauben zu mindern oder ihn abzulegen. Allerdings ist der Glauben schon seit einigen Jahrzehnten nicht mehr der Kitt der diese Gesellschaft zusammenhält.

Es gilt somit, dass zukünftige Generationen andere Wege finden um stabile Gesellschaften zu formen und wir dürfen kein Hindernis dafür sein.

Es ist daher meine tiefste Überzeugung, dass wir in unseren Nachkommen bessere, freiere und unvoreingenommene Menschen investieren müssen.

Wir selbst müssen unsere Überzeugungen, unseren Glauben und unser Dasein nicht auf unsere Kinder übertragen. Wir verhindern, indem wir unsere Maßstäbe auf unsere Kinder übertragen, dass diese in der Lage sein werden, sich selbst zu retten.

Auch wenn ein großer Staatenlenker des deutschen Volkes es nur zum Wohle des deutschen Volkes mal sagte, so hatte, er im Sinne des Überlebens der Menschheit, recht wenn er sagte: „Jeder soll nach seiner Fasson Seelig werden".

Nur mit der notwendigen Freiheit und Sicherheit einer sich entwickelnden Gesellschaft wird die Menschheit die notwendigen Erfindungen und Innovationen voranbringen, die ein Überleben, nicht nur auf diesem Planeten, sicherstellt.

Als Gesamtfazit für den gesamten Zustand der heutigen Gesellschaft und den Strömungen, die das für und wider zwischen Erhalt und Zerstörung der Menschheit wiederspiegeln bin ich unentschlossen und zitiere daher gern die Worte des Schriftstellers Adam Douglas in seinem satirischen Roman „Per Anhalter durch die Galaxis". Der jetzige Zustand von Gesellschaft und Planeten ist „Größtenteils harmlos".

Da diese Aussage vielleicht etwas verwirrt, sei hier dazu erläutert, dass damit gemeint ist, dass die menschliche Zivilisation nicht der Nabel der Welt ist und nichts wird so heiß gegessen wie es gekocht wurde.

Die Erde und ihre Bewohner, sich nicht als zu wichtig nehmen sollten.

Es gäbe schließlich noch andere und bedeutendere Zivilisationen, die zumeist größere Probleme hätten als wir Erdbewohner.

In diesem Sinne, leben sie ihr Leben! Betrachten sie sich als eines von acht Milliarden Wesen! Sorgen Sie dafür, dass die anderen Wesen auch ihr Leben leben können, sowie die es wollen.

Es ist vollkommen in Ordnung andere acht Milliardstel verändern zu wollen, meiner Meinung nach. Wenn man aber nichts dazu beitragen möchte, dass sich etwas ändert, ist das auch vollkommen in Ordnung.

Wenn man sich die Situation der Menschheit im Einzelnen genauer betrachtet, dann kommen die unterschiedlichsten Quellen zu den unterschiedlichsten Ergebnissen. Lassen sie sich nicht blenden und achten Sie nur auf Tatsachen, die logisch sind.

Sind die derzeitigen Probleme dieses Planeten vom Parasiten „Mensch" ausgelöst oder nicht? Es spielt einfach keine Rolle. Diesen Planeten selbst juckt es nicht die Bohne, ob die derzeitigen Bewohner mit den Entwicklungen einverstanden sind oder nicht. Tatsache ist, dass die derzeitigen Bewohner, ob Mensch ob Tier, mit den derzeitigen Entwicklungen nicht einverstanden sein können. Ergebnis kann nur sein, dass wir Menschen diese Entwicklungen stoppen müssen.

Bleibt die Frage nach dem Zeitpunkt. Ist der Zeitpunkt überschritten oder nicht? Auch das spielt doch keine Rolle. Ist er überschritten, dann haben wir wohl keine Chance, sollten aber nichts unversucht lassen. Ist er noch nicht überschritten, dann verhindern wir den Exodus.

Schließen will ich mit einem Zitat, das ebenfalls aus dem Roman „Per Anhalter durch die Galaxis" stammt und die

Grundhaltung von uns Menschen zu den auf uns zukommenden Herausforderungen am besten beschreibt.
KEINE PANIK!
Ihr Alt PJB

Größtenteils harmlos

Kapitel 25
Was heißt hier KEINE PANIK

Eigentlich ist alles gesagt, bzw. geschrieben. Das Buch sollte hier enden und ich dachte nun hat der Leser das mitbekommen, was ich meine, was dieser Menschheit in der Summe fehlt. Um dauerhaft die Existenz der Menschen auf diesem Planeten zu garantieren, müssten sich einfach alle Menschen an die eigene Nase fassen und dann wird das schon werden.

Das ist aber nur zum Teil richtig.

Während ich so mit mir beschäftigt war und dieses Buch so vor mich hin tippte passierte etwas. Teilweise nahm ich das auch in meinem Buch mit auf und kommentierte die eine oder andere Begebenheit, die ich aus meinem Blickwinkel so wahrnahm.

Die Dramatik, in der sich die Menschheit gerade befindet ist aber, so mein Empfinden, noch nicht drastisch genug zur Geltung gekommen. Wer sind wir als Menschheit denn schon, als das wir uns als den Schlüssel allen Handelns auf diesem Planeten aufplustern. Wir Menschen in der vierten Stufe aller Menschen bewohnen diesen Planeten so selbstverständlich als das wir uns nicht im Ansatz eine Vorstellung davon machen könnten wie armselig und trist dieser Planet ohne uns wäre. Jeder einzelne von uns nimmt sein Dasein und Existenz einfach so hin. Ausgenommen von einigen wenigen Querulanten und Spaßverderbern, tingeln wir mal nach Australien oder Japan, wenn es uns danach ist fliegen wir nach Hispaniola oder besuchen bei Bedarf die Rocky Montains. Jeder, der unbedingt will kommt an fast jeden Ort und verbraucht dafür Ressourcen ohne sich über die Folgen länger einen Kopf zu machen.

Der Erde selbst ist das vollkommen egal. Die würde auch mit einer Sauerstofffreien Atmosphäre, oder ohne jede Atmosphäre so weiter kreisen. Auch Wasser oder Licht interessiert diesen Planeten nicht im Geringsten. Auch ob diese Kugel mit ihrem Eisenkern hier um diesen Stern herumeiert oder ob um diesen Klumpen ein Mond kreist, alles das sind Tatsachen, die da sind, aber diesen Planeten nicht interessieren, es ist nur Materie die in einer gewissen Konstellation zu anderen Materien steht und durch dutzende Zufälle es gerade mal solchen Lebewesen wie uns erlaubt hat sich zu entwickeln. Nun haben wir so Etwas wir ein Verständnis für uns selbst und diesen Planeten entwickelt und man könnte sagen, wir sägen vollen Inbrunst und Hartnäckigkeit an dem Ast auf dem wir sitzen. Wenn dieser Ast erst einmal durchtrennt ist, dann wissen wir nicht was kommt.

Der Materie auf der wir sitzen ist um ein Vielfaches konsequenter und durchsetzungsfähiger als wir das sind. Die Befürworter dieses Weges der Menschheit und die Herunterspieler unserer Gesellschaften zum Klimawandel, denken nicht im Traum daran, dass es für sie irgendeine Rolle spielt.

Da sitzen in einer Pariser Klimakonferenz die Vertreter von hunderten von Nationen, die über Ziele reden, die auch wenn man sie einstimmig befürwortet würden, nicht im Ansatz die Auswirkungen des Parasiten Mensch verringern würde um diesen Zustand der Bewohnbarkeit dieses Planeten beizubehalten. Dennoch sitzen da drei Generalvollidioten von den Ländern Australien, Brasilien und den Vereinigten Staaten von Amerika, die sämtliche dieser minimalistischen Ziele ablehnen, da sie in ihrem eigenen Land dadurch wirtschaftliche und sozialpolitische Schwierigkeiten erahnen. Das kann sich echt keiner ausdenken, das ist kein Drehbuch oder irgendein Spielchen. Das Land mit den höchsten aller Ressourcen zerstörenden Umständen ist das Land China. Wie dieses Land im Rahmen dieser Klimakonferenz abgestimmt hat, habe ich nicht recherchiert. Denn die lapidare Aussage der dort in China berichtenden Staatsorgane verkündete noch einige Monate zuvor, dass der Bau der 800 Kohlekraftwerke sei auf einem guten weg. Man hätte in kürzester Bauzeit mittlerweile über

200 Kraftwerke ans Netz bringen können. Zugleich berichteten die Gesundheitsorganisationen aus Sydney, dass der Dauersmog, der durch die verherrenden Waldbränden in Australiens Hauptstadt herrsche, mittlerweile zu stark erhöhten Anzahlen von lungenerkrankten Bewohnern geführt hätte. In Italien und Frankreich würden die derzeitigen Hochwassermarken alle Rekorde brechen, berichteten es ebenfalls in der gleichen Zeit.

Ich denke, dass reicht noch lange nicht. Bevor Einigkeit im Staatenbund der Menschheit eintritt muss erst die erste Hälfte der Menschheit durch Katastrophen oder Seuchen dahingerafft worden sein.

Erst wenn die mächtigen Staaten merken, dass die Flüchtlingswellen ihr eigenes Land übervölkern, dann bemerken die, welchen Gefallen sie dem Universum getan haben. Derzeit wiegen sich diese Querleger noch in Sicherheit, weil sie zum einen vermuten, dass sie das nicht trifft und zum anderen halten sie sich für wehrhaft genug um ihre Interessen zu wahren. Selbst die überzeugtesten Sauerstofffreunde und Klimaaktivisten werden in diesen Ländern immer leiser, wenn sie merken, dass es die südlicheren Länder sind, die als erstes dran glauben müssen.

Sicherlich besitzen diese Staatenlenker bereits Pläne zur Absicherung ihres Landes, falls die Flüchtlingsmassen auf deren Grenzen zusteuern. Ich rufe diesen Staatenlenkern zu: „Es wird euch nichts nützen". Wenn man aus der Menschheitsgeschichte eines gelernt haben sollte, Menschen lassen sich nicht dauerhaft ein- oder aussperren. Das klappt sicherlich für ein oder zwei Jahrzehnte, aber das funktionierte bisher nie dauerhaft.

Es wäre nun ein leichtes mit einigen Zugeständnissen dafür zu sorgen, dass die Menschheit ihre Probleme und ihren Planeten soweit in den Griff bekommt um eine Zukunft möglich zu machen. Wird aber aus lauter Kleingeistigkeit

Größtenteils harmlos

und Selbstignoranz unterlassen. Vielleicht sind es auch politische Zugeständnisse oder strategische Tricks um die Staatengemeinschaft auszutricksen. Es könnte zum Beispiel sein, dass die USA China verspricht bei der Klimakonferenz zu blockieren, damit China nach außen bei der Klimakonferenz schön mitheulen kann. Im Gegenzug verringert die USA Einfuhrzölle auf chinesische Produkte. Es ist so vieles denkbar und vieles liegt auch im Bereich des Möglichen, aber niemand hat dabei einen wirklichen Vorteil. Am Ende sitzen alle Menschen auf demselben Boot. Das Boot ist bereits am Sinken und während sich ein Großteil der Crew daranmachen um die Löcher zu dichten und das Wasser abzuschöpfen, lachen sich da einige Staaten ins Fäustchen und schlagen immer neue Löcher ins Boot. Wenn das Boot dann tatsächlich sinkt stehen die lachenden Staaten noch als letzte oben auf. Da sie nicht mehr in der Lage sind dem Boot weiterhin Schaden zuzufügen wird sich das Boot wieder erholen. Die Überlebenden werden mit dem dann immer weiter aufsteigenden Boot weiterfahren.

Dann besteht die Menschheit eben nicht mehr aus acht Milliarden Menschen, sondern nur aus so zwischen 2.500 bis 250 Millionen. So what?

Nun wenn man sich das so vergegenwärtigt muss man sich einfach nur die Frage stellen ob das einen stört. Dazu müsste man wissen, wen es betrifft und wann. Dann müsste man die betroffenen Länder fragen, was sie von der Idee halten, einfach mal nicht mehr zu existieren. Letztendlich muss man dann fragen: „Warum dürfen denn alle Länder ihr Veto dazu einlegen".

Es wird doch sicherlich Länder geben, die das weiniger betrifft als andere. Welche sind das? Ist es denn nicht vielleicht so, dass die Länder, die derzeit alles daran setzen die Bewohnbarkeit dieses Planeten voranzutreiben, die Länder sind, die vom Klimawandel am wenigsten merken werden?

Die ganze Diskussion ist demnach nicht eine volldegenerierte Verblödung einiger Staaten, sondern unter Umständen so Etwas wie eine Neuaufteilung der Ressourcen dieses Planeten. Die afrikanischen Staaten werden demnach die ersten sein, die die Auswirkungen des Klimawandels nicht standhalten können. Setzen sich also bereits heute einige Staatenlenker mal zusammen und halten Ausschau nach Ressourcen, die zu späteren Zeiten mal wertvoll sein könnten. Nicht doof.

Bis zum heutigen Tag habe ich noch nicht einmal etwas über starken Widerstand der afrikanischen Staaten vernommen, der in irgendeiner Form, für die Industrienationen, hätte bedrohlich werden können. Die afrikanischen Politiker sind derart steuerbar, dass von der Seite vermutlich auch kein Widerstand zu erwarten ist. Wer müsste Panik bekommen? Der westliche Schriftsteller in seinem warmen Büro? Der afrikanische Taxifahrer, der trotz seines Jobs am Anfang des Monats nicht weiß wie er seine Familie über den Monat bekommt, wenn nicht seine zehnjährige Tochter und sein achtjähriger Sohn jeden Tag mindestens vier Stunden Wasser ins Dorf tragen würden?

Sie können sich das ja mal überlegen. Im Übrigen ist es vollkommen egal welcher Landstrich der erste ist, der unbewohnbar wird. Es werden die vermeidlich reicheren Länder sein, die in die Landstriche ziehen, die am bewohnbarsten sind. Sollten die Umstände in Mitteleuropa nach dem Ausbleiben des Golfstroms sich Richtung der vierzig Grad Minus bewegen, werden die mitteleuropäischen Staaten mit oder ohne Gewalt in die Regionen südlich des Mittelmeeres einwandern und dort ihre Rechte sichern. Die dort ansässige Bevölkerung wird sich das Wohl oder übel gefallen lassen müssen. Das Recht wird dort auch vom stärkeren bestimmt. Daher wird die Menschheit letztendlich nur durch Katastrophen minimiert, sondern wird sich selbst minimieren.

Größtenteils harmlos

Die Klimaexperten der Länder werden bereits Heute an den möglichen Szenarien und Rechnungsmodellen sitzen und ermitteln was wann auf dieser Kugel passiert. Schon Jahre im Voraus werden die Industrienationen darüber informiert sein, als dass die Schwellenländer sich überhaupt Gedanken dazu gemacht hätten. Es werden vor Eintritt der Naturkatastrophen die notwendigen Umsiedlungen und Vertreibungen vorgenommen, mit allen damit einhergehenden Nebenwirkungen.

Lander wie China, die USA und Australien sind derart groß, dass die innerhalb ihrer Länder selbst die Umsiedlungen vornehmen. Was machen aber kleine übervölkerte Länder wie die Niederlande oder Deutschland? Es gibt für diese Länder keine Alternative, als nach Süden auszuwandern, umzusiedeln. Wenn der Meeresspiegel wie vermutet in den nächsten 100 Jahren um 7,5 Meter steigt, dann bleibt von den Niederlanden nicht mehr viel übrig. Die derzeitige Ausstockung der Wehre und Deiche auf ein Niveau über 2,5 Meter über Normal ist lediglich ein Spiel auf Zeit und wenn die Nachstaaten wie Deutschland und Frankreich nicht mitmachen kommt das Wasser halt von den Seiten ins Land. Nun geht es Ländern in Europa derzeit gut und besitzen die Technik und die Mittel sich einzustellen. Was ist aber mit Staaten am Pazifik. Die haben bereits heute, bei einem Anstieg von wenigen Zentimetern, das Problem, die Fluten nicht zu beherrschen. Selbst nicht der Auslöser zu sein und dennoch das Opfer zu werden, ist dabei nur eine Randnotiz, die in den Geschichtsbüchern unserer Nachkommen wohl kaum Erwähnung finden wird. Größere Städte wie Hongkong oder New York werden sich anpassen und baulich Wege finden, es sei denn, dass es die Temperaturen sein werden, die uns zuerst treffen. Gegen zu hohe oder zu niedrige Temperaturen kann man sich nicht so richtig wehren, gerade wenn es um Landwirtschaft und Fischerei geht.

Das Alles ist ein herumstochern in der Ahnungslosigkeit, soll aber genauer darlegen wie dramatisch die immer weiter eingeschränkte Bewohnbarkeit dieser Erde sich auswirkt. Die ersten Auswirkungen lassen nicht mehr lange auf sich warten. Die Frage an die Staatengemeinschaft ist also die: „Wann handelt ihr mit Gewalt?" oder, „Wie lange wollt ihr Euch noch von offensichtlich ahnungslosen Staaten verarschen lassen?"

Auch wenn es sicherlich nicht von diesem kleinen schwedischen Mädchen stammt, aber gesagt hat sie es. „Verfalt bitte alle in Panik!".

Es ist längst an der Zeit. „Keine Gewalt", ist bald auch keine Lösung mehr. Bitte übt Druck aus. Bitte fangt an über logische Zusammenhänge und die Direktheit der Natur zu reflektieren, was das Beste für die Menschheit wäre. Es geht jetzt auch nicht nur mit, immer dagegen zu sein. Es muss konsequent von der Gesellschaft als oberstes Ziel verwendet werden.

Pflanzt Bäume, fangt an, mehr mit, als gegen die Natur zu leben. Lasst euch andererseits nicht alles verbieten. Es muss in einem sozialen Konsens und gemeinschaftlich anerkannt, über sämtliche Staaten einen festen Plan und eine klare Gesetzgebung zu Thema Naturschutz geben. So wenn ihr doch nicht handelt, so erlasst doch Gesetze, die ein Handeln fordern und ggf. fördern. Bezieht in die Ausbildung und Weiterbildung diesen Grundkonsens aller Menschen ein.

Nehmt alle gesellschaftlichen Schichten mit und lasst alle an diesem Konsens arbeiten. Warum können zum Beispiel nicht Arbeitslose, erdweit, dazu eingesetzt werden Plastik zu sammeln. Nur wer seinen Teil dazu beiträgt weniger Plastikmüll in die Meere zu spülen erhält statt 100% seiner Leistung 125%, nur als Beispiel. Arbeitende Bürger, die in ihrer Freizeit stundenweise in der Natur Müll sammeln oder Bienenvölker betreuen erhalten dafür steuerliche

Größtenteils harmlos

Erleichterungen oder Zuschüsse zu den Sozialversicherungsbeiträgen. Ich

könnte seitenweise so weitere Beispiel bringen, die einen minimalen finanziellen Anreiz darstellen, aber die Menschen an ihrem Ego packen, ihrem Geldbeutel.

Wer es tatsächlich geschafft hat, bis hier hin, dieses Buch zu lesen, der wird mit mir einer Meinung sein. Es liegt demnach nur noch an den bis hier Lesenden, den Rest der Menschheit zu beeinflussen. Bitte bedenkt aber dabei den Grundsatz der Gewaltfreiheit und Selbstbestimmtheit sämtlicher fühlenden Wesen.

Mein ganz persönlicher Glaube an die Menschheit hat auch beim Schreiben dieses Buches Federn gelassen. Aus wenn es nur einige Monate waren die ich im Jahr 2019 damit zugebracht habe dieses minimalistische Werk zu schreiben, so hatte ich zu Beginn dieses Buches nur wenige Kommentare zum Thema Klimawandel in den Medien vernommen. Derzeit kann man aber noch nicht einmal das Radio anmachen ohne darüber informiert zu werden welcher Politiker oder Aktivist zu welchem Problem, nun welchen Kommentar abgegeben hat.

Dieses Thema wird ausgenudelt und zerquetscht und nach einigen Monaten der Aufregung wird es wieder Frühling und Sommer, die Menschen werden diesem Thema überdrüssig und steigen in ihre SUV's um mit Tempo 200 zum nächsten Kiosk zu sausen um dort Lebensmittel mit Geschmacksverstärkern und Palmöl zu kaufen, die in mehreren Lagen Plastik einzeln eingehüllt unsere Geschmacksknospen zum Frohlocken bringen sollen.

Der meiner Meinung nach bestehende, gewaltfreie Klimakampf, ist schon voll im Gange und es gilt, hier nicht einen Sprint hinzulegen, sondern einen Marathon zu überstehen.

Die Öffentlichkeit muss dabei in vollem Umfang mitgenommen werden.

Dazu müssen Ikonen errichtet werden und Repräsentanten müssen argumentativ und aufrichtig in den Medien Fragen stellen.

Das Thema muss die Politik überholen. Wenn das der Menschheit nicht gelingt, dann müssen sich die Menschen darauf einstellen, dass sich die Menschheit in einigen Jahrzehnten, spätestens im 24. Jahrhundert wieder selbst minimiert. Ich hoffe, dass meine Befürchtungen nicht eintreten und denke das mit diesen Worten nun alles gesagt ist.

So, jetzt wissen meine Nachfahren, dass ich das alles bereits 2019 vorhergesehen habe. Ätsch!

Kapitel 26
Jammern als Lösung?

Im Kapitel 13 beschrieb ich einige Varianten, wie man eine Gesellschaft ändern könnte. Abgesehen davon, dass jeder einzelne sowieso Einfluss auf die Gesellschaft ausübt in der er wohnt, bin ich beim schreiben dieses Buches immer mal wieder an die Frage gekommen, wie das mit der Menschheit so weitergeht und was ab sofort passieren müsste, damit die Menschheit ihren Planeten nicht dazu bringt für die Menschen keinen Lebensraum mehr zu bieten.

Die Geschicke der Menschheit werden durch, meistens gewählte, Vertreter der jeweiligen Gesellschaft gelenkt. Welche Wahlen das sind und wie diese von statten gehen, wer am Ende wen wählt haben sich die Gesellschaften dieses Planeten zum größten Teil voneinander abgekuckt. Anfänglich war das Handzeichen von Athenischen Bürgern in der Antike, bis zum Ende des Mittelalters, dann die Franzosen sogar eine Demokratische Staatsform benannten.

An diesem Beispiel orientieren sich derzeit die meisten Demokratien. Das im Anschluss der Wahlen, dann noch extra Wahlen im Parlament abgehalten werden um die letztendlichen Verantwortliche zu wählen, liegt daran, dass technisch, am Ende des Mittelalters, man schlicht und einfach nicht in der Lage war, direkte Wahlen abzuhalten.

Heutzutage hält man an diesem Wahlmännersystem fest, weil es ziemlich praktisch ist und die Politiker nach der Wahl immer noch die Gelegenheit haben sich der Wahlentscheidung anzupassen. Das ist meiner Meinung nach aber nicht der Plan einer Demokratie im Sinne des Wortes. Bei einer Demokratie geht es darum, dass die Meinung jedes Einzelnen abgefragt und registriert wird. Nicht wie im heutigen System. Die Vertreter die sich zur Wahl stellen bekunden ihre Meinung und ihre Art zu regieren und dann entscheidet der Wähler wen er besser oder treffender findet. Also mehr eine Sympathiewahl als eine

Meinungswahl. Das ist nicht das, was sich die Erdenker des Konstruktes „Demokratie" dabei gedacht hatten.

Wenn man Meinungen abfragen würde und sich Parteien, der einen oder anderen Meinung annehmen würde, dann würde der regieren, der die Meinungsmehrheit hinter sich weiß. So wie heute nur Politiker regieren, die wissen, dass ein Großteil ihrer Gesellschaft sie sympathischer finden als die zur Verfügung stehenden Gegenkandidaten.

Es heißt nicht, dass die beliebteste Person regiert, sondern, dass nach Abwägung der Wähler entschieden wurde, er sei das geringere Übel.

Ist die Gesellschaft mehrheitlich der Meinung, dass die Zuwanderung ausländischer Mitbürger ein zu akzeptierendes Mittel dafür ist, den Frieden zwischen den Völkern aufrecht zu erhalten, so könnte es im heutigen, erdweitem, System komplett zur Verdrehung dieser Meinung kommen. Der gewählte Staatenlenker ist eventuell gegen die ausländische Zuwanderung. Er konnte nur gewählt werden, weil es bei den heutigen Wahlen nicht mehr darum geht Meinungen oder Sichtweisen abzufragen, sondern darum, wer seine eigenen Wahrheiten am besten und aufrichtigsten in die Öffentlichkeit trägt.

Böse Zungen würden sagen, es geht darum wer am besten die Bevölkerung belügt. Da das allerdings beinhalten würde, dass sämtliche Politiker Lügner wären, würde ich nicht so weit gehen, aber sicherlich gibt es solche Lügner in der Politik, die gibt es ja nun mal überall.

Schließlich könnte ein solcher Lügner, entgegen der allgemeinen Meinung, die ausländische Zuwanderung stoppen oder eingrenzen. Ergebnis, die betroffenen Länder beenden ihre diplomatischen Kontakte und nach einem Jahrzehnt der Abgrenzung und Täuschung fängt eine der Seiten an Gewalt als geeignetes Mittel zu betrachten.

Obwohl anfänglich die allgemeine Meinung für die Öffnung nach außen da war, alle beteiligten Länder befreundet waren, lässt unser Wahlsystem es zu, dass Menschen in

Regierungsverantwortung gewählt werden, die genau diesen Frieden nicht wollen.

Woran erkenne ich einen Staatenlenker, der erst die Wähler berauscht und danach nur noch seinem eigenen Ego folgt? Sind solche Politiker auf der Erde des Jahres 2019 existent? Suchen wir uns ein Beispiel, dass unter dem Verdacht stehen könnte und nehmen wir den Staatenlenker der Vereinigten Staaten von Amerika.

Dieser wurde vor rund drei Jahren gewählt und selbst direkt nach der Wahl wunderten sich die Experten und Szenenbeobachter, dass doch die amerikanische Bevölkerung diesen Multimillionär als geringeres Übel betrachteten. Seit seiner Wahl verwundert er immer wieder erneut seine Bevölkerung. Dabei kommt er meistens schlecht weg. Meistens wird er von den amerikanischen Medien verhöhnt oder lächerlich gemacht. Daher will ich an dieser Stelle mich mal seiner Position nähern und meine Wahrnehmung spiegeln.

Ich habe mich letztens gefragt, warum der Staatenlenker der Vereinigten Staaten von Amerika Kinder hat. Es ist nachweislich so, dass die USA nichts von der Klimadiskussion hält. Voran dieser Milliardär, der offensichtlich sein eigenes Dasein als eine Art Kulturrevolution empfindet. Er scheint ein intelligenter und gut informierter Mensch zu sein, der genau weiß was er will. Zum Beispiel weiß er, dass wenn er berechenbar bliebe, er kaum noch Durchsetzungsvermögen in seiner eigenen Regierung besäße.

Auf der einen Seite beschimpft er die Eliten seines Landes als totale Versager und unnötiges Pack, andererseits hofiert er die reichen und mächtigen des Landes. Seine Politik scheint undurchsichtig nicht nachvollziehbar, aber vermutlich, ist genau das Gegenteil der Fall.

Ich sehe diesen Staatenlenker als eines der am einfachsten steuerbaren Staatenlenker an, denn er handelt instinktiv immer gewinnorientiert, immer ohne Angst vor Risiken und grundsätzlich bürgerlich vulgär. Man braucht ihm also nichts anderes als einen saftigen Braten vor die Tür zu legen und ein Seil daran befestigen. Sobald er diesen Braten gesehen hat, zieht man diesen Braten in egal welche bedrohliche oder schwierige Situation, er wird immer an diesem Braten bleiben. Es sei denn er findet einen größeren. Was auch wichtig ist, um mit ihm als Marionette zu spielen. Er hat keinerlei Phantasie oder Innovationswunsch. Er ist so eine Art vergangenheitsverliebtes Relikt. Alles was neu und weniger bekannt ist, ist für ihn fauler Zauber. Die von ihm unterstützten Dinge müssen einfach und altbekannt sein.

Ich weiß daher nicht warum alle an diesem Staatenlenker rumorgeln und schimpfen. Er ist vollkommen steuerbar. Ja selbst wenn man ihn steuert ist sein Ego derart von sich selbst berauscht, dass er tatsächlich glaubt, dass hätte er so gewollt.

Was den Klimaaktivisten nur noch fehlt, ist der richtige Zugang und der richtige Gedanke den man diesem Herrn als Braten vor die Tür legt. Es muss etwas sein, was sein Ego unbedingt benötigt. Anerkennung hat er bereits reichlich. Was ihn aber immer antreibt sind Dollar. Auch wenn er von denen bereits genügend hat so kann er davon sicherlich nicht genug bekommen.

Jetzt muss man nur wissen warum der Staatenlenker geworden ist. Ganz einfach. Das war der einzig logische Schritt seiner Unternehmenspolitik. Wenn die Regeln es ihm verbieten Steuern zu sparen, so muss er selbst die Regeln ändern. Wo könnte er das besser, als auf seiner jetzigen Position.

Im Grunde ist er heute noch genauso Unternehmer wie vor seiner Wahl. Er leitet die Geschicke seines Imperiums durch loyale Familienmitglieder und alte Weggefährten, die genau das tun was er nicht anders will. So, wie verändere ich sein Ego in die Richtung Klimawandel. Ganz einfach, er muss daran ordentlich verdienen. Findet also heraus, welche seiner Firmen mit dem Wechsel hin zu erneuerbaren

Energien oder alternativen Antriebsmodellen Geld verdient. Welche seiner Unternehmen verdienen Geld mit dem Erhalt der Rohstoffverschwendung? Wenn das soweit bekannt ist, dann müssen die dort tätigen loyalen Freunde und Familienangehörige dazu gebracht werden mehr den Fokus auf die Gewinngenerierung aus erneuerbaren Energien zu legen. All seine Unternehmen sollen sich zunehmend der neuen Energien zuwenden.

Sobald dies geschehen ist und er mehr mit den neuen Energieformen gewinnt als mit den fossilen Brennstoffen, sodann beginnt auch dieses Land die CO_2 Reduzierung als ein lohnendes Ziel zu erachten.

Das ist der Weg der gegangen werden müsste, aber kein noch so sympathischer Politiker aus diesem Land begreift diesen Staatenlenker. Die Gegner seiner Politik jammern rum und die Befürworter seiner Politik jammern, das über ihn nur jämmerliches verhöhnen und deskreditieren in der Öffentlichkeit stattfindet. Gejammer und Rum Geheule, alle fühlen sich ungerecht behandelt und passieren tut erst einmal nichts.

Jammern als Lösung?

Warum hat dieser Mensch Kinder? Wenn er doch weiß, was er diesem Planeten antut, sodann weiß er auch, dass seine ganzen Milliarden seinen Nachkommen nichts bringen. Demzufolge ist er aufrichtig der Meinung, dass ganze Gejammer sei nur Blödsinn. Mit dieser Überzeugung füttert er seine Wähler und da er der einzige ist, der nicht rumjammert, wird er auch gehört.

Es reicht vielleicht nicht nur sein Urteil über fossile Brennstoffe zu ändern. Es wäre auch ratsam ihn als Mensch und akzeptierten Gesprächspartner ernst zu nehmen.

Es ist heute ja fast wie bei einer Jagd. Die Medien, die er anscheinend Abgrundtief hasst, suchen in jeder seiner Äußerungen Widersprüche und fehlerhafte Schlussfolgerungen zu finden und sobald sie etwas gefunden haben, wird dies erdweit herumgetragen.

Nehmt doch diese Position, dieses Herren, erst einmal an. Reflektiert und argumentiert. Jammern ist an dieser Stelle echt überflüssig.

Man könnte echt meinen, ich sei seiner Meinung. Dass ich das nicht tue müsste aber ebenso klar sein, wie ich das gesamte Verhalten der USA als Menschheitsschädigend betrachte. Um diesen Menschheits-gedanken aber nachhaltig in die amerikanische Politik zu bringen, nutzen einem verhärtete Positionen da nichts. Da ein aufeinander zugehen derzeit unmöglich erscheint, bin ich gespannt wie wir uns im Jahr 2029 an seine Präsidentschaft erinnern werden.

Soweit zu diesem einen Politiker, der in diesen Jahren menschheits-entscheidend ist.

Aber es ist ja auch nur ein Land und ein einziger Politiker, der hier in meiner Beobachtung steht. Kann denn ein einziger Politiker, der vielleicht zweimal gewählt wird, an der Vernichtung der Menschheit so entscheidend sein? Sicherlich nicht. Es sind sicherlich mehrere Staaten, die ausschlaggebend sind.

Es sind aber nicht sämtliche Staaten verantwortlich. Nach meiner unqualifizierten Meinung nach, sind es nur einige wenige Staaten. Dazu gehören in jedem Fall die großen 8 Staaten, die am erdweiten Klima so viel Einfluss haben, dass wenn deren Verhalten sich zum Schutz des Klimas wandeln würde, würde die Erdoberfläche sich weiterhin als menschenfreundlich darstellen.

Nun beginnen die Staaten so langsam zu begreifen und sie brauchen mindestens ein halbes Jahrhundert um ihr Handeln zu ändern. Es ist also eine Frage der Zeit. Ist es daher eventuell besser sofortige Sinnesänderungen herbeizuführen? Können sich diejenigen Menschen, die einen Erhalt der Menschheit wünschen, es sich leisten, noch länger zu warten? Glaubt man den Wissenschaftlern, die davon sprechen, dass nun alles zu spät ist?

Größtenteils harmlos

Nebenbei erwähnt gibt es zu diesem Thema nicht eine unabhängige Institution. Jeder, der sich mit diesem Thema auseinandersetzt, ist abhängig. Abhängig von der Wirtschaft, abhängig vom Wunsch der Natürlichkeit. Man kann demnach keinem Wissenschaftler so wirklich glauben. Ein Beispiel.

Als in einem unserer Erdmeeren ein Tanker, Ende der 80'er Jahre, auf Grund lief und eine Ölpest an diversen Stränden verursachte, da starben tausender Vögel und Fische. Die Wissenschaftler machten Untersuchungen und ließen über die Presse verlauten, dass diese Strände über Jahrzehnte verseucht seien und über Jahre sich die Populationen der Brutvögel verringern würde. Eine wirtschaftliche Nutzung in diesem Meer nicht mehr möglich wäre. Die Natur sei über Jahrzehnte von der Tierwelt nicht nutzbar.

Nun, nachdem einige Jahrzehnte vergangen sind, da müssten immer noch riesige Probleme existieren. Das Meer müsste immer noch verschmutzt sein.

In der Tat berichten die gleichen Quellen ca. 30 Jahre danach, dass sich bis heute in den Sedimenten der Uferzonen giftige Substanzen wegen der niedrigen Temperaturen nur langsam abbauten. Zudem würde es noch eine ganze Weile dauern bis sich die Bestände der Spezies Hering, Lachs oder Orca wieder komplett von der Katastrophe erholt hätten.

Sehr überzeugend, also eine ganze Weile, soso, ist ja interessant.

Der Leser dieser Zeilen wird es bereits vermuten. Welche Berichte würde ich erwarten, wenn im Jahre 1989 ein Tanker mal eben 40.000 Tonnen Rohöl ins Meer kippt? Dabei rund 2.000 Kilometer Strand verschmutzt. Zudem konnten die Säuberungskräfte erst 14 Stunden nach dem Unglück einschreiten, weil Unvermögen und widrige Umstände dazu führten, dass sich dieses Öl einen kompletten Tag ins Meer ergießen konnte. Ich hätte nach solchen Äußerungen und einer Reinigungsfrist von rund 30 Jahren erwartet, dass da immer noch kein Leben möglich ist. Die Natur immer noch nach der Katastrophe aussehen würde und dementsprechend unpassierbar wäre.

Nichts davon ist zu lesen oder zu sehen. Die Natur sehe aus wie früher. Die Wale und Fische wären zurückgekehrt und auch wenn der ehemalige Zustand noch nicht in Gänze wiederhergestellt sei, ein Zurückkommen der Natürlichkeit, ein Sieg über diese Katastrophe, sei in Sicht.

Nein, die Medien berichten über die weiterhin ausgebliebene Fischerei und die Schuldigkeit des Kapitäns, die Milliarden von Dollar für Aufräumarbeiten, Strafen und Entschädigungen. Die Entschädigungen seien aber bei weitem nicht ausreichend für die Verluste der Fischer.

Auch berichtet die Presse über die rechtlichen Änderungen in der Schifffahrt allgemein und das in diesen Gewässern nur noch Tanker fahren dürfen, wenn sie von ein Lotze begleitet, aber darüber, dass diese Gegend wieder normal nutzbar wird, kein Wort.

Ich sehe dann eines Abends einen Bericht im Fernsehen über die Wale der Nordmeere. Ihre Zuggebiete, deren Fangmethoden usw. Mitten während dieser Sendung Aufnahmen aus der Zeit der Katastrophe und den Vergleich zu Heute. Ich war fassungslos. Die Auswirkungen dieser Katastrophe, nur noch eine Randnotiz.

Das war dann für mich der Beweis. Man kann echt keinem Bericht in den Medien mehr trauen. Soll ein Journalist einen Bericht über die Zustände nach dreißig Jahren berichten, so traut er sich wohl nicht wirklich die Tatsache mitzuteilen, dass alles auf einem guten Weg sei. Soll ein Journalist einen Bericht über die Schönheit der Natur und die Kraft der Natur recherchieren und darf dabei mit Walforschern durch die Nordmeere ziehen, so berichtet er aus seiner Perspektive, wie schön und kräftig die Natur ist.

Sicherlich wird dem Journalisten in den Fischerdörfern, die kein Interesse daran haben, dass der Ölkonzern seine Entschädigungen einstellt, erzählt, dass alles noch immer im argen liege. Aber realistische Recherche wäre es auch mit dem Walforscher mal über die Nordmeere zu fahren um sich einen wertfreieren Blick zu genehmigen.

Ok, sei es wie es ist. Niemand unter uns acht Milliarden Menschen ist fehlerfrei. Was aber die Konsequenz zu diesem Wissen sein sollte, ist, dass keine Berichte über das Ende der Menschheit oder über die endlose Widerstandsfähigkeit, dieses Planeten, für uns im Ergebnis der Inbegriff der einzigen Wahrheit sein darf.

Es gibt immer einen Grund für die eine oder andere Nachricht. Wie ich es bereits zuvor schon schrieb. Es geht um wertfreie Informationen.

Da im Ergebnis die Mehrheit der Menschen, nicht diesen grundsätzlichen Zweifel an dem öffentlichen Tamtam haben, verfallen wir Menschen immer mehr ins Jammern und rumheulen. Dies betrifft zwar nur die reichsten aller Gesellschaften, aber diese Gesellschaften steuern die Geschicke dieser Menschheit nun mal und legen die Richtung unserer Entwicklung fest.

Während die Interessierten in den reichen Gesellschaften dieses Planeten Jammern und rumheulen wird der Rest dieser Gesellschaften mit seichter Unterhaltung abgelenkt, damit auf keinen Fall noch mehr Kritiker und Dumpfnasen anfangen etwas ändern zu wollen.

Es wundert mich extrem, dass Menschen wie der von mir bereits erwähnte Dieter Nuhr ganze Hallen füllt, eine eigenen Sendeplatz im Fernsehen hat, Wahrheiten aufdeckt, die regierenden enttarnt und dennoch scheinen diese Wahrheiten niemanden zu interessieren. Nach einer solchen Bloßstellung und Klarmachung von elementaren Sachverhalten müsste doch ein riesiger Ruck durch unsere Gesellschaft ziehen. Kaum Reaktionen, die etwas ändern. Tausende oder gar Millionen Zuschauer hat dieser Mensch, alle finden gut was er zu sagen hat. Er holt für den Normalbürger die Realität wieder dahin wo sie sein sollte, ins Bewusstsein. Dennoch, Reaktionen sind aus meiner Position nicht erkennbar.

Ich weiß nicht was noch passieren muss.

Eine kleine Metapher.

Es kommt einen vor als wenn die Regierung dieses Landes ein Supertanker wäre, der aufgrund seines Wohlstandes bis zum Rand gefüllt ist. Der Kurs, den der Kapitän eingeschlagen hat führt in immer gefährlichere Gewässer mit Untiefen und starken Strömungen. Eine kleine Gruppe von Kritikern, Aktivisten, Unterhaltungslinguisten und offensichtlich verstehenden Menschen nutzen ihre Boote dazu, um zu versuchen, dieses Schiff wieder in ein tiefes ruhiges Fahrwasser zu bugsieren. Mit mäßigem Erfolg. Es sind derzeit einige Schlauchboote gegen einen Supertanker. Es gibt jetzt mehrere Optionen. Entweder es werden mehr Schlauchboote, viel mehr, oder die Schlauchbootbesatzungen erobern die Brücke des Tankers. Im Schlauchboot hinter diesem Tanker hergezogen zu werden und zu jammern oder rumzuheulen kann nicht die Lösung sein. Die beste aller Lösungen wäre, wenn der Kapitän mit seiner Crew des Supertankers selbst dahinterkäme, sicherere Gewässer aufzusuchen, dabei die Fata Morgana der Industrie zu ignorieren. Lieber ein bisschen Ballast verlieren als komplett zu stranden. Teile der Crew, die bereits einen Großteil der Offiziere im Griff haben, zerstreuen den Blick der Tankersteuerung in den unterschiedlichsten Formen. Mal zaubern sie Trugbilder an die Offiziersleitung, mal manipulieren sie die Tankersteuerung selbst. Um nach der Erkenntnis des Kapitäns auch wirklich den Kurs des Schiffes zu ändern, ist mittlerweile ein komplettes Ausmisten der Führungsrige auf diesem Supertanker notwendig geworden. Durch dieses irrwitzig laute und intensive diskutieren auf der Kommandobrücke wird nicht mehr so richtig durchgegriffen, wenn der Steuermann mal einen Grad mehr oder weniger in die eine oder andere Richtig steuert. Idealer Weise wäre der

Größtenteils harmlos

Zusammenschluss mit anderen Supertankern, am Ende dann auch die Gewährleistung, dass die zukünftigen Routen nicht versanden und Strömungen vermieden werden.

Soweit diese Metapher.

Allerdings hinkt in dieser Metapher der Grund für die Fahrt des Tankers. Ein normaler Tanker nimmt seine Ladung an Bord und hat beim Ablegen aus dem Hafen, ein Ziel. In der Metapher hat der Tanker kein Ziel, auch das ist eines unserer Probleme. Niemand weiß wohin die Reise eigentlich gehen soll und ähnlich wie mein persönliches Verhalten vor meine Selbsterkenntnis wabert der Kurs dieses Tankers wie ein nicht befestigter Wasserschlauch aus dem Wasser kommt.

Schließe ich diese beiden Erkenntnisse mal miteinander kurz, dann ist dies doch mal eine echte Klarstellung und gegebenenfalls auch die Lösung.

Unsere Gesellschaft muss sich mehr und mehr als eine Einheit wiederfinden. Dazu gehört, dass die Menschen sich selbst erkennen und sich in ihrem Handeln immer sicherer werden. Ablenkungen von der Wahrheit müssen als solche erkennbar werden. Beeinflusste Informationen müssen als beeinflusste Informationen markiert werden. Es muss ein Gesellschaftsgefühl neu entwickelt werden, dass versucht jeden mitzunehmen, auch die Ränder, obere wie untere Gesellschaftsschichten.

Die Einfachheit von Sachverhalten muss wieder in das Bewusstsein der Mensch vordringen. Komplizierte Gesetze müssen verschwinden. Opfer müssen vor die Täter gestellt werden und das Recht auf körperliche Unversehrtheit gilt nur für Menschen die dieses Gesellschaftssystem, politisch wie spirituell, akzeptieren. Dies gehört in jeglichen Schulunterrichtsplan ab der ersten Schulklasse.

Aufrechte Menschen in einem aufrechten System, die aufrichtig und konsequent diese Gesellschaft gesünder machen, dass führt automatisch zum richtigen Kurs.

Größtenteils harmlos

Epilog

Das ist jetzt auch mein abschließendes Ergebnis. Dieses ständige beschuldigen oder herabsetzen von Menschengruppen oder einzelnen Menschen ist nicht die Lösung für mich selbst und auch nicht für diese reichste aller Gesellschaften oder Bevölkerungsgeschichten.

Wir konzentrieren uns wieder auf uns selbst, als Mensch und auf die Geschicke der gesamten Menschheit.

Die Störfeuer und Störenfriede werden identifiziert und als solche markiert. Bei mir im Kopf, genauso in der Gesellschaft in der ich lebe.

Genauso wie ich als Individuum mich mit meinem Selbsterhaltungstrieb sekündlich dafür einsetzte, dass ich weiterleben kann, so wird die Menschheit als Kollektiv zu sich selbst ehrlich und konsequent sein.

Damit wir als Menschheit es erleben wie ein Besucher einer anderen Galaxie vorbeikommt und mit uns Kontakt aufnimmt und nicht einen verödeten und vertrockneten Planeten vorfindet in dem es einmal Leben gab.

Herstellung und Verlag:
BoD – Books on Demand, Norderstedt
ISBN: 978-3-7504-7126-9